살아 있다는 것은 무슨 의미인가? 생각하고 느끼고 사랑하고 선망하는 것인가? 앙드레 알렉시스는 철학 명상록으로 뛰어난 작품인 『열다섯 마리 개』에서 의식의 본질에 관한 통찰력과 그 이상을 탐구한다. 이 책은 야만성과 나란히 드러나는 유머, 무리의 일부가 되어야 하는 절박함에 담긴 고독, 그리고 유희적인 시와 어우러진 통찰력 있는 문장이 잘 녹아들어 있는 소설이다. 또 독자에게 자신의 존재를 살피고 삶의 의미에 관한 오래된 질문을 상기하도록 하는 훌륭하고 독창적인 작품이다.
● 스코샤뱅크 길러상 수상 심사평

앙드레 알렉시스의 이 강렬한 우화는 개들의 현실 세계 모험을 빌어 지식과 행복, 충절, 운명에 관해 질문을 던진다. 우리 시대를 위한 훌륭한 우화가 탄생했다. 인간에게 가장 친근한 친구가 모두가 찾을 수 있는 곳에 묻어 둔, 우리가 원하는 사실, 즉 더 높은 의식의 혜택을 보여준다. 『열다섯 마리 개』는 완벽한 형태의 철학책이라 할 정도로, 대가가 쓴 독창적이고 중요한 작품이다. ● 로저스 작가 트러스트 픽션상 심사평

알렉시스는 이 훌륭하고 재밌는 책에서 인간의 본성을 꿰뚫는 창의적인 작품을 만들어냈다. 우리의 본질, 의사소통 그리고 사회가 어떻게 이루어지는지에 관한 기발한 탐구. ● 「커커스 리뷰」

알렉시스는 너무나 많이 알게 된 개를 통해 놀라울 정도로 많은 형이상학적인 질문을 압축해냈다. 그 결과는 인간과 개를 유쾌하게 병치했다. 책 속에 등장한 한 마리 개처럼 신이 준 언어적 재능을 자유롭게 발휘해 유쾌하게 풀어냈다. ● 「위클리」

이 방에 있는 모든 사람은 후회와 근심을 가지고 있다. 이 방에 있는 모든 사람은 머릿속에 있는 생각들과 씨름하고 있다. 어떤 생각을 믿어야 하는지, 또 어떤 생각을 하면 안 되는지. 이 방에 있는 모든 사람은 그들의 인종, 성별, 성향, 경제적 배경과 상관없이 질투로 몸부림친다. 이것은 그것에 대해 반복해서 이야기하는 유일한 책이다. ● **칸베르 싱, 래퍼 겸 작가**

말하는 개들에 관한 소설이라고? 이러한 생각은 『동물농장』처럼 동물들이 포커를 치는 모습이나 그럴듯한 풍자와 같은 참기 힘든 기발한 생각을 들게 할 것이다. 캐나다인 앙드레 알렉시스가 쓴 이 대단한 소설은 계속해서 내 예상을 빗겨간다. 나는 개를 좋아하는 사람은 아니지만, 책을 좋아하는 사람으로서 처음부터 끝까지 이 깔끔하고 풍부한 판타지가 맘에 들었다. ● **조나단 깁스, 「가디언」**

놀라운 책이다. 통찰력 있고, 아주 독창적이고, 아름답다. 사 보시길.
● **마크 메들리, 「글로브 & 메일」**

이 책을 읽은 것은 정말 영광이다! ● **「워드페스트」**

작가는 언어와 의식을 둘 다 갖춘 것과 하나만 갖는다는 것이 무슨 의미인지 생각하게 한다. ● **「풀스탑」**

알렉시스의 기교는 비범하다. 그가 만들어낸 캐릭터는 다양하고 차별화되었으며, 문장력도 화려하다…. 마지막에 울었다고 말하는 것이 부끄럽지 않다. ● **LitReactor.com**

개들의 눈으로 본 인간 본성에 관한 기발하고 매혹적인 탐구.
● **「Largehearted Boy」**

의식, 언어, 사랑, 예술에 관한 재치 있는 반추. ● **알버트, 「더 도그」**

열다섯 마리 개

열다섯 마리 개

펴낸 날 초판 1쇄 발행 2020년 9월 1일

지은이 앙드레 알렉시스
옮긴이 김경연
펴낸이 정용희·김숙진
책임편집 김숙진
디자인 손현주
펴낸곳 삐삐북스
출판등록 2020년 7월 16일 제2020-000150호

주소 경기도 덕양구 은빛로 45, 207-1
전화 편집부 070-7590-1961 마케팅 070-7590-1917
팩스 031-624-1915
전자우편 p_whale@naver.com

ISBN 979-11-971451-0-0 03840

• 이 책 내용의 전부 또는 일부를 재사용하려면 반드시 삐삐북스의 동의를
  받아야 합니다.
• 책값은 뒤표지에 표시되어 있습니다.

열다섯 마리 개

앙드레 알렉시스 지음

김경연 옮김

FIFTEEN
DOGS

삐삐
북스

린다 왓슨을 위해

차
례

왜 낮이 있는가, 왜 밤이 와야 하는가….

○ 파블로 네루다 「개에게 부치는 노래」

등장하는 개

아가사	늙은 래브라두들
아테나	갈색 티컵 푸들
애티커스	눈길을 끄는 나폴리탄 마스티프, 볼살이 폭포처럼 늘어져 있다
벨라	그레이트 데인. 아테나와 붙어 다니는 단짝
벤지	지략도 있고 남을 음해하기도 하는 비글
바비	불운한 덕 톨링 리트리버
더기	슈나우저, 벤지의 친구
프릭	래브라도 리트리버
프랙	래브라도 리트리버, 프릭과 한배 새끼
리디아	휘핏과 와이머라너의 믹스견, 고뇌가 많고 신경질적이다

매즈논	검은 푸들, '로드 짐' 또는 그냥 '짐'으로 불린다
맥스	시를 싫어하는 믹스견
프린스	시를 짓는 믹스견, 러셀 또는 엘비스라고 불리기도 한다
호날지누	인간의 우월감을 개탄하는 믹스견
로지	저먼 셰퍼드 암컷, 애티커스와 가깝다

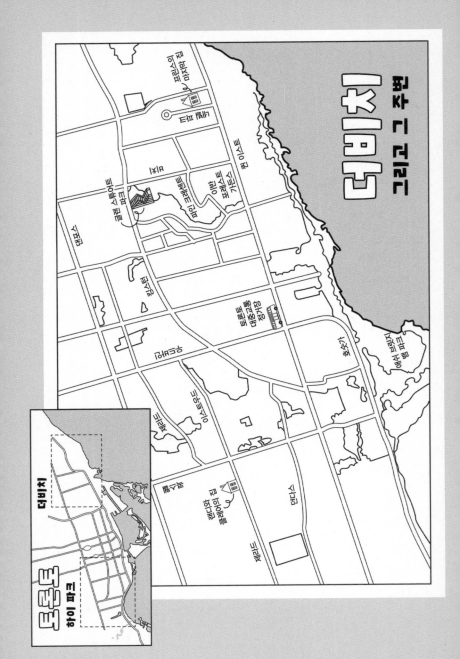

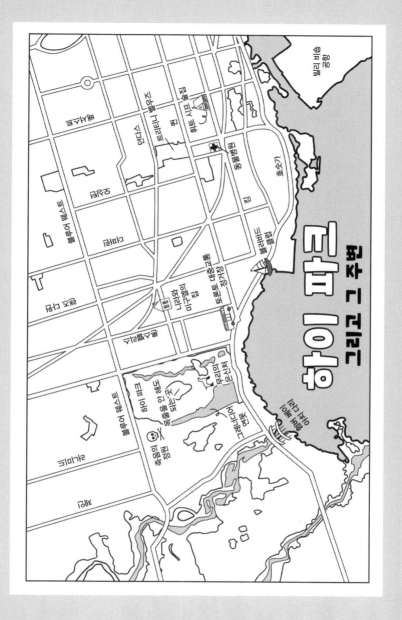

하이 파이
그리고 그 주변

어느 날 저녁 아폴론 신과 헤르메스 신은
토론토의 술집 '휘트 시프'에 있었다. 아폴론은 수염을 덥수룩
하게 쇄골까지 길렀지만, 헤르메스는 깨끗이 면도를 했고 어딜
봐도 지상의 것이 분명한 블랙진에 검은 가죽 재킷과 파란 셔
츠를 입고 있었다.

신들은 술을 마시긴 했지만, 그들이 취한 것은 알코올 때문
이 아니라, 신들의 출현에 사람들이 보였던 숭배 때문이었다.
신들은 신전 느낌이 나는 '휘트 시프'가 마음에 들었다. 아폴
론은 남자 화장실에 갔다가 양복을 입은 나이 든 사내에게 자

기의 신체 일부를 만지도록 아량을 베풀었다. 신의 몸을 만져 본 기쁨은 과거와 미래를 통틀어 어떤 기쁨보다 강렬해서 사내는 팔 년이라는 수명을 대가로 치렀다.

술집에서 아폴론과 헤르메스는 인간의 본성을 놓고 재미 삼아 고대 그리스어로 두서없는 토론을 시작했다. 아폴론은 피조물이 다 그렇듯 인간 역시 다른 피조물과 다를 바 없다고, 벼룩이나 코끼리보다 더 낫지도 못하지도 않다고 주장했다. 인간들은 자신이 우월하다고 생각하지만 특별한 장점이 없다는 것이었다. 헤르메스는 반대 견해를 피력하면서, 한 가지 예를 들자면 인간들이 상징을 사용하고 창조하는 방식은 꿀벌들의 복잡한 춤보다 흥미롭다고 주장했다.

"인간의 언어는 너무 모호해." 아폴론이 말했다.

"하지만 그러니까 인간이 더욱 흥미롭지 않아? 저 사람들 이야기를 들어봐. 서로 이야기가 잘 통하잖아. 비록 자기가 하는 말을 다른 사람이 어떤 의미로 받아들일지는 생각하지 않지만 말이야. 형은 저게 웃기지 않아?"

"인간이 재미없다는 말이 아니야. 개구리와 파리도 재미있다는 거지." 아폴론이 대답했다.

"인간을 파리와 비교한다면 우리 이야기에 도움이 안 되지. 형도 알 텐데."

"우리 술값은 누가 내지?"

신의 느낌이 나는 말투이긴 하지만 완벽한 영어로 아폴론이 물었다. 술집 손님들은 저마다 쓰는 말투가 다 달라도 아폴론의 영어를 알아들었다.

"제가 내겠습니다. 제발 제가 내게 해주십시오." 한 가난한 대학생이 말했다.

아폴론은 젊은이의 어깨에 한 손을 얹었다.

"고맙네. 나와 동생이 각각 다섯 잔씩 먹었으니, 그대는 십 년 동안 배고픔도 부족함도 없을 걸세." 아폴론이 말했다.

대학생은 무릎을 꿇고 아폴론의 손에 키스했다. 신들이 떠나자 그의 주머니에서 수백 달러가 발견되었다. 그 뒤부터 그날 입었던 바지를 입는 동안 그의 주머니에는 늘 쓸 수 있는 것보다 많은 돈이 들어 있었고, 코듀로이 바지가 더는 입을 수 없는 누더기가 될 때까지는 십 년이 걸렸다.

술집 밖으로 나온 신들은 킹 스트리트를 따라 서쪽으로 걸었다.

"만약 동물이 인간의 지능을 갖는다면 어떻게 될지 궁금해." 헤르메스가 말했다.

"난 동물이 인간들만큼 불행하다면 어떻게 될지 궁금해." 아폴론이 대답했다.

"어떤 인간은 불행하지만 어떤 인간은 그렇지 않아. 지능은 다루기 까다로운 선물이야."

"동물이 인간의 지능을 가지면 훨씬 더 불행하다는 데 일 년 노예 노릇을 걸겠어. 어떤 동물로 할지는 네가 선택해." 아폴론이 말했다.

"인간 세상의 일 년이지? 좋아, 내기해. 하지만 조건이 있어. 목숨이 다할 때 동물 중 하나라도 행복하면 내가 이기는 거야." 헤르메스가 말했다.

"운에 맡기는 수밖에. 때로는 최고의 삶이 나쁘게 끝나고, 최악의 삶이 좋게 끝나기도 하니까." 아폴론이 말했다.

"맞아. 삶은 끝날 때까지는 어떤 것인지 알 수 없지." 헤르메스가 말했다.

"우리가 지금 행복한 존재를 말하는 거야, 아니면 행복한 삶을 말하는 거야? 아냐, 괜찮아. 어느 쪽이든 네 조건을 받아들일게. 인간의 지능은 선물이 아니야. 이따금 쓸모 있는 골칫거리지. 그래, 어떤 동물로 할래?"

이런 대화를 할 때 신들은 쇼 스트리트에 있는 동물병원에서 멀지 않은 곳에 있었다. 누구에게도 들키지 않고 동물병원에 들어가보니 대부분 개만 있었다. 이런저런 이유로 주인들이 하룻밤 두고 간 이른바 애완동물들이었다. 그렇다면 개들로 할 수밖에 없었다.

"녀석들에게 기억을 남겨둘까?" 아폴론이 물었다.

"응." 헤르메스가 대답했다.

이리하여 빛의 신 아폴론은 병원 뒤쪽 견사에 있는 열다섯 마리 개에게 '인간의 지능'을 허락해주었다.

　자정 무렵 저먼 셰퍼드인 로지는 잠을 잦다가 갑자기 이곳에 얼마나 더 있게 될지 궁금했다. 그리고 자신이 낳은 마지막 새끼들에게 무슨 일이 벌어졌는지 궁금했다. 출산의 어려움을 겪은 결과가 새끼들을 잃어버리는 것이라니, 문득 너무 부당하다는 생각이 들었다.

　로지는 물을 마시려고 일어났다가 그릇에 남은 딱딱한 알갱이 사료의 냄새를 맡았다. 그러다가 사료가 담긴 얕은 밥그릇이 보통 때처럼 검은색이 아니라 이상한 색인 것을 알아차리고 당황했다. 놀라웠다. 그저 분홍색 풍선껌과 비슷한 색이었는데, 전에는 그런 색을 본 적이 없었다. 아름다웠다. 죽는 날까지 어떤 색도 그 색의 아름다움을 능가하지 못할 거다.

　로지의 옆 칸에는 애티커스라는 이름의 회색 나폴리탄 마스티프가 넓은 들판 꿈을 꾸고 있었다. 들판에 작은 동물이 가득한 즐거운 꿈이었다. 쥐, 고양이, 토끼, 다람쥐 수천 마리가 풀밭을 가로질러 이동하는데, 마치 드레스 자락이 끌려가는 것 같았다. 다만 아직 잡지는 못했다. 그것은 애티커스가 좋아하는 꿈으로, 사랑하는 주인에게 발버둥 치는 생명체를 행복한 마음으로 가져다주면서 끝났다. 주인은 그것을 받아서 바위에 내려친 다음, 애티커스의 등을 어루만지며 이름을 부르곤 했다. 그 꿈은 늘 그런 식으로 끝났고, 언제나 기쁨을 안겨주었다. 그런데 그날 밤은 아니었다. 그날 밤 꿈에서, 한 생명체의 목을 깨물던 애티커스는 그것이 고통을 느낄 거라는 생각을 했다. 그 생각은 너무나 강렬하고 전례 없는 것이어서 잠에서 깨고 말았다.

견사 곳곳에서 개들이 잠에서 깨어났다. 이상한 꿈 때문에 깜짝 놀라서, 또는 설명하기 힘들지만 갑자기 환경에 어떤 변화가 일어난 것 같아서였다. 집을 떠나 잠을 자는 것은 늘 어려운 일이기에, 한숨도 못 잔 개들도 있었다. 그들은 몸을 일으켜 누가 들어왔는지 보려고 우리의 문 쪽으로 이동했다. 너무나 인간적인 느낌이 나는 정적이었다. 처음에는 모두 이 새로운 환각이 자신만 느끼는 독특한 것이라고 생각했다. 그러나 아주 천천히, 그들 모두가 이상한 세계를 공유한다는 사실이 분명해졌다.

매즈논이라는 이름의 검은 푸들이 부드럽게 짖었다. 그러고는 맞은편 우리에 있는 로지를 응시하는 듯 가만히 서 있었다. 하지만 사실은 로지의 우리에 걸린 자물쇠를 생각하고 있었다. 슬라이딩 볼트에 고정된 길쭉한 고리였다. 두 개의 금속 조각 사이에 놓인 긴 고리는 볼트를 제자리에 고정시키면서 우리의 문을 잠갔다. 간단하고 우아하고 효과적인 장치였다. 우리

의 문을 열려면 고리를 들어 올리고 볼트를 밀쳐야 했다. 매즈
논은 뒷다리로 선 뒤 앞발을 우리 밖으로 내밀어 그렇게 했다.
힘들기는 했지만, 몇 번의 시도 끝에 마침내 자물쇠를 풀고 문
을 열었다.

대부분의 개는 매즈논이 어떻게 우리 문을 열었는지 이해
했지만, 모두가 똑같이 행동하지는 못했다. 그렇게 된 데는 여
러 가지 이유가 있었다. 중성화 수술을 받으려고 밤새 이곳에
남은 한 살배기 래브라도 프릭과 프랙은 문을 열기에는 너무
어리고 성급했다. 아테나라는 이름의 초콜릿 티컵 푸들과 더
기라는 이름의 슈나우저 그리고 벤지라는 이름의 비글과 같은
소형견들은 볼트에 닿을 수 없어서 우리가 열릴 때까지 낑낑
거리는 울음으로 좌절감을 표현했다. 특히 아가사라는 이름의
래브라두들처럼 나이 먹은 개들은 제대로 생각하기에는 너무
지치고 혼란스러워서 심지어 문이 열린 뒤에도 자유를 선택할
까 말까 망설였다.

물론 개들은 이미 공통어를 갖고 있었다. 그것은 핵심만 남
기고 다 벗겨낸 언어로, 사회적 지위와 육체적 욕구를 표현하
는 데 치중되어 있었다. 다들 "용서해", "널 물겠어", "배고파"와
같이 결정적으로 중요한 구절과 생각을 이해했다. 물론, 개들
에게 영장류의 사고가 도입되자, 말하는 방법이 변화했다. 예
를 들어 예전에는 '문'을 표현하는 단어가 없었지만, 이제 '문'은

자유에 대한 욕구와는 완전히 별개의 것이었고, 개들과는 관계없이 존재하는 것이었다. 기묘하게도 개들의 새 언어에서 '문'을 나타내는 단어는 그들이 갇혀 있던 우리의 문에서 파생된 것이 아니라 오히려 병원의 커다란 녹색 뒷문에서 파생되었다. 이 뒷문은 문을 이등분하고 있는 금속 막대를 밀면 열렸는데, 문을 밀 때 금속 막대에서 철컥하며 둔탁하게 울리는 소리가 났다. 그날 밤부터 개들은 문을 나타내는 단어를 입천장에 혀를 대어 내는 흡착음에 이어서 한숨을 쉬는 것으로 하자는 데 동의했다.

개들이 당황했다고 말한다면 사태를 축소하는 거다. 만일 의식의 변화가 갑자기 밀려왔을 때의 그들을 '당황'했다고 표현한다면, 모두 뒷문으로 병원을 나가 쇼 스트리트를 내다보며 자유롭다는 걸 이해했을 때의 그들은 어떤 말로 표현해야 할까? 병원으로 들어가는 문은 그들 뒤에서 닫혀 있고, 앞에 놓인 세상은 소음과 냄새의 카오스였다. 전에는 그런 소리나 냄새의 의미가 전혀 문제 되지 않았지만, 지금은 중요한 문제였다.

그들은 어디에 있는가? 누가 그들을 이끌어줄 것인가?

세 마리 개에게는 이 이상한 사건은 여기서 끝났다. 아가사는 끊임없이 끔찍한 통증에 시달려 주인이 안락사시키려고 병원에 데려다 놓았는데, 다른 개들과 함께 가는 것이 의미가 없다는 것을 알았다. 아가사는 괜찮은 삶을 살았고, 새끼들을 세

번 낳았으며, 여주인과 함께 외출했을 때 종종 만났던 암캐들에게 존경도 받을 만큼 받았다. 아가사는 여주인이 없는 세상의 일원이 되고 싶지 않았다. 아가사는 병원 문 옆에 엎드리면서 다른 개들에게 떠나고 싶지 않다는 뜻을 알렸다. 다만 이 결정이 죽음을 의미한다는 사실은 몰랐다. 여주인이 아가사 혼자 죽음을 마주하게 남겨두고 떠났다는 생각은 하지 못했다. 생각할 수도 없는 일이었다. 가장 나쁜 것은 다음 날 아침, 병원에서 일하는 사람들이 믹스견 호날지누와 리디아와 함께 아가사를 발견했을 때 친절하게 굴지 않았다는 거다. 그들은 자신들의 좌절감을 아가사에게 퍼부었다. 아가사를 아프게 다루며 안락사시킬 처치대로 데려갔다. 한 근무자는 아가사가 자신을 물려고 고개를 들자 철썩 때렸다. 아가사는 처치대를 보자마자 종말이 왔음을 알아차렸고, 여주인을 보고싶은 간절한 바람을 전달하려는 쓸모없는 노력을 하는 데 마지막 시간을 썼다. 혼란스러운 상태에서 아가사는 영혼이 육신에서 해방될 때까지 '갈망'에 해당하는 단어를 목이 쉬도록 짖어댔다.

호날지누와 리디아는 아가사보다 오래 살았지만 그들의 마지막도 거의 똑같이 불행했다. 둘 다 가벼운 병으로 입원했던 터라 주인들은 고마움을 표하며 그들을 데려갔다. 그러나 호날지누와 리디아에게 새로운 사유방식은 목가적이며 상대적으로 긴 (또는 그랬다고 기억하는) 삶에 독이 되었다. 호날지누는 자신을 사랑하는 가족과 살았지만, 병원에서 돌아왔을 때 인간들이 얼마나 잘난 체하는지를 알아차렸다. 호날지누가 변했다는 증거가 뚜렷한데도 가족은 그를 노리개로 취급했다. 그는 인간의 언어를 배웠다. 명령이 채 내려지기 전에 앉고, 서고, 죽은 척하고, 구르고, 간청하곤 했다. 또한 주전자가 휘파람 소리를 내면 가스 불 끄는 법을 배웠다. 한번은 개들은 이십까지 셀 수 없다는 주장이 제기되었는데, 그때 호날지누는 그렇게 주장한 사람을 빤히 쳐다보며 아이러니컬하고 비통하게, 스무 번을 짖었다. 하지만 아무도 알아차리거나 신경 쓰지 않았다. 어쩌면 호날지누가 '예전의 호날지누'가 아니라고 의심했는지도 모른다. 그래서 가족은 그를 피했고 예전 모습이 기억나면 건성으로 등이나 머리를 쓰다듬어주었다. 그건 더 나빴다. 호날지누는 쓰라린 환멸을 느끼며 죽었다.

리디아의 상황은 더 안 좋았다. 휘핏 엄마와 와이머라너 아빠 사이의 믹스견으로 언제나 신경이 좀 예민했는데, 인간의 지능을 갖게 되자 한층 더 예민해졌다. 리디아 역시 주인들의 언어를 배웠고, 그들이 자신에게 바라는 것은 무엇이든 세심하게 행동하거나 예측했다. 그녀는 그들이 거만을 떨어도 신경 쓰지 않았다. 신경이 쓰였던 것은 그들의 무신경과 무관심이었다. '영장류의 마음'과 함께 시간이란 것을 예리하게 의식하게 되었기 때문이다. 시간의 흐름은 참을 수 없는 고통이었다. 순간순간이 피부에서 기어 다니는 옴진드기 같았다. 고통이 누그러지는 때는 주인들과 함께 있을 때뿐이었다. 하지만 라일락과 시트러스 향을 풍기는 전문직 부부인 리디아의 주인들은 종종 한 번 나가면 여덟 시간을 떠나 있었고, 그럴 때 리디아의 고통은 끔찍했다. 그녀는 몇 시간이고 계속해서 울부짖으며 애원하곤 했다. 마침내 반복되는 극도의 고통을 참을 수 없게 되었을 때, 우연히 고통에서 벗어날 피난처를 발견했다. 전형적으로 인간적인 피난처였다. 혼미 상태와 흥분 상태가 번갈아 나타나는 정신 분열증, 즉 긴장병이 그것이다. 어느 날, 주인들은 거실에서 다리가 뻣뻣해진 채 두 눈을 감고 있는 리디아를 발견했다. 그들은 리디아를 쇼 스트리트의 병원으로 데려갔고 수의사가 자신이 할 수 있는 것은 아무것도 없다고 하자 안락사를 시켰다. 그들은 사려 깊은 주인은 아니었지만 감상적이었다. 리디아를 뒷마당 정원에 묻고 흙더미가 뒤덮이도록 제니스타 리디아라는 학명의 노란 꽃을 심어 그녀를 기리는 안식처임을 표시했다.

쇼 스트리트를 출발한 열두 마리 개 역시 혼란에 빠졌다. 세상은 새롭고 기막히게 근사한 듯 보이면서도 또 익숙하고 시시했다. 놀라울 것 하나 없는 곳인데도, 그들은 모든 것에 놀랐다. 무리는 조심조심 움직였다. 스트라찬 애비뉴를 따라 남쪽으로 가서 다리를 건너 호수로 내려갔다.

말하자면 그들은 거의 본능적으로 호숫가에 끌렸다. 호수에서 나는 여러 가지 악취들은 매혹적이었다. 인간이 느끼는 이른 아침 베이커리 냄새처럼 말이다. 거기에는 첫째, 호수 자체의 냄새, 즉 쉰 듯 시큼한 냄새, 식물 냄새, 물고기 냄새가 있었다. 그다음 거위와 오리를 비롯해 새들의 냄새가 있었다. 한층 더 유혹하는 것은 새똥 냄새였다. 일종의 딱딱한 샐러드에 들어 있는, 거위 기름에 재빨리 튀겨낸 튀김 냄새 같았다. 마지막으로, 혹 풍겨왔다가 재빨리 사라지는 냄새들이 있었다. 익힌 돼지고기, 토마토, 쇠고기에서 나온 끈적끈적한 기름, 옥수수, 빵, 과자와 우유 냄새가 그것이다. 비록 호숫가는 그들이 피할 데도, 주인들이 찾으러 왔을 때 숨을 곳도 거의 없지만, 누구도 그 냄새를 거부할 수 없었다.

아무도 호수에 저항할 수 없었다. 하지만 매즈논은 저항해야 한다는 생각이 들었다. 그가 생각하기에 이 도시는 최악이었다. 인간의 명령을 듣지 않으려는 개들을 두려워하는 존재들로 가득 찬 곳이었다. 지금 필요한 것은 모두에게 좋은 방침을 정하기까지 안전하게 있을 곳이라고 매즈논은 생각했다. 또한, 지금 무리의 선두에 있는 애티커스가 반드시 무리를 이끌 필요가 없다는 생각도 들었다. 비록 이 모험에 휩쓸렸고 다른 개들과 함께하는 것이 꽤 즐거웠지만, 주변에 인간이 있는 것이 더 편안했다. 매즈논은 다른 개들을 신뢰하지 않았다. 그 때문에 지도자 문제를 생각하자 불쾌해졌다. 음식과 집, 물과 같은 진짜 문제들을 모두 함께 다뤄야 할 터인데, 누가 무리를 이끌게 될까? 그리고 자신은 누구를 선택해서 따르게 될까?

비록 이따금 달이 구름 밖으로 나오긴 했지만 어두웠다. 새벽 네 시, 세상은 어둠으로 가득했다. 캐나다 내셔널 박람회장으로 가는 문들이 어슴푸레 나타났다. 마치 무너질 듯 보이는 문들은 그 밑에 오는 건 무엇이건 으스러뜨릴 것 같았다. 자동차는 많지 않았지만 매즈논은 도로 끝에서 초록불이 켜지기를 기다렸다. 무리의 절반, 즉 로지와 아테나, 벤지, 프린스라는 이름의 앨버타 믹스견과 바비라고 불리는 덕 톨링 리트리버가 매즈논과 함께 기다렸다. 다른 절반, 즉 프릭과 프랙, 더기와 그레이트 데인 종인 벨라, 맥스라고 불리는 믹스견은 애티커스와 함께 태평스럽게 길을 건넜다.

모두 길을 건넜을 때 어두운 호수가 조용히 하라고 쉬쉬 대며 그들 앞에 놓여 있었고, 산책로에서는 온갖 종류의 오물과 다양한 음식 조각들을 냄새로 알아낼 수 있었다. 주름진 얼굴의 애티커스는 사냥 본능으로 작은 동물을 느낄 수 있었다. 아마도 쥐와 생쥐일 것이다. 그는 그들을 쫓고 싶었다. 애티커스는 다른 개들에게 함께 사냥하자고 재촉했다.

"왜?" 매즈논이 물었다.

개들의 공통어가 혁신되면서 그 질문은 전혀 뜻밖이었다. 애티커스는 쥐라든가 새, 또는 음식을 자제해야 한다고는 한 번도 생각한 적이 없었다. 심란해진 애티커스는 주둥이를 핥으며 '왜?'를 곰곰 생각했다. 마침내, 자신도 혁신된 언어로 물었다.

"왜 안 되는데?"

프릭과 프랙이 기쁜 마음으로 동조했다.

"왜 안 되는데?"

"왜 안 되는데?"

"주인이 오면 어디에 숨을 건데?" 매즈논이 되물었다.

어떤 개도 그보다 더 교묘한 질문을 할 수 없었을 거다. 그 질문 뒤에 숨은 가정들은 옳으면서도 또 이상하게 그릇된 것처럼 느껴졌다. 매즈논은 비록 자신의 주인을 존경했지만, 개들이라면 다들 주인에게서 숨고 싶어 할 것이라고 가정했다. 자유는 존경보다 우선이라고 생각했다. '주인'이라는 단어는 그들 모두에게 숨으라고 재촉하는 동시에 재촉하지 않는 느낌을 불러일으켰다. 어떤 개들은 주인을 생각하면서 위안을 받았다. 도시에 온 뒤로 주인인 킴과 헤어진 프린스는 주인을 찾게 된다면 어떤 짓이라도 했을 거다. 몸무게가 약 2킬로그램인 아테나는 어디를 가든 주인이 날라다주곤 했으므로, 무리와 함께 그 긴 거리를 걸어오느라 이미 지쳐 있었다. 그들이 걸어야 했던 모든 발걸음, 이제 그들의 운명으로 여겨지는 불확실성, 그것들과 마주하며 아테나는 자신을 먹여주고 날라다주는 누군가에게 행복한 마음으로 복종하겠다고 생각했다. 그렇지만 몸집이 더 큰 개들은 복종이라는 생각을 좋아하지 않는 듯 보였기에 다른 개들처럼 자신도 좋아하지 않는 척했다.

심지어 매즈논도 미묘함이나 애매함이 없지 않았다. 그는 언제나 주인이 요구한 것을 해내는 자신의 능력에 자부심을 갖고 있었다. 그는 비스킷을 얻기도 했고 특별한 선물을 받기도 했지만, 그런 의례적인 일에 분개하기도 했다. 때로는 도망치지 않도록 자신을 억눌러야 했다. 사실 특별한 선물을 가져갈 수 있었다면 주인에게서 도망쳤을 것이다. 특별한 선물은 꼭 먹는 것만 아니라, 뭐랄까, 특별히 대접받는다는 느낌 전체였다. 쓰다듬어 주고 주인이 기뻐할 때 쓰는 말투의 느낌까지 포함되었다. 물론, 자유로워진 지금은 그런 특별한 선물을 생각할 필요가 없었다.

예속의 즐거움을 완전히 이해하거나 경험해보기에는 너무 어린 철부지 프릭과 프랙만이 주인이 나타날 때를 대비해 숨을 곳이 필요하다는 매즈논의 제안에 전적으로 동의했다.

매즈논의 감정과 미묘한 차이가 있는 애티커스가 말했다.

"왜 숨어? 우린 이빨이 있는데?" 애티커스가 이를 드러내자 모두 그 끔찍한 제안이 무슨 뜻인지 이해했다.

"난 내 여주인을 물 수 없어. 여주인이 좋아하지 않을 테니까." 아테나가 말했다.

"어이가 없네." 애티커스가 말했다.

"꼬맹이 말이 맞아. 주인을 물면 다른 주인들이 우리의 자유에 분개할 거야. 난 여러 자유로운 개들이 매맞는 것을 봤어. 공격을 받기 전에는 물면 안 돼. 그리고 우린 우선 은신처를 찾아야 해." 매즈논이 말했다.

"모두 개답지 않은 이야기만 하는군. 먹을 것을 찾은 다음 은신처를 찾아보자." 애티커스가 말했다.

그들은 사냥을 나갔다. 어떤 개들은 자신들이 음식이라고 아는 것을 찾으러 나섰고 어떤 개들은 예로부터 자양물이라 여겨왔던 동물들을 뒤쫓았다. 그들은 엄청난 성공을 거두었다. 본능적으로 작은 동물들에게 이끌려, 그 불쌍한 생물들을 한곳으로 몰거나 매복했다가 습격했다. 그렇게 쥐 네 마리와 다람쥐 다섯 마리를 독창적이며 효율적으로 죽였다. 두 시간 뒤, 아침 해가 땅을 비추고 호수가 푸르스름한 녹색으로 변하자 쥐와 다람쥐, 핫도그 빵, 햄버거 조각, 감자튀김 한 줌, 반쯤 먹은 사과, 달콤한 과자를 구해왔는데, 원래 무엇이었는지 말하기 어려울 정도로 흙투성이였다. 딱 하나 실망스러웠던 것은 거위를 한 마리도 잡지 못한 것이었다. 또한, 개들 대부분은 작은 동물을 잡는 것에 반대하며 먹다 남은 인간들의 음식을 찾으러 갔다. 그들은 '블러바드 클럽' 옆 언덕 위에 머리가 없고 반쯤 먹다 남은 쥐와 다람쥐를 한 줄로 깔끔하게 늘어놓고 떠났다.

그다음 며칠이 지나자, 개들에게 '생각'이라는 정신 활동이 집단적 변화를 초래한, 미묘하면서도 명백한 징후 몇 가지가 나타났다. 우선, 새 언어가 꽃을 피우며 의사소통 방식을 변화시켰다. 이 변화는 특별히 프린스에게 눈에 띄게 나타났다. 그의 내면은 끊임없이 다른 개들과 공유할 단어들을 찾아냈다. 예를 들어 '인간'이라는 단어(대략, 그르르-아히, 인간들의 전형적 소리에 뒤따르는 으르렁 소리)를 찾아낸 것도 프린스였다. 이것은 개들이 말하기에 숙달되지 않았어도 영장류에 관해 이야기하는 중요한 성취였다. 또한, 개들 최초의 재담이라고 할 만한 것을 고안한 것도 프린스였다. 새 언어에서 '뼈다귀'라는 단어(대략, 르르르-아이)와 '돌멩이'라는 단어(대략, 그르르-이아이)는 매우 비슷했다. 어느 날 저녁 프린스는 무엇을 먹느냐는 질문을 받자 뼈다귀를 가리키면서 '돌'이라고 대답했다. 몇몇 개들은 이 최초의 돋보이는 말장난을 즐거워했고 또 동시에 적절하다고 여겼다. 문제의 뼈다귀들이 씹기 어려운 것임을 암시하기 때문이었다.

다음으로는, 그들의 영역에 친숙해지면서 더 예리한 사냥꾼이 되고 음식을 더 잘 찾게 되었다. 그들의 영역은 파크데일과 하이 파크, 블루어 스트리트에서 호수, 윈드미어 애비뉴에서 스트라찬 애비뉴까지였는데, 다들 인간(또는 개)의 주의를 끌지 않고 모일 수 있는 곳이 어디인지 알게 되었다. 나아가 프린스가 햇빛과 그림자를 관찰한 덕분에 하루를 유용한 단위로 나누는 법을 배웠다. 공통된 시간의 용도를 발견한 것이었는데, 이 발견은 시간이 얼마나 지났는 지 아는 데 도움이 되었다. (낮은 태양이 처음 나타날 때부터 지기 시작하는 순간까지로 여덟 개의 불균등한 단위로 쪼개져 있었고, 그 각각에 이름이 주어졌다. 밤은 세상이 조용해지기 시작할 때부터 새들이 시끄럽게 울기 시작할 때까지로, 열한 개의 단위로 쪼개져 있었다. 이런 식으로 개들의 하루는 이십사 시간이라기보다는 열아홉 개 단위로 이루어졌다.)

시간과 장소에 대한 새로운 관계는 은신처를 만드는 데도 일부 영향을 주었다. 실리적이고 설득력 있는 애티커스는 (비록 처음부터 새로운 언어를 불신하긴 했지만) 하이 파크의 관목림을 접수하자고 제안했다. 상록수 군락 아래의 빈터였다. 그들은 테니스공, 운동화, 인간의 옷, 담요, 끽끽 소리 나는 장난감 등, 그곳을 더 쾌적하게 만들려고 찾아내거나 훔칠 수 있는 것은 무엇이든 다 가져다 놓았다. 관목림에 영원히 머물 의도는 없었다. 애티커스는 그곳이 밤이 시작할 때 만나는 임시 장소라고 말했지만, 곧 그들의 거처로 느끼기 시작했다. 그곳은 송진과 개와 오줌 냄새를 풍겼다.

하지만 아마도 '영장류식 사유'의 유용성을 보여주는 가장 두드러진 예는 벨라와 아테나의 관계였을 것이다. 물론 둘의 몸무게와 키를 보면 양극단이었다. 둘은 나이가 같았고, 둘 다 세 살이었다. 그러나 아테나는 고작해야 2킬로그램 정도의 무게에 다리는 짧았다. 아테나는 무리가 움직일 때 다른 개들과 함께 보조를 맞출 수 없었다. 벨라는 약 1미터의 키에 대략 90킬로그램의 무게였다. 벨라는 달리는 법이 드물었으며, 가장 사려 깊은 개는 아니었을지라도 뭐랄까 신중하고 위엄 있게 움직였다. 벨라는 아테나가 보조를 맞추지 못하는 것을 보면서 네 살짜리 여자아이가 어떻게 자신의 등에 탔는지 기억해냈고, 아테나에게 자기 등에 타라고 했다.

벨라로서는 아무 문제가 되지 않았다. 벨라는 무릎을 꿇고, 앞발을 몸 아래 집어넣고, 아테나가 올라오기를 기다렸다. 처음 아테나는 올라가자마자 바로 떨어지곤 했는데 벨라의 등에서 떨어지는 건 아팠다. 그러나 빨리 익숙해졌다. 세 번째 날이 되자 아테나는 발톱을 이용해서 균형을 잡았고 벨라의 목덜미를 물어 자리를 지켰다. 아테나가 얼마나 균형을 잘 잡는지, 떨어뜨리기 어려울 정도였다. 덕분에 진기한 광경이 연출되었다. 며칠 뒤, 불규칙한 리듬으로 천천히 걷던 벨라는 달려도 되겠다는 확신이 들었다. 벨라가 달리자 등의 볼록한 부분이 내려갔다 올라갔다 했고, 아테나는 배의 선수에 올라탄 털북숭이

승객처럼 기쁨에 차서 매달려 있었다.

이런 식의 보행은 한배에서 난 새끼들처럼 가까워진 둘에게는 신나는 일이었지만, 무리에게는 곤란한 일이었다. 아테나와 벨라가 달갑지 않은 주목을 끌었기 때문이다. 어느 날, 개들이 먹을 것을 찾아 호숫가를 뒤지고 다니는 동안 한 무리의 어린 인간 수컷들이 벨라의 등에 탄 아테나를 보았다. 어린 인간 수컷들은 재미있어하고 또 놀려대며 개들의 뒤를 쫓아왔다. 인간들의 행동 방식이 늘 그렇듯, 어린 인간 수컷들의 이상한 혈기 왕성함은 공격하는 것인지 싫어하는 것인지 알 수 없었다. 녀석들은 돌멩이를 주워 던지기 시작했다. 벨라는 빨리 달리지도 못했고 긴 거리를 단번에 달릴 수도 없었다. 잠시 후 벨라의 걸음이 느려지자 아테나가 돌멩이에 맞았다. 아테나는 고통스러운 비명을 지르며 벨라의 등에서 떨어졌다. 아테나의 고통으로 더 즐거워진 소년들은 개들을 더 괴롭히려고 더 많은 돌을 모았다.

벨라는 천성이 침착하고 쉽게 짜증을 내지 않았지만, 어린 인간 수컷들이 접근하자 바로 방어 태세를 취했다. 죽이는 것도 불사할 준비가 되어 있었다. 우선 떠오른 유일한 계략은 공격자들 가운데 가장 큰 녀석을 제거하는 것이었다. 벨라는 으르렁대며 곧장 소년들에게 향해서는 녀석이건 누구건 대응하거나 도망치기 전에 선제공격했다. 90킬로그램의 무게로 덤벼

들어 본능적으로 녀석의 목을 노렸다. 소년이 마지막 순간에 팔을 치켜들지 않았더라면 소년의 목살을 물어뜯었을 것이다. 벨라의 이는 소년의 목 대신 오른손의 뼛속까지 들어갔다. 녀석이 피를 뿜으며 벨라의 몸 아래서 비명을 질렀다. 비록 돌멩이로 무장했다 해도 소년들은 겁에 질렸다. 친구가 도와달라고 외치는 소리를 들으면서도 가만히 서 있었다. 그들의 공포는 벨라에게 유리했다. 벨라는 첫 번째 인간을 처리한 순간 녀석에게서 떨어져 곧바로 가장 가까이 있는 다음 녀석에게 달려갔다. 녀석은 친구들을 운명에 맡겨둔 채 고통스러운 비명을 지르며 냅다 도망쳤다.

근처에서 쓰레기 더미를 뒤지던 애티커스와 매즈논이 싸움 소리를 듣고 달려왔다. 그들은 으르렁거리며 인간들 뒤를 쫓아가 멀리 쫓아버렸다. 인간들은 다시는 돌아오지 않으리라 확신했다. 사실, 소년들은 그 누구도 되돌아갈 것은 꿈도 꾸지 않았다. 다른 말로 하면, 순식간에 벌어진 완패였다. 다들 나이가 열네 살보다 많지 않은 예닐곱 명의 소년들은 정신적으로 큰 충격을 받았고 치욕을 당했다. 아테나는 피를 흘렸고 왼쪽 눈 위에 젖은 털이 뭉쳐 있었지만, 개들이 보기에 그다지 심하게 다친 것은 아니었다. 하지만 매즈논은 말했다.

"이건 안 좋아. 인간들은 너희가 물면 좋아하지 않아. 우리는 영역을 바꿔야 할 거야."

"좋지 않다는 건 동의해. 하지만 왜 우리가 떠나야 하지? 그들이 찾는 건 이 두 년일 거야. 두 년은 눈에 띄지 말아야 해. 피해를 준 건 덩치 큰 년이야. 인간들은 그 년을 찾으러 오지, 우리를 찾으러 오진 않아." 애티커스가 말했다.

"네 의견에 동의도 안 하지만 반대도 안 해." 매즈논이 말했다.

그러나 개들은 조심했다. 벨라와 아테나는 하이 파크에서 먹이를 찾고 관목림 가까이에 머물렀다. 둘은 호숫가 가까이에 가지 않았고, 아테나도 어두워지기 전에는 벨라의 등에 타지 않았다. 낮이면 다른 개들도 되도록 주의를 끌지 않으려고 적은 무리로, 둘 또는 셋이서만 함께 돌아다녔다.

이렇게 조심하는 것은 인간들 때문이었다. 인간들이 꼭 위험한 것은 아니지만, 예측할 수 없었기 때문이다. 어떤 인간은 무릎을 꿇고 등을 쓰다듬거나 턱수염을 긁어주지만, 똑같이 보이는 어떤 인간은 발로 차거나 돌을 던지거나 심지어는 죽음으로 내몰았다. 일반적으로 인간을 피하는 것이 최선이었다. 그렇지만 예상과는 달리, 그러한 변화 뒤 최악의 대립은 인간이 아니라 다른 개들과의 사이에 일어났다. 무리가 정중하게 굴든 모호하게 굴든, 어떤 개들은 으르렁 소리를 내거나 이를 드러내지도 않고 대뜸 공격하려 들었다.

"우리가 약하다고 생각하는 거야." 애티커스가 말했다.

그러나 말처럼 간단하지 않았다. 공격하는 개들은 공격적이었지만 두려워하는 것처럼 보이기도 했다. 그들은 벨라라든가 애티커스, 프릭이나 프랙처럼 큰 개들한테만 겁을 먹는 게 아니었다. 웬만한 크기의 동물에게는 전혀 위협이 되지 않을 더기나 벤지, 바비, 아테나에게도 겁을 냈다. 대뜸 공격해오지 않던 개들은 바로 고분고분해졌는데, 그것 역시 이상했다. 작은 개들이 생각하기에 자신들이 사납고 대단히 뛰어난 개들이라고 오해하는 것 같았다.

열두 마리 개는 자신들의 달라진 지위에 서로 다르게 반응했다. 애티커스는 이 상황이 참을 수 없었다. 단순한 개에 불과한 자신을 다른 존재로 취급하는 세상에서 사는 건 대단히 충격적이었다. 이제 애티커스는 자의식을 손상하지 않고 옛날의 즐거움을 가질 수 없게 되었다. 킁킁 항문 냄새를 맡는다거나, 친구의 생식기가 있는 곳에 코를 묻는다거나, 낮은 지위에 있는 개에게 올라타는 것들 말이다. 이 점에서는 애티커스와 매즈논, 프린스와 로지가 비슷했다. 이 넷은 사려가 깊어지는 경향이 있었다. 다시 한 번 개들의 사회로 되돌아가도 된다면 다들 그런 사려 분별 따위는 포기했을 것이다. 프린스를 제외하면, 그리고 어느 정도는 매즈논도 제외하면 말이다. 유일하게 프린스만 의식의 변화를 온전히 받아들였다. 마치 사물을 보는 새로운 방식을 발견한 것 같았고, 자신이 알던 모든 것을 이상하고 경이롭게 만드는 관점을 발견한 것 같았다.

의식 변화 범위의 다른 끝에는 프릭과 프랙, 그리고 믹스견 맥스가 있었다. 그들 역시 자의식 때문에 곤란을 겪었지만, 생각을 억누르는 법을 배웠다. 물론, 개로 존재하는 옛날 방식에 충실하게 머무르는 한에서, 새로 발견한 생각하는 법을 사용했다. 모르는 개들의 도전을 받으면 그들은 음란하고 효율적으로 방어했다. 패거리를 이루어 공격자들에게 맞섰고, 양들을 다루던 방식으로 그들을 다루었으며, 상대의 힘줄을 물어 뜯어 피를 흘리며 고통받도록 내버려두었다. 순종적인 개들을 만나면 그들의 기쁨은 그만큼 강했다. 그들이 하는대로 내버려두는 개들에게는 가혹하게 대했다. 어떤 면에서 새로운(또는 다른) 지능은 자신들의 본질이라고 이해한 것, 즉 개 같은 사나운 성질에 이용되었다. 그들은 '보통' 개들이 두려워할 만했다.

사실 프릭과 프랙, 맥스와 가장 많이 문제를 일으킨 개들은 같은 무리의 다른 개들이었다. 그렇다. 다른 아홉 마리는 서로 자신들의 지능과 빠르게 진화하는 언어를 나누었다. 그들은 프릭과 프랙, 맥스를 이해하는 유일한 피조물들이었다. 그러나 '이해', 즉 사유의 냄새를 풍기는 것은 그들 셋이 절대로 원하지 않는 것이었다. 프릭과 프랙, 맥스에게 '이해'란, 개로 살고자 노력한다고 해도 더는 정상적인 개가 아니라는 사실을 상기시켰다. 그들 셋이 다른 개들에게 원하는 것은 복종이나 지도력이었는데, 처음에는 그 어느 것도 얻지 못했다.

프릭과 프랙 그리고 맥스를 가장 화나게 하는 개는 당연히 프린스였다. 프린스는 일종의 믹스견으로, 털은 적갈색이었고 가슴에 흰털이 있었다. 그는 몸집이 컸지만, 기질적으로 어떤 육체적 위협도 가하지 못했다. 프린스는 그야말로 순응적이었다. 누구라도 그를 지배할 수 있었다. 짜증스러운 것은 프린스가 이상한 생각들을 가졌다는 점이다. 그는 인간이라든가 바다, 좋아하는 냄새(새의 살, 풀, 핫도그)라든가 머리 위에 떠 있는 몸을 따뜻하게 해주는 빛나는 노란색 원판과 같은 사소한 것들에 대해 끝없이 질문을 해댔다. 물론 프릭과 프랙과 맥스는 '돌'과 '뼈'에 대한 프린스의 말장난을 혐오했다. 하지만 프린스는 말장난을 멈추려 들지 않았다. 다른 개들의 격려에 힘입어 말장난으로 끊임없이 명료한 언어를 모욕했다.

프릭과 프랙이 보기에 프린스는 그들의 영혼을 파괴하는 데 열중하는 것 같았다.

그러나 프린스의 재담이 최악은 아니었다. 전에는 그들도 모든 개와 마찬가지로 멍멍 짖거나 우우 울부짖거나 으르렁거리는 기본적인 소리의 단순한 어휘로 만족했다. 이런 소리들은 '물'이라든가 '인간'에 해당하는 단어처럼 유용한 혁신과 마찬가지로 받아들일 만했다. 그러나 프린스의 주동으로 그들 무리는 이제 무수한 것들을 지칭하는 단어를 갖게 되었다. (대체 개에게 '먼지'라는 단어가 왜 필요하단 말인가?) 그리던 어느 날, 프린스는 자세를 바로 하고 이상한 단어들을 늘어놓았다.

> 언덕 위의 풀은 축축해.
> 하늘은 끝이 없어.
> 여주인 매지를 기다리는 개를 위해
> 다시 정오가 오네.

으르렁, 멍멍, 낑낑 그리고 한숨으로 묶이는 소리들을 듣고, 프랙과 프릭은 지쳐 있는 개의 여주인 얼굴을 당장 물어버리겠다는 듯 펄쩍 뛰어올랐다. 둘은 어떤 주인이 그들에게 고통을 주려고 와 있다고 추정했던 거다. 그러나 프린스의 단어들은 경고가 아니었다. 오히려 그는 놀이를 하고 있었다. 그런 척하고 있었다. 말하기를 위한 말하기를 하고 있었다. 이보다 더 비열하게 언어를 사용할 수 있을까? 맥스는 으르렁대며 자리에서 일어났다. 당장 물 태세였다.

그렇지만 맥스는 다른 몇몇 개들이 프린스가 읊은 단어들에서 얻은 즐거움을 계산에 넣지 않았다. 아테나는 축축하게 젖은 언덕과 끝없는 하늘을 환기해준 것을 고마워했다. 벨라도 똑같았다. 몇몇 개들은 프린스가 언어를 남용했다고 느끼기는커녕 그의 말장난과 마찬가지로 뭔가 예기치 않은 멋진 것을 가져다주었다고 느꼈다.

"난 감동했어. 제발, 다시 들려줘." 매즈논이 말했다.

프린스는 또 다른 집합의 으르렁, 멍멍, 낑낑과 흡착음을 읊었다.

> 언덕 뒤에 주인이 있네.
> 우리의 비밀 이름을 아는 주인이.
> 벨 소리와 뼈다귀로 우리를 집으로 부를 거야.
> 겨울이나 가을 또는 봄에.

개들은 대부분 조용히 앉아 있었다. 프린스가 무엇을 말하는지 이해하려고 노력하는 것이 분명했다. 그러나 맥스는 이건 아니라고 생각했다. 프린스가 그들의 명료하고 고귀한 언어를 비틀어서가 아니었다. 프린스가 개의 본질을 넘어섰기 때문이다. 진정한 개라면 그런 허튼소리를 지껄일 수 없을 터였다. 프린스는 그들 무리의 일원이 될 가치가 없었다. 그들의 진정한 본성을 지키려면 누군가 행동해야 했다. 맥스는 프랙과 프릭도 같은 것을 느끼고 있음을 감지했지만 자신이 먼저 프린스를 물어 굴복시키거나 내쫓고 싶었다. 맥스는 으르렁거리지도 않고 프린스를 향해 돌진했다. 프린스는 속수무책이었다. 공격할 때 그랬듯이 맥스가 조용히 그리고 악의에 차서 막 프린스의 목을 물려고 하는데, 매즈논이 나서서 프린스를 방어했다. 매즈논은 프릭이나 프랙이 끼어들기 전에 맥스를 쓰러뜨렸고 이빨을 맥스의 목에 단단히 박았다. 맥스는 굴복하고 오줌을 싸며 가만히 누워 있었다.

"죽이지 마." 프랙이 말했다.

매즈논이 으르렁거리며 경고를 보내고 더 세게 물었다. 맥스의 목에서 피가 흘렀다.

"그 말이 맞아. 우리끼리 죽이는 건 좋지 않아." 애티커스가 말했다.

매즈논은 맥스를 죽이는 게 옳다고 느꼈다. 온몸의 근육 하나하나 다 그렇게 느꼈다. 마치 맥스를 죽이지 않으면 안 될 때가 올 것을 아는 것 같았다. 그렇다면 지금 못 할 이유는 뭔가? 하지만 매즈논은 애티커스의 말을 듣고 맥스를 풀어주었다. 맥스는 꼬리를 다리 사이에 집어넣고 재빨리 도망쳤다.

"폭력을 쓸 필요는 없었어. 맥스는 그저 우리가 들은 말에 대해 자기가 느낀 감정을 보여주려고 했던 것뿐이잖아." 애티커스가 말했다.

"녀석은 감정을 숨기지 못했어." 매즈논이 말했다.

"넌 맥스에게 자신의 위치를 알려주었어. 잘한 거야." 애티커스가 말했다.

의도적으로 생각을 하지 않는 프랙과 프릭을 제외하고 개들

대부분은 맥스와 매즈논 사이에 벌어진 일에 어리둥절했다. 옛날 같으면 주도권 싸움을 목격했다고 말했을 거다. 그 싸움은 명백히 매즈논이 이겼고 따라서 그의 지위가 높아졌다고 했을 거다. 그런데 이번에 문제가 된 것은 프린스였다. 프린스가 맥스의 기분을 상하게 했다. 그가 읊조린 '말'이 기분을 상하게 한 것이다. 그렇다면, 맥스와 매즈논은 말 때문에 싸운 건가 아니면 지위 때문에 싸운 건가? 개가 말 때문에 죽을 정도로 싸울 수 있나? 생각하니 이상했다.

벨라와 아테나가 나란히 누워 잠이 들락 말락 할 때 아테나가 말했다.

"수컷들이란 무슨 이유로든 싸운다니까."

"우리랑은 상관없어." 벨라가 말했다.

벨라와 아테나는 그 문제를 그렇게 마무리했다. 둘은 곧 잠이 들었고, 아테나는 조용히 으르렁거렸다. 꿈속에서 자기보다 훨씬 작은 다람쥐가 약을 올렸기 때문이다.

애티커스는 그 싸움이 있고 두 번의 저녁이 지난 뒤에야 매즈논에게 말을 걸었다.

가을이 왔다. 나뭇잎들은 색을 바꾸고 있었다. 밤은 더 서늘했고 더 캄캄했다. 그들의 일상은 안정되었다. 쓰레기를 뒤지고, 인간을 피하고, 쥐와 다람쥐를 사냥했다. 관목림은 비와 폭

풍을 피하게 해주는 피난처였고, 자신들에게 일어난 일을 생각할 수 있는 곳이었다. 비록 임시거처였지만, 관목림은 그들의 집이 되었고, 점점 더 그곳을 떠나기가 어려워졌다.

매즈논은 프릭이나 프랙, 맥스나 애티커스가 일종의 제안을 하리라고 기대했다. 그들 가운데 하나가 지도자 문제를 꺼내리라 예상했다. 무리는 한동안 우두머리 없이 지내왔는데, 이는 자연스럽지 못한 상황이었다. 매즈논이 무리를 이끌려는 것은 아니었지만, 아무리 애티커스가 괜찮은 후보라고 해도 매즈논에게 먼저 의견을 구하지 않고, 무리의 우두머리로 슬그머니 앉히는 건 다른 개들을 모욕하는 것이었다. 옛날 같으면 의심할 여지없이 그 문제로 싸움을 벌였을 것이다. 그러나 그들에게 변화가 닥친 뒤, 몸싸움은 우두머리를 뽑는 복잡한 문제를 풀기에 최상의 방법이 아닌 것 같았다. 적어도 매즈논이 생각하기에는 그랬다.

(참으로 기이한 변화였다! 어느 날, 인간들이 이른바 자기들의 애완동물을 부르는 소리를 들으며 매즈논은 특이한 경험을 했다. 순식간에 해가 짙은 아침 안개를 녹여버린 것만 같았다. 인간들이 하는 말이 이해가 되었던 거다! 수천 번 들었던 단어 몇 개만 이해된 것이 아니었다. 매즈논은 그 단어들 뒤에 있는 생각이 이해되는 것 같았다. 매즈논이 아는 한 그 순간처럼 인간을 이해한 개는 없었다. 그것이 저주인지 축복인지 확신할 수 없었다. 하지만 이해력이라는 새로

운 능력은 확실히 행동의 변화를 요구했고, 비록 새로운 세계의 이상함은 줄어들지 않았더라도 그 이상함을 대하는 데 도움이 되었다.)

매즈논은 애티커스와 함께 관목림 밖으로 나가 공원으로 갔다. 하늘은 별들로 가득했다. 퀸즈웨이의 불빛은 멀리 남쪽까지 이어졌다. 귀뚜라미의 끝없는 소음 외에는 모든 것이 고요했다. 귀뚜라미들을 침묵시킬 만큼 춥지는 않았다.

"어떻게 해야 할까?" 애티커스가 물었다.

뜻밖의 질문이었다.

"뭘 어떻게 해?" 매즈논이 되물었다.

"질문을 잘못했어. 우리 종족에게 낯선 존재가 된 지금, 어떻게 살아야 할까, 하는 뜻이야." 애티커스가 말했다.

"다른 개들이 우리를 두려워하는 건 맞아. 우린 이제 그들처럼 생각하지 않으니까." 매즈논이 말했다.

"하지만 우리도 그들이 느끼듯 느끼잖아. 안 그래? 그날 밤 이전의 내가 어땠는지 난 기억해. 난 지금도 그다지 다르지 않아."

"난 전에는 널 몰랐어. 하지만 지금은 알아. 지금 넌 달라졌어." 매즈논이 말했다.

"우리 가운데 일부는 새로운 사고방식을 무시하고 새로운 단어 사용을 그만두는 게 최선이라고 믿어." 애티커스가 말했다.

"넌 내면의 말들을 어떻게 침묵할 수 있어?"

"아무도 내면의 말을 침묵할 수 없지만, 무시할 수는 있지. 우리는 옛날의 존재 방식으로 돌아갈 수 있어. 새로운 사고방식은 우리를 무리에서 멀어지게 해. 하지만 개는 개에 속하지 않으면 개가 아니야."

"난 동의하지 않아. 우리에겐 새로운 길이 있어. 우리에게 주어진 걸 왜 이용하면 안 돼? 우리가 달라진 데는 이유가 있을 거야." 매즈논이 말했다.

"난 다른 개들과 어떻게 어울려 지냈는지 기억해. 하지만 넌 생각하고 싶어 하고, 계속 생각하기를 바라고, 다시 또 생각하고 싶어 하지. 그렇게 많이 생각하는 게 대체 무슨 소용이 있어? 나도 너랑 비슷해. 나도 생각의 즐거움을 받아들일 수 있어. 하지만 그건 우리에게 진짜 장점은 되지 않아. 그건 우리를 같은 개들에게서 멀어지게 하고 옳은 것에서 멀어지게 해." 애티커스가 말했다.

"우린 다른 개들이 모르는 것을 알아. 우리가 그들을 가르칠 수는 없을까?"

"아니, 지금은 그들이 우리를 가르쳐야 해. 우린 다시 개가 되는 법을 배워야 해." 애티커스가 말했다.

"그런데 왜 내 생각을 알고 싶어 하는 거야? 우두머리가 되고 싶어?"

"내게 도전할 거야?"

"아니." 매즈논이 말했다.

둘은 밤의 소리에 귀를 기울이며 잠시 함께 앉아 있었다. 공원의 세상은 눈에 보이지 않는 생명으로 와글거렸다. 머리 위에는 아주 옛날과 마찬가지로 새로우면서도 늘 거기 존재하는 광대한 하늘이 있었다. 둘 중 누구도 별과 밤하늘에 주의를 기울인 적은 없었지만, 지금은 하늘이 궁금했다.

"그 이상하게 말하는 녀석 있잖아. 녀석의 말이 옳을까, 궁금해. 하늘은 정말 끝이 없을까?" 애티커스가 말했다.

"녀석의 생각은 아름다워. 하지만 녀석도 고작 우리가 아는 것만큼 밖에 몰라." 매즈논이 말했다.

"우린 알게 될 것 같아?"

매즈논은 그 질문과 씨름했고 내면에서 일어나는 생각과 씨름했다. 모든 것이 때로는 절망적일 정도로 혼란스러웠다. 결국은 애티커스가 옳지 않을까 싶었다. 아마도 개는 항상 그랬듯이 개로 있는 편이 가장 좋을지도 몰랐다. 생각이라는 것을 하면서 다른 개들과 분리되지 말고, 집단의 편에 있는 것이 좋을지도 몰랐다. 아마도 그밖에 다른 것은 헛된 것일지도 모른다. 아니면 더 나쁘게는, 선으로부터 멀어지게 하는 망상일 수도 있었다. 그러나 새로운 사유 방식이 거추장스럽다거나 고통스럽더라도, 그것은 이제 그들의 한 모습이었다. 왜 자신에게 등을 돌려야 한단 말인가?

"언젠가 우린 하늘이 어디서 끝나는지 알게 될지도 모르지." 매즈논이 말했다.

"그래. 언젠가 그럴지도 모르고 아닐지도 모르지." 애티커스가 말했다.

매즈논의 직감은 틀리지 않았다. 지도자 문제에 관해 머리를 맞대고 이야기하리라 예상했던 애티커스는 계속 모호하게 굴었지만, 결국 토론의 주제는 권력에 관한 것이었기 때문이다. 그렇지만 매즈논이 애티커스의 숨은 말뜻을 다 알아차린 것은 아니었다. 애티커스는 매즈논이 지휘권에 도전해오든 말든 관심이 없었다. 애티커스는 매즈논보다 덩치가 컸고 게다가 프릭과 프랭, 맥스와 로지가 그의 편이었다. 애티커스가 진심으로 알아내려고 했던 것은 자신이 무리를 통솔하기로 했을 때 매즈논이 함께할지의 여부였다. 매즈논은 자기도 모르게 애티커스에게 필요한 모든 정보를 주었다.

다음 날, 쓰레기를 뒤지러 밖에 나가기로 했을 때, 프랭과 프릭, 맥스와 애티커스는 험버 베이 아치 다리 건너편 호숫가에서 만났다. 무리의 다른 개들에게서 멀리 떨어져 있을뿐더러, 주인과 산책을 나온 개들도 목줄을 해야 하는 곳이었다.

"다른 녀석들하고 이야기했어. 과거처럼 사는 것이 진짜 사는 것이라고. 변화가 있어야 한다고. 일부는 남겠지만, 일부는 꼭 그렇지 않을 거야." 애티커스가 말했다.

"검은 개는 어때?" 프랙이 물었다.

"우리 편이 아니야. 추방해야 할 거야." 애티커스가 대답했다.

"죽이는 게 낫겠네." 맥스가 말했다.

"놈이 널 올라타서 그렇게 생각하는 거겠지." 프릭이 말했다.

"아냐. 녀석 말이 옳아. 검은 녀석은 보내기가 쉽지 않을 거야. 다른 녀석들 몇몇은 이미 녀석을 신뢰하고 있어. 죽이고 싶지 않지만, 녀석이 남아 있으면 상황이 어려워질 거야." 애티커스가 말했다.

"질이 높이 달린 년은 뭐래?" 맥스가 물었다.

"걔는 검은 개를 좋아해. 그리고 너무 강해. 걘 사라질 거야." 애티커스가 말했다.

"작은 년도 함께 데려가게 하자." 맥스가 말했다.

"규칙은 뭐야?" 프랙이 물었다.

"두 가지가 될 거야. 첫째, 언어는 없지만, 적절한 개 언어는 있다. 둘째, 방식은 없지만, 개의 방식은 있다. 우린 애초의 운명대로 살게 될 거야." 애티커스가 대답했다.

"주인 없이?" 프릭이 물었다.

"주인은 없을 거야. 주인 없는 개가 오직 진정한 개야. 사라져야 할 녀석이 셋이야. 큰 암캐, 검은 개 그리고 이상한 방식으로 단어를 쓰는 놈. 연놈들이 사라지면, 우린 애초의 운명대로 살 수 있어." 애티커스가 말했다.

"검은 개에게 도전할 거야?" 맥스가 물었다.

"아니. 셋을 한꺼번에 없애야 해. 나머지 녀석들이 어느 편에 설지 정하거나 일을 어렵게 만들기 전에 재빨리 해치워야 할 거야." 애티커스가 말했다.

"언제?" 프릭이 물었다.

"오늘 밤." 애티커스가 말했다.

그들은 개답지 않게 아주 세세하게 전략을 짰다. 실패할 경우 어떻게 할 것인지 세부사항까지.

프린스는 또 하나의 시를 읊었다.

> 움직이는 빛은 빛이 아니어라.
> 멈추어 있는 빛은 빛이 아니어라.
> 진정한 빛은 수없이 많은 잠이 있기 전 솟았어라.
> 심지어 새들의 입에서도 솟았어라.

맥스는 그 자리에서 프린스를 죽이고 싶었다.

개들은 프린스의 시를 곰곰 생각한 뒤 대부분 은신처 잠자리로 들어가서 그의 시가 자장가나 되는 듯 곧바로 잠에 떨어졌다. 그렇지만 애티커스는 아니었다. 애티커스는 매즈논에게 공원으로 가서 또 대화를 나누자고 했다. 이윽고 은신처 안이 작은 숨소리밖에 들리지 않고 조용해졌을 때 프릭과 프랙이 자리에서 일어났다. 프릭은 소리 없이 벨라와 아테나가 자는 곳으로 가서 아테나의 작은 몸을 입에 물고 이빨로 세게 조이며 급히 그곳을 떠났다. 아테나의 비명이 터져 나오다가 끊겼어도 다른 개들은 깨지 않았다.

잠시 후, 프랙이 코로 벨라의 머리를 쿡쿡 찔러 깨웠다.

"놈들이 꼬맹이를 데려갔어." 프랙이 말했다.

천천히 잠에서 깨어난 벨라는 아테나가 없어진 것을 알고 정신이 번쩍 들었다.

"어디로 데려갔어?" 벨라가 물었다.

"몰라. 형이 그들을 쫓아갔어. 그곳으로 데려다줄게."

프랙은 벨라를 공원 옆 거리인 블루어 스트리트로 데려가기로 했다. 프랙과 벨라가 달려간 거리는 언덕에 있었고, 밤인데도 일정한 리듬에 따라 차량이 오갔다. 여러 대의 차들이 빠른 속도로 언덕을 내려왔다가 뚝 끊기고, 다시 차들이 내려왔다. 비탈 중간쯤, 보도 위 가로등 불빛 속에 프릭이 서서 길 건너편의 뭔가를 보고 있었다. 벨라와 프랙이 다가가자 프릭이 말했다.

"저기 있어. 보여? 불빛 아래."

길 건너편 가로등 아래 뭔가가 있는 것 같았다. 위협적인 도로였으나 아테나가 걱정돼서 조심하지 않았다. 아테나를 위해서라면 무슨 일이든 했을 것이다. 아테나는 벨라가 지상에서 마음을 쏟은 존재였다. 벨라는 바로 길을 건너가려 했다. 그때 프랙이 말했다.

"잠깐! 형이 언덕 위로 가서 불이 바뀌면 짖을 거야. 그러면 안전하게 건너."

벨라는 펄쩍펄쩍 뛰어 길 건너편에 아테나를 보려고 필사적으로 애를 쓰며 초조하게 기다렸다.

"이제 가. 안전해." 프랙이 말했다.

당연히 안전하지 않았다. 프릭의 타이밍은 흠잡을 데 없었다. 벨라는 길을 4분의 1도 채 건너지 못하고 택시에 치여 죽었다.

한마디로, 프릭과 프랙은 벨라와 아테나를 깔끔하게 해치웠다.

벨라가 죽은 건 확실했다. 거리의 인간들이 소리를 질러도 벨라의 몸은 움직이지 않았다. 프릭과 프랙은 은신처로 돌아왔다. 합의한 대로 둘은 맥스와 함께 프린스를 끝장낸 다음 애티커스가 매즈논을 죽이는 데 합류할 예정이었다.

문제가 복잡해지면 안 되므로 맥스는 계속 프린스를 감시하기로 했다. 자신에게 굴욕을 주었던 지저분한 믹스견을 그냥 두기는 어려웠으나 그래도 참았다. 프린스에게 (조금씩 그리고 조용히) 다가간 맥스는 프린스가 이따금 코를 쿵쿵거리고 훌쩍이는 소리가 충분히 들릴 정도로 가까운 자리에 누웠다. 프린스가 그들에게서 빠져나가는 건 불가능했다. 조용히 은신처로 돌아온 프랙과 프릭은 맥스와 함께 프린스를 끝장내려고 했다. 그러나 그들이 프린스라고 생각한 것은 인간의 옷 뭉치에 불과했다. 맥스는 격노한 나머지 제정신이 아니었다. 프린스가 도망치는 것은 불가능했다! 녀석이 내쉬고 들이쉬는 숨소리를 낱낱이 들으며 그것이 녀석의 마지막이 될 거라는 걸 알고 얼마나 즐거워했던가! 셋은 은신처를 돌면서 개들이 누워 있는 곳으로 가서 프린스의 냄새를 맡았다. 그러나 프린스는 어디에도 없었다.

하지만, 프린스는 거기 있었다.

아무리 쉽게 죽었더라도 벨라와 아테나의 죽음은 신들에게 문제가 됐다. 헤르메스와 아폴론은 아테나의 사체(프릭은 그녀가 쥐나 되는 듯 쉽게 목을 부러뜨렸다)와 도로 한가운데 있는 벨라의 몸을 내려다보았다.

"저들은 행복하게 죽었어. 내가 이겼어." 헤르메스가 말했다.

"넌 이기지 않았어. 작은 녀석은 공포에 질렸고 큰 녀석은 친구 때문에 고통을 당했어. 저들은 불행하게 죽었어." 형 아폴론이 말했다.

"형은 공정하지 않아. 저들의 마지막 순간이 즐겁지 않았다는 건 인정해. 하지만 죽임을 당하기 전에 그들이 함께했던 우정은 지금까지 경험해보지 못한 것이잖아. 지능을 주었는데도 그들은 행복했어." 헤르메스가 말했다.

"동의해. 하지만 어떻게 해야 해? 중요한 순간은 죽음이라고 주장했던 건 너야. 이 피조물들 하나라도 행복하게 죽으면 네가 이긴다는 데 우린 동의했지. 죽음의 순간에 이 둘은 행복하지 않았어. 그러니, 넌 이긴 게 아니야. 하지만 헤르메스, 난 너를 속였다는 말도 듣고 싶지 않고, 아버지한테 가고 싶지도 않아. 그러니, 제안을 하나 할게. 네가 건 벌칙은 내 것만큼 강하지 않으니까 한 번만 네가 이 피조물들의 삶에 개입하게 놓아두겠어. 딱 한 번만이야. 너 하고 싶은 대로 해도 돼. 하지만 개입을 하면 벌칙은 두 배야. 패자가 인간 세상의 이 년 동안 노예가 되는 거야." 아폴론이 말했다.

"형은 개입하지 않을 거야?"

"내가 왜 개입해야 해? 이 피조물들은 내가 만들 수 있는 것보다 더 비참한걸. 그들은 죽을 때 기쁨의 환성을 지르지 않을 거야. 만약 이것으로 네 기분이 더 나아진다면 약속할게. 난 직접 개입은 하지 않겠어." 아폴론이 말했다.

"그럼 받아들일게." 헤르메스가 말했다.

그리하여 프릭과 프랙이 벨라와 아테나를 처리하고 돌아오는 동안, 프린스는 매우 이상한 꿈을 꾸었다. 그는 첫 번째 주인의 집에 있었다. 앨버타 주 랠스톤에 있는 집으로 그곳은 프린스의 냄새로 꽉 차 있었고, 그의 장난감이 비밀스러운 패턴으로 흩뿌려져 있었다. 그 집의 구멍이란 구멍은 다 알았다. 그는 나무 바닥을 급히 달려가는 생쥐들 소리에 이끌려 부엌으로 가는 중이었다. 그때 알지 못하는 개가 꿈속으로 들어왔다. 낯선 개는 가슴의 선명한 파란색 부분을 제외하면 전부 새까맸다.

"넌 위험에 처했어." 낯선 개가 말했다. 낯선 개는 프린스의 언어를 완벽하게, 그러나 억양은 없이 말했다.

"너 참 아름답게 말한다. 넌 누구니?" 프린스가 물었다.

"넌 내 이름을 말하기 어려울걸. 나는 헤르메스고 너의 종족은 아니야. 나는 주인들의 주인인데, 네가 여기서 죽는 걸 원하지 않아." 낯선 개가 말했다.

"어디서 말이야?" 프린스가 물었다.

문득 그는 어린 시절의 집에서 멀리 떨어진 곳에 와 있었다. 하이 파크의 은신처에서 다른 개들과 함께 자는 자신을 내려다보고 있었다. 헤르메스가 가리키는 곳 주변에 맥스가 누워 있었고, 곧 프릭과 프랙이 돌아오는 것이 보였다. 헤르메스는 프린스에게 벨라와 아테나가 자고 있던 자리를 보도록 했다.

"덩치 큰 암컷은 어디 있지?" 프린스가 물었다.

"그들이 죽였어. 여기 있으면 너도 죽일 거야." 헤르메스가 말했다.

"내가 뭘 했기에? 난 아무한테도 도전하지 않았는데." 프린스가 물었다.

"그들은 네가 말하는 방식을 싫어해. 살고 싶다면 남은 방법은 도망치는 것뿐이야." 헤르메스가 말했다.

"하지만 나를 이해하는 이들이 없다면 내 존재는 무엇일까?"

"목숨보다 말을 택하겠다고? 생각해봐. 네가 죽으면 네가 말하는 방식도 함께 죽어. 넌 일어나야 해. 지금 당장, 프린스. 내가 네 곁에 있는 동안은 아무도 너를 보거나 네 소리를 들을 수 없어. 하지만 시간이 많지 않아. 어서!" 헤르메스가 말했다.

그리고 프린스의 생에서 가장 이상한 막간극이 이어졌다. 그는 자신이 깨어 있는지 꿈을 꾸는지 알지 못했다. 하지만 이상한 개는 그의 비밀 이름을 말했다. 첫 번째 주인이 부르던 이름, 프린스. 꿈속에서 그는 헤르메스와 함께 자신이 은신처에서 일어나는 모습을 지켜보았다. 프랙과 프릭, 맥스가 자신을 찾으러 다니는 것을 보았다. 그들은 그의 앞과 옆을 지나쳤고, 거의 그를 통과할 뻔했다. 프린스는 자신이 거기 있다는 것을 알리며 짖고 싶은 마음을 참기 어려웠다. 모든 것이 마치 게임

같았다. 하지만 프린스는 짖지 않았다. 헤르메스를 따라 은신처에서 나와 하이 파크로 들어섰다. 그러다 완전히 잠이 깼는데 헤르메스는 없었다.

프린스는 여전히 자신이 꿈을 꾼다고 생각했다. 아까처럼 자신을 보려고 했다. 그가 즐겨 씹는 구두를 곁에 두고 아직 관목림에서 자고 있는지 보고 싶었다. 다시 은신처를 향해 가는데 맥스와 프릭과 프랙이 달려 나왔다. 프린스는 얼른 몸을 숨기고 앉아 귀를 뒤로 젖히고 꼬리를 뒤로 단단히 밀어 넣었다. 그들은 프린스를 보지 못했다. 그들은 험악한 분위기를 마구 내뿜으며 달려갔다. 꿈이든 아니든 헤르메스는 진실을 말했던 거다. 셋은 살의를 품고 있었다. 프린스는 그들이 보지 못할 것이라고 확신했을 때 도망쳤다. 극심한 공포와 두려움과 어둠 속에서 유랑 생활이 시작되었다.

관목림을 뛰쳐나온 맥스와 프릭과 프랙은 애티커스를 찾으러 달려갔다. 그들은 모두 함께 매즈논을 공격하기로 합의했었다. 프린스가 수수께끼처럼 사라진 것에 절망한 지금, 맥스와 프릭과 프랙이 원하는 건 오직 검은 개 매즈논을 물어 죽이는 것이었다. 그들은 애티커스가 알려준 연못을 향해 달렸다. 발정 난 암캐에게 올라타러 갈 때처럼 달려갔다.

애티커스는 매즈논과 함께 있는 시간이 유쾌하지 않았다.

매즈논을 이해했기에, 또 매즈논을 보내야 하는 게 미안했기에 불쾌했다. 다른 상황이라면 매즈논을 무리에 끼워주는 것을 환영했을지도 모르지만, 지금은 그런 상황이 아니었다. 애티커스는 앞으로 닥칠 일을 몰래 정당화하는데 많은 시간을 보냈다. 무리는 통합이 필요하며 통합이란 모두가 같은 방식으로 세상을 이해하는 것을 의미했다. 세상까지는 아니라도 적어도 규칙을 이해해야 했다. 매즈논은 새로운 사유 방식, 새로운 언어를 받아들였다. 그 개는 무리에 속하지 않았다.

"검은 개야, 소속감보다 더 대단한 감정이 있을까?" 애티커스가 말했다.

"아니." 매즈논이 말했다.

"그런데 말이야. 때때로 난 그 감정을 다시는 느끼지 못할까 봐 두려워. 다시는 개들 사이의 개가 되는 것이 어떤 건지 절대 모를 것 같단 말이지. 검은 개야, 너의 그 생각이란 건 끝이 없는 죽은 들판이야. 변화가 있고 나서 나는 내가 원하지 않는 생각들 때문에 외로웠어." 애티커스가 말했다.

"이해해. 나도 같아. 하지만 우리는 견뎌야 해. 내 안에 있는 것을 피할 수는 없으니까." 매즈논이 말했다.

"난 동의하지 않아. 다른 이들과 함께 있는 것이 자신에게서 자유로워지는 거야. 다른 길은 없어. 우린 옛날 방식으로 돌아가야 해." 애티커스가 말했다.

"그걸 찾을 수 있다면." 매즈논이 말했다.

바로 그때 프랙과 프릭과 맥스가 왔다. 맥스가 말했다.

"덩치 큰 암캐가 죽었어."

"무슨 일이 있었는데?" 매즈논이 물었다.

"우리 종족이 한 무리에게 공격당했어. 지금 우리 은신처 근처에 있어."

"얼마나 돼?" 매즈논이 물었다.

"많아. 하지만 녀석들은 우리만큼 크지 않아." 맥스가 말했다.

"우리 집을 지켜야 해." 애티커스가 말했다.

프릭과 프랙은 매즈논 앞에서 달렸고, 맥스와 애티커스는 매즈논의 양옆에서 달렸다. 관목림에서 멀지 않은 곳에 오자 형제는 획 돌아서며 아무 경고 없이 매즈논을 공격했다. 맥스와 애티커스가 즉시 공격에 합류했다. 개들은 빠르고 무자비했고, 매즈논은 도망가려고 했지만, 곧 붙잡히고 말았다. 넷은 매즈논을 물었다. 그의 옆구리와 목, 다리의 힘줄, 배와 생식기 속에 이빨을 박았다. 만일 낮이었다면 저들은 매즈논의 피를 보고 흐뭇해했을 것이다. 훨씬 더 흥분했을 수도 있었다. 그만큼 그들은 피 맛과 살육의 아드레날린에 취했다.

낮이었다면, 그리고 그들이 조금 덜 흥분했더라면, 매즈논이 죽었는지 확인했을 것이다. 그들은 매즈논이 더는 저항하지 않을 때까지만, 몸의 경련이 멈출 때까지만 공격했다. 그리고 매즈논이 죽도록 내버려둔 채 새로운 삶을 시작하려고 관목림으로 돌아갔다. 그 새로운 삶은 실제로는 예전 삶에 대한 집착이었다.

2
매즈논과 벤지

　　매즈논이 깨어나 보니 땅콩버터와 간을 튀기는 냄새가 나는 집이었다. 그는 달콤한 비누와 인간 냄새가 나는 두툼한 주황색 담요를 깐 고리버들 바구니에 누워 있었다. 움직여보려고 했지만 그럴 수 없었다. 너무 아팠고, 움직이기도 힘들었다. 복부는 면도질이 되어 있고 하얀 붕대로 감겨 있었다. 붕대에서는 오일과 소나무와 딱히 뭐라고 말할 수 없는 냄새가 났다. 얼굴이 가려웠지만, 머리 주위에 원뿔 모양 플라스틱이 둘러 있었다. 원뿔의 좁은 쪽은 목에 딱 맞게 동그랗게 절단되었고, 넓은 쪽은 메가폰처럼 튀어나왔다. 얼굴을 긁고 싶어도 긁을 수 없었다. 네 다리 모두 털이 깎여 붕대에 감겨 있었다. 자신이 어디 있는지 보려고 고개를 들었지만, 어딘지 보이지 않았다. 보이는 것이라고는 파랗고 밝은 하늘이 내다보이는 창문과 허연색의 방뿐이었다.

문득, 공격을 당했던 생각이 났다. 고통스럽도록 선명했다. 공격을 당하는 동안 그는 자신이 무한한 어둠 속으로 떨어질 거라는 사실을 받아들였다. 자유롭게 지낼 때 죽음에 대해 조금 생각한 적이 있었으므로 죽는다는 사실을 받아들였다. 이 허연 방은 자신이 아직 살아 있다는 증거였기에 실망스러웠다. 그런 일을 겪은 뒤 계속 살아 있다는 게 무슨 의미가 있을까?

매즈논은 이곳이 어디인지 알고 싶어서 고개를 더 높이 들어 올렸다. 소리를 치려고 애썼지만, 목소리는 낮고 희미했고, 또 짖는 것이 고통스러웠다. 그런데도 최대한 조심스레 짖었다.

뒤에서 쿵쿵 발소리가 가까워졌다.

"깨어났구나." 목소리가 말했다.

그리고 인간 남자의 얼굴이 시야를 가렸다.

"기분이 어떠냐?" 남자가 물었다.

인간 여자의 얼굴이 매즈논의 시야에서 남자의 얼굴을 거칠게 밀어냈다.

"너 운이 좋았어! 진짜 운이 좋았던 거, 너 알아?"

"한동안은 일어나지 못할 것 같아. 배가 고프지 않나 모르 겠군." 남자가 말했다.

배가 고프다는 말은 매즈논이 잘 아는 말이었다. 그는 자신 의 언어를 써서 흡착음을 내고, 낑낑거리고, 정말 배고프다는 것을 의미하는 단어들을 약하게 짖었다.

"아픈 거 알아, 얘야. 흥분하면 안 돼." 여자가 말했다.

그리고 남자에게 말했다. "뭘 먹기에는 너무 약한 것 같아."

"그러게. 하지만 한번 줘보자고." 남자가 말했다.

남자는 방을 떠났다가 흰쌀밥과 다진 닭 간을 담은 접시를 들고 돌아왔다. 남자는 매즈논 앞에 접시를 내려놓고 (냄새가 죽였다!) 플라스틱 원뿔을 벗긴 다음 매즈논이 조심조심 접시 에 다가가는 모습을 지켜보았다. 매즈논은 일어나 앉지 않은 채 혀를 옆으로 쓱 휘둘러 음식을 입에 넣었다.

"내가 틀린 것 같아. 배가 고팠네." 여자가 말했다.

"왜 이름을 붙여주지 않아?"

"우리가 계속 데리고 있어야 한다고 생각해?"

"왜 안 돼? 회복되면 낮에는 당신 친구가 되어 줄 텐데."

"좋아. 로드 짐*이라고 부를까?"

"왜 하필이면 세상에서 가장 따분한 책 이름을 붙이는 거야?"

---

* 조지프 콘래드의 소설

"당신이 괜찮다면 황금잔*이라고 부르지 뭐."

인간들이 만드는 소음을 들으며 매즈논은 그들의 소리가 얼마나 예측할 수 없이 중대한 결과를 낳았는지가 기억났다. 그가 가족과 함께 살았을 때, 인간들은 여러 가지 소리를 냈는데, 그 어느 하나도 그와는 전혀 관계없었다. 그러다가 별로 중요하지 않은 소음의 안개에서 뭔가 의미 있는 소리가 나왔다. 예를 들어 그의 이름이 불리면 그가 나중을 위해 남긴 음식이 담긴 그릇이 치워졌다. 또는 현관 벨이 울리고 누구냐고 소리치면, 누군가 그들의 영역을 침입했다. 그럴 때마다 매즈논은 침입자들에게 짖거나 펄쩍 뛰어올라 상대가 고분고분하며 아무 위협이 되지 않음을 확인해야 했다. 침입자에게 신경쓰는 건 매즈논뿐이었다.

쌀밥과 닭 간을 먹으며 매즈논은 만약 인간들이 접시에 손을 뻗으면 더 빨리 먹을 태세를 갖추고 인간들에게 주의를 기울였다.

"정말 잘 먹는구나! 정말 착한 개네!" 여자가 말했다.

그런 다음, 매즈논은 기진맥진해서 고리버들 바구니에 누웠다. 남자는 역겨운 냄새가 나는 찐득찐득한 것으로 매즈논의 몸을 문지르고 플라스틱 원뿔을 목에 도로 둘러주었다. 그는

---

* 헨리 제임스의 소설

남자가 하는 대로 내버려두었다. 그들이 그를 혼자 남겨두자 매즈논은 잠이 들었다.

매즈논이 한 번에 몇 분 이상 서 있기까지는 육 개월이 걸렸다. 심지어 그때도 힘줄이 대부분 손상된 뒷다리는 쓸 수가 없었다. 아주 오랫동안, 그는 다리가 세 개나 마찬가지였다. 밖에서 뒤를 보거나 소변을 볼 수 없다는 건 굴욕적이었다. 인간들은 심지어 그에게 팬티를 입혀서 사태를 악화시켰다. 인간들은 팬티를 규칙적으로 갈아주었지만, 언제나 매즈논이 바라는 것만큼 빨리 갈아주지 않았다.

회복되기까지 여러 달 동안 매즈논은 바구니에 누워서 삶에 관해 생각하는 것밖에는 할 일이 없었다. 그는 자신의 삶과 일반적인 삶에 관해 생각했다. 생각하는 일은 고통스러웠다. 어쩔 수 없이 배신당한 밤으로 돌아갔기 때문이다. 그는 얼굴에 주름이 늘어진 개에게 배신당했다. 그는 동지애의 감정을 표현하려고 애쓰면서 녀석의 마음과 심장에 말을 걸었는데, 그 보답으로 그를 죽이려던 개들과 함께했다. 그렇다 하더라도, 때때로 매즈논은 다른 개들이 자신을 공격한 것이 옳았다는 생각도 했다. 본능과 너무 멀어진 자신이 과연 개로서 살 가치가 있는지, 확신할 수 없었다.

여러 달 동안 계속된, 때로는 고통스러운 생각에서 매즈논의 관심을 딴 데로 돌리는 유일한 것은 인간들이었다. 인간들은 그를 황홀하게 하는 만큼 또 좌절하게 했다. 만약 인간들에 관해 설명해달라는 요청을 받았다면, 그는 뭐라고 했을까? 어디서 이야기를 시작했을까? 예를 들어, 그들의 냄새를 어떻게 정의할까? 음식 냄새, 땀 냄새 그리고 그 두 냄새를 방해하는, 다른 뭔가로 대신할 수 없는 냄새들의 복합. 인간들은 일반적으로 이상한 냄새가 났지만, 그가 가장 좋아하는 인간 냄새는 그들이 짝짓기할 때 내는 냄새였다. 그 냄새는 알알하고 진실되고 위안을 주었다. 인간들이 그의 바구니를 침실로 옮긴 뒤 매즈논은 밤에 더 평화롭게 잠을 잤다. 그들의 짝짓기 냄새는 일종의 진정제였다.

또한, 매즈논은 점차 기초를 넘어서 더 많은 인간의 언어를 배웠다. 우선, 그는 어조의 미묘한 차이들을 받아들였다. 예를 들어 한 사람이 다른 사람에게 끝을 올리며 말을 하면 상대가 대꾸하리라는 것을 예상할 수 있었다. 어조는 단어 자체보다 더 중요한 것 같았다. 그래서 인간들이 마치 그의 답변을 기다리는 듯, 그가 이해하기를 기대하는 듯, 끝을 올릴 때면 늘 조금 이상했다.

"배고프니, 짐?"

"밖에 나가고 싶니, 짐?"

"지미가 추운가? 너 춥니, 로드 짐?"

사실, 목소리의 어조에 매혹된 나머지 매즈논에게는 여자와 처음으로 심각하게 안 좋은 일이 생겼다. 그는 대부분의 시간을 여자와 보냈다. 여자는 매즈논과 함께 있는 것에 더 관심이 있는 것 같았다. 바구니를 침실에서 커다란 책상이 있는 방으로 옮겼다. 여자는 책상에서 시간을 보냈고, 자리에서 일어나는 건 스트레칭을 하거나, 매즈논에게 말을 걸거나, 부엌에서 컵을 가져올 때뿐이었다. 어느 날 여자는 책상에서 일어나 스트레칭을 하고 바구니로 걸어와 매즈논의 머리를 긁어주며 말했다.

"배고프니, 짐? 맛있는 거 먹고 싶어?"

매즈논은 생각해본 다음 말했다.

"응."

그로서는 발음하기 어려운 소리였지만, 매즈논은 혼자서 연습을 해왔다. 아울러 '아니'와 약간의 다른 중요한 단어들도 연습했다. 또한, 동의를 나타내려고 고개를 끄덕이는 법을 연습했고, 반대를 나타내려고 고개를 왼쪽에서 오른쪽으로 흔드는 법을 연습했다. 여자가 맛있는 것을 원하느냐고 물었을 때 그는 동의를 나타내는, 고개를 끄덕이는 것과 '응'이라고 말하는 것 중에 어느 것이 더 효과적인지 확신할 수 없었다. '응'이라고 말한 뒤 몇 분 동안에도 여전히 확신하지 못했다. 여자가 움직이지 않고 빤히 바라보았기 때문이다. 여자의 반응에 혼란스러워진 매즈논은 여자의 눈을 바라보며 고개를 끄덕이고 다시 말했다.

"응."

여자가 가쁜 숨을 몰아쉬더니 마루에 쓰러졌다. 그러고 몇 분 동안 움직이지 않았다. 갑작스럽게 인간이 움직이지 않는 것을 처음 접한 매즈논은 자신에게 무엇을 기대하는지 몰라서 고개를 숙이고 앞발의 털을 핥으며 기다렸다. 잠시 후 여자가 몸을 움직이며 혼자 중얼거렸다. 그런 다음 자리에서 일어났다. 매즈논은 아마도, 자신의 말을 제대로 이해하지 못했다고 생각했다. 그는 여자를 쳐다보고 고개를 끄덕이며 말했다.

"맛있는 거."

여자가 이번에는 비명을 지르고 공포에 휩싸여 방을 뛰쳐나갔다. 끝이 높아지는 어조와 그에 대한 적절한 반응. 그렇게 간단하게 받아들였던 것이 생각보다 복잡하다고 느꼈다. 분명, 남자가 '응'이나 '맛있는 거'라고 말했을 때 여자는 남자에게서 도망치지 않았다. 어쩌면, 그가 놓친 어떤 미묘한 소리가 수반되는 것 같았다. 혀로 흡착음을 낸다든가, 끙끙거린다든가, 조금 으르렁거리는 것 말이다. 하지만 아무리 생각해도 남자가 그런 소리를 내는 것을 들은 기억이 없었다. 기껏해야 남자는 말을 할 때 여자의 어깨에 팔을 둘렀다. 어쩌면, 그렇다면, '응'이라고 말하기 전에 여자를 만져야 했을까?

'다음번에는, 만약 그녀가 몸을 숙이면 어깨를 만지는 거야.' 매즈논은 생각했다.

하지만 그다음 너무 불쾌한 일들이 이어져, 정말 오랫동안 '다음번'은 없을 정도였다. 그가 말을 한 결과는 분명했다. 여자는 이제 그를 두려워했다. 매즈논이 있으면 방에도 들어오지 않으려 했다. 그러자 남자는 매즈논을 어디론가 데려갔고, 밤새 거기에 두었다. 다음 날 매즈논은 뭔가로 쿡쿡 찔리고, 주사를 맞고, 엄밀히 말해 맛없는 음식을 받았고, 그의 냄새를 맡고 공격적으로 된 다른 개들과 나란히 한 우리에 들어가 관찰을 당했다. 이 예측 불가능성, 잔인한 행동과 따돌림, 이것이 인간이었다. 가장 나빴던 것은 몸이 허약해져서 우리 문을 열고 도망칠 수 없었던 것이다. 운명을 따르는 것 외에 다른 선택의 여지가 없었다.

이 일 전체는 뜻밖에 좋은 교훈을 안겨주었다. 고양이나 다람쥐, 생쥐나 새들의 언어를 알아들을 수 있다면, 매즈논은 분명 그들과 소통하려고 애를 썼을 거다. 어떤 종이든 소통을 해보려고 노력했을 것이다. 그러나 이제 그는 인간의 언어를 안다는 사실을 인간들에게 숨기기로 다짐했다. 이유야 어떻든, 인간들은 개가 말하는 것을 못 견디는 게 분명했다.

세 번째 날, 여자가 직접 매즈논을 데리러 왔다.

매즈논은 막 잠이 들려던 참이었고, 다른 개들은 그를 위협하는 것에 싫증이 났을 무렵이었다. 방문이 열리고, 피를 뽑을 때 매즈논을 붙잡아 누르던 하얀 옷을 입은 사람 중 한 사람의 안내를 받으며 여자가 들어왔다. 남자가 우리의 문을 열자 매즈논은 두렵기는 했지만, 여자를 따라 밖으로 나왔다.

거리로 나오자 도망쳐야 한다는 생각이 들었다. 늦은 봄, 유혹적인 저녁이었다. 해가 완전히 지지는 않았다. 멀리 빌딩 위로 불그레한 빛줄기가 놓여 있었다. 그러나 매즈논은 아직 상처가 다 낫지 않았기에 도망치는 데는 제약이 있었다. 통증 때문에 오래 달릴 수도 없고 또 금방 지칠 것이었다. 더 나쁜 것은 길을 잃을 수도 있다는 것이었다. 그래서 그는 자동차의 뒷좌석으로 기어 올라갔다.

여자는 운전석으로 가지 않고, 매즈논과 함께 뒷좌석에 앉았다.

"너를 그곳에 보내서 미안해. 하지만 넌 날 겁먹게 했어. 이해하지?" 여자가 말했다.

무슨 일이 닥치든 받아들이리라 체념했지만, 인간의 말을 하지 않겠다고 굳게 다짐했으므로 매즈논은 고개를 끄덕였다.

"넌 뭐니? 개 맞아?" 여자가 물었다.

참으로 대답하기 어려운 질문이었다. 매즈논은 자신이 개라고 느껴지지 않았다. 종들 사이에서 표류하는 듯이 느껴졌다. 그러나 여자의 말뜻을 알았으므로 다시 고개를 끄덕였다.

"개는 사람들에게 절대 말하지 않는다는 걸 이해해야 해. 내가 아는 한 그런 일은 절대 없어. 난 네가 악마에게 홀렸다고 생각했어. 그래서 겁을 먹었던 거야. 네 이름은 뭐니?" 여자가 물었다.

매즈논은 말하지 않았다. 단지 그의 주인이 붙여준 '매즈논'이라는 이름이 발음하기 어려워서도, 또 인간의 말을 하지 않기로 해서도 아니었다. 자신이 더는 진짜 이름을 갖지 않은 것 같았기 때문이다. 그는 여자를 빤히 바라보다가 고개를 저었다.

"내 이름은 니라야. 너를 짐이라고 불러도 괜찮겠니?" 여자가 물었다.

대답이 불가능한 질문이었다. 매즈논은 니라가 뭘 알고 싶어 하는지 불확실했다. '짐'이라는 이름을 받아들이라고? 그래, 안 될 게 뭐 있어? 그녀가 그를 언급할 때 '짐'이라는 이름을 사용하면 달갑지 않을까? 아니, 그렇지 않았다. 매즈논은 그녀를 응시하다가, 적절한 신호라고 추측하며 고개를 끄덕였다.

"너 다시는 내게 말을 하지 않을 작정이구나?" 니라가 물었다.

또 다른 어려운 질문이었다. 그는 인간의 언어를 사용할 의도는 없었지만, 나름 그녀에게 말을 하고 있었다. 이번 질문에는 대답하지 않았다. 그는 고개를 돌려 창밖에 보이는 거리 반대쪽의 불이 켜진 공원을 바라보았다.

"괜찮아. 내 잘못이야. 원하지 않으면 말할 필요 없어." 니라
가 말했다.

매즈논이 다시 말을 하게 되기까지 니라는 절대 말을 하라
고 부탁하지 않았다. 사실, 그녀는 그의 침묵을 존경하게 되었
다. 매즈논은 거의 짖지 않았다. 그가 알기에 니라가 이해하지
못하는 언어를 사용하는 건 아무 의미가 없다고 보았기 때문
이다. 그는 고개를 끄덕이거나 젓는 것으로 소통했다. 그리고
둘은 점점 더 가까워졌고, 니라가 그에게 묻는 일은 훨씬 줄었
다. 니라는 그의 표정과 몸의 배치, 고개의 기울기를 읽는 법을
배웠다.

그러나 둘이 혼다 시빅의 뒷좌석에 앉아 있던 그 순간에는,
서로 '이해'라거나 '우정' 같은 것이 생길지는 분명하지 않았다.
니라는 아직 매즈논이 두려웠다. 그렇다. 그는 눈에 띄게 다리
를 절었고, 쉬지 않고는 오랫동안 걸을 수 없었다. 그런 매즈논
의 한계는 니라의 동정심을 불러일으켰다. 그들이 하이 파크에
서 목숨이 간신히 붙어 있는 매즈논을 발견하고 데려간 것도
동정심 때문이었다. 그러나 지능을 가진 존재가 그들의 집에
있다고 생각하면, 그것도 사생활의 심장부인 침실에 들였다고
생각하면, 무섭기도 했고 굴욕스럽기도 했다. 니라가 이 느낌
을 극복하기까지는 오랜 시간이 걸렸다. 이를테면 매즈논은 절

대 다시는 그녀의 침실에서 자지 않았고, 니라는 그 뒤로 그가 성기를 핥는 것을 보게 될 때마다 당황했다.

둘을 결속시키는 데는 매즈논의 침묵이 지닌 질적 특성이 도움이 되었다. 그의 침묵은 세련되고, 반응을 부르는 종류의 것이었다. 처음 니라는 일이라든가 집수리, 남편 미구엘과 함께 사는 데서 오는 가벼운 짜증 같은 사소한 것들에 대해 말했다. 그리고 점차 더 깊은 문제들에 대해 말문을 열기 시작했다. 삶과 죽음에 대한 생각, 다른 인간들에 대한 느낌, 그녀 자신의 건강에 대한 염려 같은 이야기. 그녀는 한 차례 암에 걸렸다가 살아남았고, 이따금, 재발할까봐 속수무책으로 두려워했다.

매즈논이 니라보다 더 똑똑하거나 빠르지는 않았지만 니라는 매즈논에게 지혜가 있음을 인정했다. 그 지혜는 매즈논의 세상에서의 독특한 위치에서 나오는 것이라고 니라는 추측했다. 그러나 그런 위치 때문에 매즈논이 그녀의 관심사를 상상하거나 이해하는 능력에 제한을 받는다는 점을 미처 생각하지 못할 때도 있었다. 예를 들어 니라가 남편이 끔찍할 정도로 칠칠치 못하다고, 역겹게도 깎아낸 발톱 조각을 깨문다고 불평할 때 매즈논은 완전히 당황해서 그녀를 바라보았다. 매즈논이 보기에 미구엘은 그런 식으로 자신을 그루밍할 권리가 있었다. 니라가 미구엘의 발톱 조각을 깨물고 싶은 건지 궁금했다.

또 한 번은 매즈논이 버들고리 바구니에 누워 있는데 니라가 물었다.

"넌 신을 믿니?"

매즈논은 그 단어를 들어본 적이 없었다. 그는 질문을 반복해달라는 듯 고개를 갸웃했다. 니라는 최선을 다해 그 단어 뒤에 숨은 개념을 설명했다. 매즈논이 이해하기로 그 단어는 '모든 주인의 주인'을 말하는 것 같았다. 자신은 그런 존재를 믿었던가? 그런 생각은 한 번도 해보지 않았지만 그런 존재가 있을 거라고 생각했다. 그래서 니라가 다시 질문하자 '응'이라는 뜻으로 고개를 끄덕였다. 그것은 니라가 원하는 답이 아니었다.

"넌 어떻게 그런 우스꽝스러운 걸 믿을 수 있어? 혹시 신이 개라고 생각하는 거 아니니?" 그녀가 물었다.

매즈논은 그런 것을 믿지 않았다. 오직 니라가 묘사한 '신'이라는 것이 가능하다고 믿었을 뿐이다. 일 년 내내 발정난 암캐가 있을 거라고 믿는 것과 같았다. '주인들의 주인'이란 관념일뿐, 자신과 상관없었으므로 니라의 경멸을 이해할 수 없었다. '정부'(무리가 어떻게 행동해야 하느냐를 결정하는 주인들의 집단)와 '종교'(무리가 주인들의 주인에 대해 어떻게 행동해야 하느냐를 결정하는 주인들의 집단)에 대해 이야기할 때에도 비슷한 오해가 있었다. 이런 것들에 대해 니라가 말을 하면 할수록 매즈논은 어떤 주인들의 집단도, 특히 인간들의 집단은, 목적이나 목표가 뭐든 간에 행동을 통일하기 어려울 것 같았다. 그리하여 '정부'와 '종교' 둘 다 매우 나쁜 발상처럼 여겨졌다.

니라와 매즈논 양쪽에 가장 큰 좌절감을 주었던 순간은 다른 개를 사랑한 적이 있느냐고 물었을 때였던 것 같다. '신'과 마찬가지로 '사랑'이 무엇을 의미하는지 매즈논은 알지 못했다. 니라는 여러 날이 넘게 단어의 뜻을 알려주려고 최선을 다했다. 하지만 매즈논에게 그녀의 정의들은 모순되고 불만스럽고 모호했다. 그 단어는 매즈논이 인정할 수 있는 그 어떤 감정과도 일치하지 않았지만, 니라가 설명하는 개념은 매우 흥미로워서 경청할 만했다. 한편, 니라는 매즈논처럼 감성적인 동물이라면 틀림없이 사랑을 느꼈을 거라고 생각했다.

"어머니한테 가졌던 감정. 그게 사랑의 의미 가운데 하나야." 그녀가 말했다.

그러나 매즈논이 자기 어머니를 알았다고 해도, 어떤 특정한 감정을 일으키기에는 알고 지낸 기간이 너무 짧았다. 매즈논의 사랑이라고 할 만한 후보도 더는 없었다. 그의 주인? 주인은 그냥 주인이었다. 습관에서, 두려움에서 또는 필요에서 충성하는 그런 주인. 매즈논이 강아지였을 때 즐거운 시간을 보낸 건 확실했다. 그리고 주인에게 감사했다. 옛 주인을 생각하자 매즈논은 군데군데 맨땅이 드러난 들판에 던진 공을 쫓아갔던 기쁨의 순간들이 생각났다. 말로 다 할 수 없이 즐거웠다. 그러나 주인에 관한 한, 매즈논의 감정은 '사랑'보다 더 복잡하고 훨씬 어두웠다. 노여움과 미움의 감정이 에워싸고 있었다. 아니, 만약 인간의 단어를 골라야 한다면 매즈논은 자신의 주인에 대해 느꼈던 감정을 표현하는데 '충성심'이라는 단어를 골랐을 것이다. (바로 그런 까닭에, 비록 자신은 이름이 없다고 느꼈지만, 니라가 원래 주인이 주었던 이름인 매즈논이라고 불렀다면 더 좋아했을 것이다.)

다른 개들에 대해서는, 니라가 묘사하려고 애쓴 감정은 말할 것도 없고 충성심처럼 복잡한 감정도 느끼지 않았다. 다른 개들과의 관계는 대부분 복잡하지 않았다. 장악할 수 있는 개가 있었고 장악할 수 없는 개가 있었다. 다른 개들이 물거나 원하지 않는데 올라타려고 하면 자신의 감정을 분명하고 쉽게 전달하는 것이 최선이었다.

얼마 뒤, 매즈논은 니라가 '사랑'에 관해 말할 때 그것은 매즈논의 이해를 넘어선, 앞으로도 늘 그럴 것임을 확신하게 되었다. 어느 날 니라가 말했다.

"미구엘은 내 남편이야. 난 그를 사랑해."

매즈논은 그 따분해진 문제에 흥미를 느낄 수가 없었다. 니라가 '사랑'에 관해 묻는 것을 중단시키려고, 이해했느냐는 니라의 질문에 고개를 끄덕였다. 그러나 그 대답이 거짓말임은 둘 다 알았다. (공교롭게도 매즈논은 거짓말에 서툴렀다. 그가 거짓말을 할 때는 열광적으로 반응했다.) 그것은 둘 사이의 아픈 지점이었다.

'사랑'에 대해 이런 껄끄러운 일이 있기까지 여덟 달이 지났고, 이미 니라와 매즈논은 천 가지의 친밀함으로 묶여 있었다. 니라는 매즈논이 어떤 먹이를 좋아하는지 알았다. 매즈논은 니라가 일할 때는 방해하지 말아야 한다는 것을 알았다. 그는 최선을 다해 니라의 집 청소를 도왔다. 물건들을 어디에 두는지 배웠고, 가능한 한 제자리에 갖다두었다. 니라는 매즈논이 가장 좋아하는 씹는 장난감의 상태가 좋은지 확인했고, 망가져서 즐겁게 갖고 놀 수 없게 되었을 때마다 새것을 사주었다. 다른 말로 해서, 여덟 달을 함께 보내며 니라와 매즈논은 친구가 되었다.

이렇게 여덟 달이 지나자 매즈논은 큰 고통 없이 걷게 되었고 잠깐씩 달릴 수도 있었다. 최악이었던 다리의 힘줄은 충분히 치유되었다. 물론 그 다리에 몸무게가 실리는 것을 피했다. 붕대는 제거된 지 오래였고, 맥스에게 깨끗하게 물어뜯긴 오른쪽 귀 끝을 제외하면 여느 푸들처럼 보였다.

미구엘은 매즈논이 이제 나아졌으니 산책을 더 오래 하는 게 어떻겠느냐고 제안했다. 그는 하이 파크에서 산책할 것을 권했다. 당연히 곤란한 제안이었다. 니라는 매즈논의 감성을 남편에게 숨기지 않았다. 미구엘도 니라와 매즈논이 그들 식의 '수다'를 떠는 장면을 목격했다. 그렇기는 하지만 매즈논이 니라와 또는 니라가 매즈논과 어떤 심오한 방식으로 소통한다고는 믿지 않았다. 오히려 미구엘은 매즈논이 단어를 조금 이해하지만, 이 단어들을 넘어서면 다소 임의적으로 고개를 끄덕이거나 젓는다고 추정했다. 니라가 처음, 겁에 질려, 개가 말을 한다고 알렸을 때 미구엘은 웃었다. 당연한 일이었다. 미구엘이 생각하기에, 개와 니라의 소통은 건강식 '그래놀라'를 선호하며 '위카'*에 호감을 지닌 니라의 성향에서 오는 것이었다. 이런 성향으로 말미암아 니라는 레즈비어니즘을 실험해보고 질의 신성함을 이야기하려고 급진적 여성주의 철학자이자 신학자인 메리 데일리의 책을 읽기도 했다. 분명 그 개는 영리했다. 하지만 인간적 의미에서 영리하지는 않았고, 기억력이나 언어 능력이 뛰어나지도 않았다. 따라서 미구엘은 하이 파크와 관련된 감정적 문제들을 고려하지 않았다.

하이 파크의 문제 중 어떤 것은 사소한 것으로, 일부는 심리적 부담이었다. 가장 사소한 것은 니라가 목줄을 어떻게 할지 몰랐다는 것이다. 공원에는 목줄을 묶지 않고 산책할 수 있

---

* 자연주의적이고 여성 중심적이며 생태주의적 관점에서 마법을 숭배하는 현대 이교의 하나

는 곳이 있었다. 그녀는 매즈논을 개처럼 끌고 다니는 것은 그의 격을 낮추는 일이라고 생각했다. 매즈논 자신은 그 문제에 딱히 의견이 없었다. 목줄을 한다고 해서 굴욕감이 일지는 않았지만, 공격적인 개들이 접근할 때 행동이 구속당하는 불리한 점은 분명히 있었다. 그래서 니라와 매즈논은 초록색 가죽 끈 목걸이에 얇은 실끈을 이은 목줄을 하기로 합의했다. 가볍게 점프를 해도 끈이 끊어지므로 매즈논은 땅에 버티고 서서 자신을 방어할 수 있었다.

(물론 목줄 문제에는 권력의 문제가 내재해 있었다. 니라는 권력이라는 것이 불편했고 심지어는 권력을 드러내는 것도 불편했다. 어느 날, 니라는 매즈논에게 서로 위치가 바뀐다면 자신에게 목줄을 매겠느냐고 물었다. 매즈논은 '아니'라고 대답했고, 그 때문에 니라는 훨씬 더 불편해졌다. 그러나 사실 매즈논은 그녀의 질문을 오해했다. 만약 니라가 "주인들은 부하들을 목줄로 묶어야 한다는 데 동의했어. 만약 네가 주인이라면 나를 줄로 묶겠니?"라고 물었다면 매즈논은 주저하지 않고 '응'이라고 대답했을 것이다. 만약 니라가 그의 부하였다면 그는 당연히 관습에 따라 그녀를 대했을 것이다. 무리에서의 질서는 관습을 통해 유지되기에, 관습을 뒤집는 건 말이 되지 않았다. 그러나 매즈논은 니라의 질문을 더 실제적인 수준으로 이해했다. 니라가 손과 무릎으로 걷는데, 자기가 입에 끈을 물고 있다면 얼마나 어색할지 생각했던 것이다. 질문을 그런 식으로 이해한다면 오직 한

가지 가능한 대답은 그가 했듯이 '아니'였을 것이다.)

또 하나의 사소한 문제는 인간들과 관련이 있었다. 공원에 오는 인간들은 대단히 다양했다. 온갖 신분과 인종과 성이 다 있었다. 눈에 띄는 것은 누군가 그를 쓰다듬어도 좋으냐고 묻거나 매즈논이 달기만 하고 별맛이 없다고 생각하는 마른 비스킷 같은 먹을 것을 줘도 좋으냐고 니라에게 물었을 때 매즈논의 태도였다. 니라는 매즈논이 애정 표시에 신경 쓰지 않는다고 생각했는데 의외로 자신을 쓰다듬는 사람을 매우 까다롭게 고른다는 것을 알고는 놀랐다.

"얘는 물지 않아요." 또는 "그럼요. 쓰다듬어줘도 괜찮을 거예요."

니라의 말에 매즈논은 처음 몇 번은 그렇게 하도록 가만히 서 있었다. 그런 다음에는, 이제 그만하면 됐다고 결정했다. 이유는 없었다. 한 나이 든 여자가 다가와 쓰다듬어줘도 되느냐고 묻자 매즈논은 '아니'라고 고개를 저었다. 여자가 다가오자 그는 몸을 비키며 만지지 못하게 했다.

"죄송합니다." 니라가 말했다.

여자가 갈 길을 가고 난 뒤 니라가 매즈논에게 말했다.

"네가 거절할지 몰랐어. 누가 쓰다듬는 거 싫어?"

매즈논은 고개를 끄덕였다. 알겠지만, 그건 싫다는 뜻이었다. 좋다는 뜻이 아니었다. 그때부터 매즈논은 쓰다듬어도 좋다고 생각하면 고개를 끄덕이고 그렇지 않으면 고개를 저어서 누가 자신을 쓰다듬어도 좋을지를 직접 결정했다.

"그 개를 쓰다듬어도 돼요?" 누가 니라에게 물으면 니라는 대답했다.

"직접 물어보세요."

질문을 받은 매즈논이 '좋다'고 고개를 끄덕이면 낯선 이는 기뻐하며 물었다.

"어떻게 이런 것을 가르치셨어요?"

매즈논이 '아니'라고 고개를 저어도, 낯선 이는 역시 기뻐하며 똑같은 질문을 했다.

"어떻게 이런 것을 가르치셨어요?"

어느 쪽이든 질문에 대한 니라의 답은 어깨를 으쓱하는 것이었다.

니라는 매즈논의 긍정과 부정에서 어떤 패턴도 발견할 수 없었으므로 매즈논의 선택은 임의적이라고 생각했다. 그러나 그렇지 않았다. 그 기준이 니라의 이해력을 넘었을 뿐이다. 첫째, 매즈논은 불쾌한 냄새를 풍기는 인간이 쓰다듬는 것을 좋아하지 않았다. 인간의 용어로 하면 그것은 손가락에 똥이 묻은 사람과 악수하라는 이야기와 같았다. 둘째, 더 미묘한 것으로, 지위의 문제가 있었다. 우위 문제에 조예가 깊고 또 더 섬세한 감각을 지녔기에, 그는 누군가 니라보다 위에 있는 사람처럼 행동하면 즉시 알아차렸다. 가령, 그가 처음으로 쓰다듬는 것을 거절했던 나이 든 여자의 경우, 어조와 활력, 기질에서 그것이 감지되었다. 매즈논은 자신의 무리 (자신과 미구엘과 니라) 외부의 어떤 생물체가 니라보다 높은 지위에 있는 것은 절대 용인할 수 없었고, 설령 부지불식간이라 하더라도, 니라를 비하하는 사람이 자신을 쓰다듬는 건 거절했다.

그러나 하이 파크의 가장 크고 중대한 문제는 매즈논에게 떠오르는 기억이었다. 그곳은 그가 거의 죽을 뻔했던 곳이었다. 그랬기에 당연히 니라는, 함께 나가기 전에, 하이 파크로 돌아가기를 바라느냐고 물어보았다. '하이 파크'라는 이름은 그에게 아무 의미도 없었지만, 그녀와 미구엘이 살아 있다기보다는 죽은 것에 가까운 그를 발견했던 곳임을 매즈논이 알고 있는지 확인했던 것이다. 니라는 그가 트라우마를 상기하고 불쾌해할까봐 염려했지만, 매즈논은 가고 싶어 했다. 그래서 둘은 하이 파크로 갔고, 매즈논은 놀랄 정도로 끔찍하게 고통스러웠다. 거의 죽음에 이르렀던 기억은 매우 굴욕스러웠다. 또한, 무서웠다. 니라는 그를 발견했던 지점을 피하려고 했지만 별 차이가 없었다. 매즈논은 공원을 잘 알았다. 냄새며 풀, 언덕, 샘, 길, 동물원, 식당, 쓰레기통. 그는 예전의 자기 영역을 걸어가면서 마음이 칼로 에는 듯 아팠다.

그러나 분명히 고통을 초래하는 곳이긴 해도, 매즈논은 하이 파크가 필요했다.

　어느 날 니라는 그의 고통을 덜어주고 싶어서 그를 트리니티 벨우즈 공원으로 데려갔다. 매즈논은 주위를 둘러보더니 차로 돌아가서는 니라가 자신이 원하는 곳으로 데려가주기를 기다렸다. 매즈논은 예전의 패거리나 잔당을 발견하고 싶은 욕구를 전달할 수 없었다. 자신도 이유를 알지 못했지만, 자신이 마지막 남은 개일지도 모르겠다고 생각하면 견딜 수 없었다. 그 감정은 외로움을 넘어서는 것이었다. 그것은 황폐한 느낌이었다. 하이 파크에 있으면 매즈논은 예전 은신처 친구를 만날까봐 경계하면서도 만나기를 바랐다.

　드디어 매즈논은 벤지를 만났다. 벤지가 애티커스의 지배에서 살아남으리라고는 생각하지 못했다. 하지만 벤지는 매즈논이 생각하지 못했던 지략이 있었고 정직하지 않았다. 벤지는 자신에게 편리할 때마다 거짓말을 했다. 싹싹했지만 두 얼굴의 소유자였고, 자기중심적이었지만 마음 씀씀이가 세심했다. 벤지는 상황을 빠르게 읽고 어떤 갈등이 있을 때 어느 편에 서는 것이 최선인지 재빨리 판단했다. 벤지는 결점이 있었지만, 본능은 예리했고 거의 완벽했다.

　둘이 다시 만난 것은 순전히 우연이었다. 매즈논은 인간과 개가 함께 걷도록 마련해둔 길로 걷는 것을 좋아하지 않았다.

완만한 언덕 사이의 낮은 부분이나 좁은 골짜기에 난 길인데, 여기서 개들은 목줄을 하지 않고 달렸다. 공격적인 개들이 매즈논을 향해 달려와 경고도 없이 공격하면, 매즈논은 매우 잘 방어했다. 애티커스와 맥스, 프릭과 프랙에게 교훈을 얻었기에 공격을 받으면 무자비했다. 많은 경우 공격하는 개를 심각하게 다치게 했다. 예를 들어 가만히 앉아 있는데 그를 향해 달려든 로트와일러를 물어 깔끔하게 목구멍을 관통한 다음, 개의 아랫부분을 가차 없이 공격했다. 로트와일러의 주인은 격노해서 자신의 개를 보호하려고 달려왔지만, 로트와일러는 이미 쇼크 상태에 빠져서 엄청나게 피를 흘리고 있었다. 인간들이 니라와 자신에게 고래고래 고함지를 때 매즈논은 바짝 경계 태세를 갖추고 니라 곁에 앉아 있었다.

어떤 면에서 공격자들은 쓸모가 있었다. 매즈논은 자신에게 덤비는 개들을 두려워하지 않았고, 승리를 거둘 때마다 자신감이 커졌다. 그러나 그는 다른 개들이 다치는 게 싫었으므로 목줄을 묶지 않고 다니는 구역을 피했다. 매즈논이 속했던 무리의 다른 개들도 인간이나 개들에게 주목받는 것을 원하지 않았기 때문에 그곳을 피했을 거다. 그러나 벤지와 매즈논은 목줄 없이 다니는 길옆을 흐르는 개울 위, 작은 다리들 가운데 첫 번째 다리 근처에서 다시 만났다.

매즈논이 어떻게 거기 갔는지는 설명하기 쉽다. 그는 어떤 먼 나라 정부에 대한 니라의 이야기를 듣느라 정신이 팔려 있었다. 매즈논이 구출된 지 일 년이 지난 겨울이었다. 세상의 냄새는 눈에 덮여 덜 강렬했다. 그래서 매즈논(과 니라)은 그곳으로 가고 있다는 걸 깨닫지 못했다. 반대로 벤지는 절망 때문에 그곳에 와 있었다. 자신을 공격해오는 달마티안을 피해서 짧은 다리로 힘껏 도망치는 중이었다.

벤지가 먼저 매즈논을 보고 그들의 공용어로 외쳤다.

"검은 개야! 검은 개야! 도와줘!"

매즈논이 고개를 들자 반은 달리고 반은 구르면서 언덕을 내려오는 벤지가 보였다.

매즈논은 본능적으로 비글을 구하려고 달려갔다. 매즈논이 달마티안과 비글 사이에 서서 사납고 불안정한 개처럼 짖고 으르렁거리는 것을 보고 니라는 경악했다. 달마티안은 매즈논에게 도전할까 생각하다가 이해할 수 없는 어떤 느낌에 직면했다. 두 개는 개같지 않은, 생경한 종류의 개들 같았다. 달마티안은 놀랄 만큼 우아한 동작으로 왔던 곳으로 다시 도망쳤다.

"짐, 뭐하고 있니?" 니라가 물었다.

매즈논은 그녀를 무시했다. 그리고 벤지가 진정되기를 기다린 다음 말했다.

"넌 우리 무리에 있던 귀가 긴 작은 개로구나."

"그래. 내가 그 개야. 있잖아, 그날 이후로 다른 개들이 나를 발정난 암캐보다 더 자주 올라탔어." 벤지가 말했다.

그런 다음 주제를 바꾸어 벤지가 물었다.

"새 주인을 찾은 거야? 잔인하게 보이지 않네. 널 때려?"

"아니. 함께 사는 인간이고, 때리지 않아." 매즈논이 말했다.

"그렇다면 우릴 떠난 뒤에 운을 잡았네. 난 너하고 이상하게 말하던 개가 나를 데리고 가기를 바랐어."

"난 죽도록 물리고 버려졌어. 내가 떠난 게 아니야." 매즈논이 말했다.

"나도 그렇게 생각했어. 다른 개들은 너와 이상한 개가 가버렸다고 믿었지만, 난 믿지 않았어. 왜 검은 개가 자기 친구들을 떠났을까, 난 물었지." 벤지가 말했다.

"다른 개들은 어디 있어?" 매즈논이 물었다.

"할 말이 많아. 그런데 난 배가 고파." 벤지가 말했다.

벤지가 니라를 살펴보더니 대뜸 행복하게 짖으며 눈밭을 뒹굴었다.

"너 뭐하는 거야?" 매즈논이 물었다.

"인간들이 좋아하는 거. 넌 안 해? 먹이를 얻는 데 아주 좋은 방법이야." 벤지가 말했다.

"다른 개들은 어디 있어?" 매즈논이 되물었다.

다시 벤지가 행복하게 짖으며 눈 바닥을 뒹굴었다.

"그만해. 그녀는 이해하지 못…." 매즈논이 말했다.

그런데 니라는 이해한 듯이 보였다. 뭐랄까 매료된 듯 둘을 지켜보고 있었다. 그녀는 처음으로 매즈논의 진짜 언어라고 여겨지는 언어를 듣고 있었다. 혀를 딱딱거리고, 낮게 으르렁거리고, 거칠게 짖고, 한숨 쉬고, 입을 딱 벌리고. 이해할 수 없는 언어였다. 그녀가 이해하는 단 한 가지는 벤지의 장난스러운 짖기와 뒹굴기였다. 그래서 매즈논의 말을 가로막으며 말했다.

"네 친구가 배가 고픈가본데? 집으로 데려갈까? 잠시만? 갖고 오지는 않았지만, 집에 먹을 것이 많잖아."

매즈논은 자기도 모르게 화가 났다. 하지만 벤지에게는 이렇게 말했다.

"그녀 말이 우리가 사는 곳에 먹을 것이 있대."

"인간의 언어를 알아들어? 나한테 가르쳐주면 좋겠다. 네가 가르쳐주면, 우리 무리에 대해 네가 알고 싶은 것을 모두 이야기해줄게." 벤지가 말했다.

"내가 알고 싶은 것을 말해. 안 그러면 네 얼굴을 물어버릴 거야." 매즈논이 말했다.

그러나 매즈논은 어떤 언어를 쓰던 거짓말을 잘하지 못했으므로 벤지는 걱정하지 않았다. 거짓말에 능한 벤지는 애티커스와 맥스와 두 형제가 그 일을 끝낸 후 매즈논의 사체를 보았다. 매즈논이 '죽은' 것을 보았기에 그를 두려워하지 않았다. 애티커스와 공모자들이 매즈논을 이겼다면 분명 자신도 매즈논보다 한 수 위라고 생각했다. 애티커스보다 열등한 개를 왜 존경해야 하는가?

벤지는 니라와 매즈논과 함께 즐겁게 집으로 갔다.

니라가 밥과 닭의 간을 담은 그릇을 내려놓자마자 비글은 마치 매즈논이 뺏어 먹을까봐 두려운 듯이 먹어댔다. 벤지는 며칠 동안 아무것도 제대로 먹지 못했다. 블루어 스트리트를 따라가며 인간들에게 구걸해봤지만 운이 안 좋았다. 그래서 하이 파크로 돌아와, 쌓인 눈 아래 남은 음식이 있는지 찾아보고, 심지어는 개 공원 근처 레스토랑 주위를 잽싸게 돌아다니는 생쥐와 쥐를 사냥하기도 했다.

주인 없는 개에게 겨울은 좋은 계절이 아니었다. 벤지는 자신을 들여보내주는 사람을 찾아 집집을 돌아다니며 대부분 인간들이 좋아하는 짓을 하면서 시간을 보냈다. 뒹굴고, 죽은 척하고, 일어나 앉고, 뒷다리로 서고(이것은 그로서는 어려웠다), 먹을 것을 구걸하고, 이따금 인간의 노래를 흉내 내 짖으면, 불가사의하고 이해할 수 없었지만, 인간들이 좋아했다. 이런 걸 생각해보면, 인간이 지능을 갖고 있다고 믿어주어야 했다. 어쨌든 인간들은 은신처와 음식을 만드는 전문가였고, 벤지가 인간에게서 원하는 것은 바로 그런 것들이었다. 만약 인간의 언어를 배운다면 훨씬 효율적으로 은신처와 음식을 얻을 수 있을 것이다.

"있잖아. 난 늘 네가 가장 똑똑하다고 생각했어. 그래서 우두머리가 너를 죽이고 싶어 했을 거라고 확신해." 음식을 다 먹고 난 벤지가 말했다.

"볼살 주름이 폭포처럼 늘어진 회색 개 말이야?" 매즈논이 물었다.

둘은 거실에 있었고 둘밖에 없었다. 니라는 자신이 매즈논의 사생활을 침범하고 있는 듯한 느낌이 들어서 잠시 둘만 있게 두었다. 거실 바닥에는 진홍색과 밝은 밀짚색과 황금색이 섞인 밝은색 러그가 깔려 있었다. 안락의자 하나와 소파 하나, 가짜 벽난로 그리고 거리가 내려다보이는 창문들이 있었다. 매즈논이 소파에 앉으면 창으로 밖을 내다볼 수 있었다.

벤지는 매즈논의 질문을 묵살했다.

"나는 네가 인간들과 말하는 법을 배운 게 놀랍지 않아. 네가 아는 것을 조금 가르쳐준다면 네게 복종할게." 벤지가 말했다.

매즈논은 창문 밖으로 지나가는 세상을 내다보았다. 자동차, 보행자, 다른 개와 고양이들. 고양이들이 나타나면 언제나 으르렁거렸다. 불쌍하고 약한 피조물을 좋아하지 않는 것이 별 수 없다는 것을 알았지만, 어쩔 수 없었다. 그리고 종종 고양잇과가 보이면 짖고 싶은 욕구를 억누르기가 힘들었다. 매즈논은 그런 자신이 실망스러웠다. 벤지가 '가르쳐준다면'이라고 말했을 때, 마침 고양이 한 마리가 집 가까운 곳을 지나가서 매즈논이 으르렁거렸다. 자신에게 으르렁거렸다고 생각한 벤지가 말했다.

"난 정직한 개야. 너에게 나쁜 짓은 하지 않았어."

창문 때문에 너무 주의가 산만해서 매즈논은 소파에서 내려온 다음 말했다.

"다른 개들이 어디 있는지 말하면 인간의 말을 알려주지."

"다른 개들은 죽었어. 내가 마지막인 것 같아." 벤지가 말했다.

벤지는 자신들에게 일어난 일을 숨길 필요가 없었지만, 너무 많이 말하는 것은 조심했다. 그 이유 중 하나는, 자신이 무리의 종말에 책임이 있었는데, 매즈논이 그 사실을 안다면 어떻게 반응할지 확신할 수 없었기 때문이다. 그래서 지난 일을 얘기할 때 자신의 잘못처럼 보일 수 있는 세부사항을 생략했고, 반면 실제보다 더 좋게 보이게 하는 작은 수식을 여기저기 덧붙였다. 어쨌거나 이러한 수식과 침묵이 애티커스의 우두머리 노릇을 잘못 전하지는 않았다. 벤지는 본질적으로는 사실을 이야기했다.

아테나가 죽임을 당할 때 벤지는 깨어 있었다. 프릭이 그녀의 사체를 갖고 급히 떠나는 것을 보았고 프랙이 벨라를 깨운 뒤 데리고 나가는 것을 지켜보았다. 벨라의 운명을 추측하는 데는 많은 생각이 필요 없었다. 생각해야 했던 건 그들의 죽음을 보며 어쩔 수 없이 내려야 할 결정이었다. 머물러야 할까, 아니면 떠나야 할까? 프릭과 프랙이 그토록 방자하게 개들을 죽이려 든다면, 벤지를 죽일 이유라고 왜 없을까? 그들에게 벤지는 아테나보다 조금 더 골칫거리였으니 말이다. 그렇다고 도망치는 것은 겁이 났다. 방어해주는 더 큰 개들도 없이 어떻게 살아야 할까? 유일한 길은 주인을 찾는 것인데, 인간도 위험한 존재라서 원하는 바가 아니었다.

아테나가 죽임을 당한 날 밤, 명백해진 또 다른 한 가지는 공모자가 드러난 것이다. 프릭과 프랙, 맥스와 애티커스는 이미 이전부터 은밀하게 굴었고, 때로는 자신들끼리만 지냈다. 그래서 프릭이 떠나고 그다음 프랙이 떠났을 때 벤지는 맥스가 누워 있던 곳으로 자리를 바꾸었다. 벤지는 자리를 바꾸고 기다렸다. 프린스가 이상하게 사라질 때까지 기다렸고, 그다음 두 형제와 맥스가 은신처를 수색하면서 소리를 죽이고 소동을 부리는 모습을 지켜보았다. 공모자들이 은신처를 떠났을 때 벤지는 관목림에서 멀리 떨어진 나무로 가는 그들을 뒤따라갔다. 그는 은신처에서 충분히 떨어져 안전하면서도 오고 가는 것을 관찰할 수 있을 정도로 가까운 곳에 숨었다. 거기서 매즈논을 공격한다고 추정되는 무시무시한 싸움 소리를 들었다.

벤지는 상황이 더욱 이해되지 않았다. 공모자들은 매즈논과 벨라, 아테나, 프린스를 추격했는데, 무슨 논리에서 그랬을까? 제거된 그 넷을 연결하는 것은 무엇인가? 벤지에게 더욱 중요했던 것은 자신의 상황이었다. 자신은 희생자들하고 연결되어 있을까? 아니면 공모자들하고 연결되어 있을까?

공모자들이 관목림으로 돌아오자 벤지는 매즈논의 사체를 찾으러 갔고, 어느 모로 보나 매즈논이 죽었음을 확인했다. 그리고 사체에 오줌을 쌈으로써, 만약 다른 개들이 오줌 냄새를 폭력과 연결한다면 자신을 떠올려 조심하도록 표시했다. 그런 다음 여전히 어떻게 해야 할지 확실하지는 않았으나, 도망쳐야 한다면 언제든 그럴 수 있을 거라고 믿으며, 관목림으로 돌아왔다. 그런데 놀랍게도 모든 개가 자고 있었다. 그는 조심스레 자기 자리로 가서 아침이 올 때까지 머물렀다.

아침에 햇빛과 함께 새로운 지시가 내려왔다. 개들은 일찍 잠에서 깨었다. 그들 가운데 둘, 즉 바비와 더기는 이해할 수 없이 달라진 상황에 혼란스러워했다.

"커다란 암캐 어디 있어?" 바비가 물었다.

애티커스는 하품을 한 다음 주둥이를 탁 다물었다. 그러자 프릭과 프랙이 코로 바비와 더기와 벤지를 애티커스 쪽으로 밀었다.

"이건 이 쓸모없는 언어로 말하게 될 마지막 말이야. 우리랑 함께 머물고 싶지 않은 개들은 떠났어. 커다란 암캐는 죽었어. 인간들이 사체를 가져갔어. 이제 내가 이 무리의 우두머리야. 반대하는 개 있어?" 애티커스가 물었다.

"넌 멋진 우두머리가 될 거야." 벤지가 말했다.

"멋지든 안 멋지든, 내가 이끌 거야. 싫으면 떠나도 좋아. 머무는 개는 제대로, 개처럼 살게 될 거야. 우린 문이나 나무를 나타내는 말이 필요하지 않아. 우리는 시간이나 언덕, 별에 관해 이야기할 필요가 없어. 전에는 그런 것들을 이야기하지 않았어. 우리 조상들도 이런 언어 없이 잘 지냈고. 지금부터 옛날 말이 아닌 것을 말하는 개는 누구나 벌을 받을 거야. 우린 사냥을 할 거야. 우리 영역을 지킬 거야. 나머지는 우리하고 상관 없어."

"난 내면에서 일어나는 말을 멈출 수가 없어." 바비가 말했다.

"그건 아무도 멈출 수 없어. 그냥 내면에 간직해." 애티커스가 말했다.

"만약 실수로 말을 한다면?" 더기가 물었다.

"벌을 받을 거야." 애티커스가 말했다.

이런 상황에서 왜 제 생각을 말하는지 누가 알겠는가. 벤지는 모든 것을 받아들이느라 너무 바빴다. 그는 의아했다. 말을 한다고 왜 벌을 받는 거지? 어떻게 애티커스는 개들만 있을 때

서로 말을 못하게 막을 작정이지? 우선, 왜 명령을 하는 거지? 언어 때문에 그들 무리는 다른 개들보다 우위에 있었다. 벤지는 생각했다. 오줌을 싼다고 인간이 때리든, 개들이 말을 해서는 안 된다고 애티커스가 주장하든, 그래도 할 수 있는 것은 할 수 있을 거야. 권력자가 원하는 대로 하게 내버려두면서, 자신에게 이익이 될 것을 찾는 것이 최선이었다.

주황색 암캐 바비는 벤지 식으로 사물을 보지 않는 것이 분명했다.

"난 떠날래." 바비가 말했다.

"우리가 떠나도록 도와줄게." 애티커스가 대답했다.

미리 계산해놓았던 것처럼 공모자들은 즉시 주황색 암캐를 공격했다. 그들은 무자비했고, 넷 다 덕 톨링 리트리버보다 컸기 때문에 암캐는 곧바로 심각한 상해를 입었다. 그들의 말뜻이 죽이겠다는 것임을 이해한 바비는 절망해서 고통스러운 비명을 질렀다. 그 소리는 무시무시했다. 바비는 은신처에서 가까스로 도망쳤지만, 넷은 쫓아가서 도망치는 그녀의 다리를 물었다. 그들은 연못 너머까지 쫓아갔고, 바비는 힘이 빠져 쓰러졌다. 그들은 바비의 몸이 움직임을 멈출 때까지 물었고 그녀의 피가 풀밭 위로 흘렀다.

(이 순간을 매즈논에게 이야기하는 동안 벤지는 그들이 부당했다는 생각과 연결하려는 듯, 최대한 침통하게 굴었다. 그러나 사실은 공

모자들에게 존경심을 느꼈다. 마음속 어떤 부분은 여전히 네 마리 개에게 감탄하고 있었다. 그들은 재빠르고 분명했다. 그런 분명함은 아무리 무시무시하더라도, 적어도 존경할 만한 것임을 인정해야 했다. 어쩌면 아름답기조차 했다. 벤지는 그런 분명함을 열망할 뿐이었다. 사실 벤지만 한 크기와 위치에 있는 개에게 그런 분명함은 절대 도달할 수 없는 이상과 같았다.)

주황색 암캐를 죽인 것은 신호였다. 애티커스의 말은 진심이며, 공모자들은 애티커스가 원하는 걸 원하는 것이 분명했다. 또한 공모자들은 종류가 다른 존재라는 것도 분명했다. 공격 자체는 무자비하고, 재빠르고, 개 같았다. 벤지가 생각했듯이 존경스러웠다. 하지만 그 전에, 그들은 떠나라는 제안을 했다. 말 그대로 떠나라는 뜻이 아니라면 왜 그런 제안을 했을까? 주황색 암캐는 저들의 말을 곧이곧대로 받아들였고, 저들은 암캐를 죽였다. 왜? 벤지는 저들이 암캐를 죽여서 얻는 이점을 알 수 없었다. 암캐는 전혀 위협적인 존재가 아니었다. 벤지가 보기에 그것은 비뚤어진 결정이었다. 결국, 그런 비뚤어진 괴팍함 때문에 공모자들이 이상하다는 것이 증명되었다.

예측이 안 되는 애티커스는 벤지가 보기에 모두에게 위험한 존재였다.

게다가 바비가 죽음으로써 이제 그와 더기가 가장 낮은 지위에 있음이 분명했다. 그들은 쓰레기를 뒤지고 복종해야 할 것이다. 그것이 반드시 나쁜 것은 아니었다. 만약 복종의 결과가 보호와 같은 가치 있는 보상이라면 고생할 만했다. 그러나 애티커스의 지배가 어떤 좋은 것을 줄지는 두고 볼 일이었다.

(죽은 자들은 얼마나 빨리 잊히는지. 같은 무리의 동료였지만 벤지도 매즈논도 바비의 털이 주황색이고 복슬복슬했다는 것, 그리고 관목림을 발견하기 전에도 소나무 냄새가 났다는 것을 제외하면 별로 기억하지 못했다. 어떤 믹스견이 경고도 없이 벤지를 공격했을 때 바비가 방어해준 일이 있었는데 벤지는 기억하지 못했다. 죽어가던 바비는 깊은 물속으로 가라앉는다고 상상하며, 강아지였을 때 하마터면 익사할 뻔했던 순간으로 돌아갔다. 바비는 위로받지 못한 채 큰 고통 속에서 죽었다.)

애티커스가 지배하게 된 처음 며칠은 지나치게 특이했다. 더기는 무심코 새 언어로 말했다가 심하게 물렸다. 그 뒤로 더기와 벤지는 다른 개들이 주위에 있을 때는 절대 단어를 사용하지 않도록 조심했다. 그들은 짖었지만, 혼란스러웠다. 그들은 옛날 언어라고 기억하는 것을 흉내 내도록 강요받았다. 사실상 개 흉내를 내는 개였다. 만약 인간을 위해 그런 흉내를 내는 것이라면 골치가 덜 아팠을 것이다. 대개 인간은 상냥한 으르렁거림과 공격을 미리 알리는 으르렁거림을 구별할 수 없으니까 말이다. 그러나 애티커스는 옛날 방식으로 되돌아가기를 요구했고, 벤지와 더기가 '개처럼' 행동하는지 끊임없이 평가

했다. 이런 상황은 모든 것을 훨씬 낯설게 만들었다. 벤지와 더기는 개다움을 잊어가는 다른 개들에게 개다움이 어떤 것인지 만족스럽게 납득시키는 개 역할을 강요받았다. 그들 가운데 실제로 옛날식으로 짖거나 으르렁거리는 개가 있었을까? 벤지도 더기도 알지 못했다. 물론, 물어볼 수도 없었다. 물어본다면 물렸을 것이다. 아니면 그보다 더 나쁜 일이 생길 수도 있었다. 벤지는 개답게 되기는커녕 더 개답지 못한 자신을 느꼈다. 자의식이 더 강해졌고, 생각이 더 많아졌으며, 마음속에 간직한 언어에 더 의존하게 되었다. 가장 안전한 것은 최선을 다해 애티커스를 흉내 내는 것이었다.

처음에 벤지와 더기는 쓰레기를 뒤지러 다닐 때 보호를 받았다. 공모자 가운데 한둘이 늘 함께 다니며 가끔 그들에게 덤벼드는 개를 공격하고, 큰 개는 들어갈 수 없는 곳에 벤지와 더기가 들어가면 지켜봐주었다. 적어도 벤지는 무리에서 자신의 존재가 어떤 의미를 지닌다는 게 위안이 되었다. 그와 더기는 인간이 버린 것들을 노련하게 찾아냈다. 하이 파크에서 겨울을 보내는 동안, 둘은 특히 쓸모가 있었다. 큰 개들이 인간의 집에 들어가는 일은 드물었지만 더기와 벤지는 이따금 마술을 부린 듯 안으로 들어가 쓸모 있는 것들을 훔쳐올 수 있었다. 마당에 남겨진, 버린 쿠션이라든가 스펀지 조각, 헌 옷, 좀이 슨 담요 등 관목림을 더 쾌적하게 할 수 있는 물건들이었다.

얼마 뒤, 공모자들은 게으름인지 무관심인지, 작은 개들이 독자적으로 자리를 뜨도록 허락했다. 그리하여 예상할 수 있듯이 벤지와 더기의 관계는 우정으로 발전했다. 처음 벤지는 슈나우저 더기를 참을 수 없었다. 더기가 함께 있을 때 그가 가장 하고 싶었던 것은 그에게 올라타는 것이었다. 더기하고 교접을 하고 싶어서는 절대 아니었다. 지배당할 때 지배하고 싶은 욕구는 강한 본능이었고, 억누를 수 없을 만큼 마음속 깊은 곳에 자리잡고 있었다. 동시에, 더기 또한 그를 올라타고 싶은 것이 분명했다. 그 어느 쪽도 개인적인 이유 때문은 아니었다. 벤지는 더기가 나쁘게 되기를 바라지 않았고, 더기 역시 그에게 아무것도 바라지 않는 게 확실했다. 단순히 서로 상대의 위에 있고 싶었을 뿐이다. 그러나 그것은 개인적인 이유이기도 했다. 가끔 둘은 누가 상대의 위에 올라탈 권리가 있는지를 놓고 격하게 싸웠다. 그러나 그들의 의견 충돌은 다른 개들에게 영향을 미치지 않았다. 로지를 포함해서 다른 모든 개는 당연한 것처럼 벤지와 더기에게 올라탔다. 그리고 둘 다 이것을 참았다. 참아야 했다.

개들이 관목림을 최대한 쾌적하게 만들었음에도 하이 파크의 겨울은 재앙에 이르기 일보 직전이었다. 나무와 덤불은 적당한 바람막이였지만, 너무 추워서 벤지와 더기는 도망칠 생각을 할 수밖에 없었다. 일월의 어느 날 밤, 벤지는 자기가 죽어가는 것 같았다. 지독하게 오한이 나고, 이가 큰 소리로 딱딱 부딪쳤다. 다음 날 아침, 그와 더기는 일찍 길을 나섰다. 다른 개들은 모두 자고 있었다. 애티커스와 맥스, 프릭과 프랙 형제와 로지는 모두 함께 담요 위에 누워 있었다. 벤지와 더기는 둘 다 이 따뜻한 집합에서 인정사정없이 제외되었다.

도망친 일월 아침은 거의 지나다닐 수 없을 정도로 눈이 쌓여 있었다. 냄새와 소리와 주요 지형지물의 익숙한 세계는 눈 밑으로 사라져버렸다. 어떤 낯선 존재가 그들이 알던 모든 것을 앗아간 것만 같았다. 그들이 알던 세상은 하얗고 불분명한 윤곽만 남아 있었다. 은신처에서 충분히 멀어졌을 때 더기가 말했다.

"나 추워. 죽는 줄 알았어."

"나도. 다른 개들은 우리를 생각해주지 않아." 벤지가 말했다.

"맞아. 내가 그들 옆에서 자려고 했더니 대장이 나를 물었어. 개가 개에게 마음을 쓰지 않는 건 옳지 않아." 더기가 말했다.

"그들은 우리를 원하지 않아. 땅이 예전 같지 않으니까. 우리를 죽게 내버려둘 거야."

"맞아. 우리가 할 수 있는 게 뭘까?"

"난 날 받아 줄 인간을 찾으러 갈 거야. 우리 둘 다 데려갈 인간이 있는지 찾아보는 게 어때?"

"저들에게 떠나겠다고 말해야 할까?"

"아니. 무슨 일이 일어날지 모르잖아." 벤지가 대답했다.

"맞아. 대장은 이상해. 언제 물지 모르는 데다가 물면 세게 물어. 우리끼리 가는 게 나을 거야." 더기가 말했다.

결정하자마자 좋은 운이 따랐다. 더기와 벤지는 공원에서 나와 웬디고 연못 옆을 지나 엘리스 파크 로드를 따라 눈 속을 뚫고 터덜터덜 걸었다. 그때 한 늙은 여자가 그들을 보고 소리 쳤다.

"강아지들아, 이리 오렴! 얘들아, 이리 오렴!"

둘 다 그 어조를 알았지만 조심했다. 활기차게 부르는 사람 들은 친절을 베풀기도 했지만, 당황스럽게도 돌을 던진다거나 지팡이로 때리는 등 잔인하게 굴기도 했다. 하지만 그들은 자 포자기 상태였으므로 여자 쪽으로 갔다. 좋은 선택이었다. 마 침 여자는 최근에 여섯 마리 고양이 가운데 두 마리를 잃은 터라, 모든 동물을 불쌍하게 여기는 원래 그런 마음이 한껏 고 조되어 있었다. 그들이 부엌에 들어가자 여자는 고양이 음식 두 그릇을 내려놓았다. 음식은 생선 냄새와 탄 냄새가 났지만 그래도 좋았다.

그 겨울, 더기와 벤지는 잘 곳이 있었다. 먹을 것도 충분했 고, 원할 때 마당으로 나갈 수 있었다. 그렇지만 여자와 고양이 들은 견뎌내야 하는 일종의 시련과도 같았다. 먼저 고양이를 예로 들자면, 벤지와 더기는 이 피조물들에 반감을 느꼈다. 벤지가 생각하기에 이성적인 존재라면 녀석들에게 반감 말고 달리 느낄 게 없었다. 벤지는 평화롭게 살 준비가 되어 있었으나 늙은 여자의 집을 살금살금 돌아다니는 고양이들은 보통 고양이들보다 더 치명적이었다. 끊임없이 싯싯거리고, 겁을 주려고 몸을 더 크게 만들려고 등을 둥그렇게 만들고, 발톱을 내밀고 펄쩍펄쩍 뛰었다. 그들은 평화롭게 살려고 하지 않았다.

다른 상황이라면 벤지와 더기는 분홍색 혓바닥을 가진 이 히스테리 환자들을 향해 함께 덤벼들어 목을 부러뜨렸을 것이다. 그런데 늙은 여자의 행동을 보아하니, 고양이들을 정말 소중히 여기는 것이 분명했다. 그들의 똥(먹어보니, 아주 맛이 좋았다)을 치워주고, 털을 손질해주고, 마치 자기가 특대형 고양이인 것처럼 목을 가르랑거렸다. 만약 벤지와 더기가 이들 털 달린 동물 하나라도 다치게 한다면 여자는 그들을 밖으로 내던질 게 뻔했다. 그래서 고양이들이 국회의원처럼 점잖게 짜증나게 굴 때, 그와 더기는 아주 조용히 으르렁거리는 것밖에 할 수 없었다. 이 은밀한 경고를 고양이들은 단호히 무시해버렸다.

여자는 더 복잡하고 짜증나는 존재였다. 그녀는 인간이었다. 그래서 벤지와 더기는 통달한 수많은 방법으로 여자를 조종할 수 있었다. 배가 고프면 여자를 위해 누워서 뒹굴거나 뒷다리로 섰다. 그렇게 하면 여자는 특히 좋아하는 듯했다.

어떤 행동에는 설명할 수 없이 즐거워했지만, 똑같이 설명할 수 없이 어떤 행동에는 겁을 집어먹었다. 여자는 그들을 귀여워해주고 그들이 침대 속에 있는 그녀 옆으로 뛰어오르거나 얼굴을 핥으면 아주 높은 음을 냈다. 하지만 벤지와 더기가 자기 성기를 핥거나 서로 성기를 핥아주는 것을 보면 목소리가 낮아지며 물을 뿌렸다. 여자는 그들이 그녀를 위해 텔레비전을 켤 때마다 음식을 주었지만, 고양이 똥을 먹는 것을 보면 참지 못했다.

여자가 무엇을 좋아하고 무엇을 싫어하는지 예측할 수 없다는 것이 가장 나쁜 점은 아니었다. 가장 나쁜 점은 달라붙는 것이었다. 물론 벤지와 더기는 이런 특별한 집착을 전에도 겪어본 적이 있었다. 둘 다 인간이 너무 오랫동안 안고 있는 것이 어떤 것인지 알았다. 질식할 것 같았고, 도망치려고 몸부림치다가 등에 금이 갈 정도였다. 하지만 여자는 그들을 으스러뜨리고 싶어 하는 것 같았다. 아무리 꿈틀거려도 꼭 부둥켜안고 있었다.

어느 날, 더기가 물었다.

"저 여자가 우릴 꽉 졸라서 죽일 수 있을까?"

벤지는 뭐라고 대답할 수 없어서 곤란했다. 늙은 여자가 위험한지 어쩐지 몰랐고, 알 방법도 없었다. 그리고 잘 모르는 존재가 하는 대로 두는 것도 현명하지 못한 것 같았다. 게다가 그렇게 꽉 안는 데는 감정이 실려 있었다. 마치 그들에게 뭔가를 주입하거나 생각을 전달하려고 노력하는 것 같았다. 점차, 겨울이 끝나고 봄이 시작될 즈음에, 둘은 더는 여자를 참을 수 없게 되었다. 따뜻한 날들이 시작되자 여자가 제공하는 음식과 잠자리에도 벤지와 더기는 다시 탈출을 꿈꾸었다.

떠나고 싶다고 처음 말한 것은 더기였다. 겨울이 지웠던 세상이 다시 냄새를 풍기던 어느 날 저녁이었다. 배설물과 녹색 나뭇잎, 썩은 음식, 똥 냄새를 맡을 수 있었다. 그와 벤지는 마당의 따뜻한 돌 위에 누워 있었다. 더기는 늙은 여자와 그녀의 소굴을 더럽히는 고양이들에게 질려 있었다.

"여긴 내가 원하던 곳이 아니야." 더기가 말했다.

"떠난다면 어디로 가려고?" 벤지가 물었다.

"왔던 곳으로 가고 싶어. 여기 고양이들은 나를 불행하게 만들고 인간은 나를 부러뜨릴 거야. 확신해." 더기가 대답했다.

"돌아가는 것은 위험해." 벤지가 말했다.

"대장은 진짜 개야. 그는 우리에게 다시 진짜 개가 되는 법을 가르쳐줄 거야." 더기가 말했다.

"돌아가는 건 좋은 생각이 아니지만, 혼자 여기 남고 싶지도 않아."

"그렇다면 나랑 같이 가자. 세상은 따뜻해. 우리의 무리와 함께 살 수 있어. 원래 그래야 했잖아."

보아하니 더기는 그들이 겪었던 모욕과 굴욕을 다 잊은 것 같았다. 자신들이 얼마나 두려워했는지 잊었고, 무리가 얼마나 폭력적이고 예측할 수 없는지를 잊었다. 벤지는 무리와 함께 있고 싶은 더기의 바람에 공감했지만, 그렇다고 돌아간다고 해서 어떤 이득이 있을지 알 수 없었다. 벤지는 오직 위험만 보였다. 항상 현실적이었던 벤지는 자신의 이익을 우선적으로 생각했다. 늙은 여자가 아무리 달라붙더라도, 관목림으로 돌아가는 것 말고 다른 대안이 있어야 했다.

"왜 다른 인간은 찾아보지 않아?" 벤지가 물었다.

"싫어. 왜 이 주인에서 저 주인으로 바꾸는데?" 더기가 대답했다.

"인간의 가정은 다 달라. 냄새도 달라. 사람들도 다르다고 생각해. 꼴보기 싫은 동물을 데리고 있지 않은 인간을 찾을 수도 있잖아." 벤지가 말했다.

"우리는 같은 무리에서 왔어. 네 말은 알겠는데, 나는 너랑 생각이 달라. 우리 집은 다른 곳에 있어. 난 돌아가고 싶어. 무리가 여전히 이상하다면, 그때 다른 곳을 찾으면 되잖아." 더기가 말했다.

더기는 설득당하지 않았다. 더는 이 인간이나 고양이들하고 함께 살고 싶지 않았다. 마음이 허락하지 않았다. 이런 대화를 한 며칠 뒤, 더기는 늙은 여자의 집에서 쫓겨날 일을 저질렀다. 그의 행동은 사실상 끔찍한 결과를 낳았다. 그러나 벤지는 그들이 쫓겨난 뒤 겪은 일들로 친구를 비난하고 싶지 않았다. 그럴 수도 없었다. 사실, 이 모든 것을 매즈논에게 이야기할 무렵, 벤지는 그때 둘 다 집에서 쫓겨나게 한 더기의 행동은 사려 깊었다고 확신했다. 더기의 행동 덕분에 벤지는 어디서 어떻게 살고 싶은지 다시 생각해야 했고, 또 선택이라는 것이 지닌 뜻밖의 존엄성을 받아들이게 되었기 때문이다.

그렇지만, 먼저 쫓겨나게 된 이야기를 하자. 벤지는 언제나 뛰어난 사냥꾼이었다. 그는 쥐 냄새를 맡을 수 있었고, 죽이는 방법을 알았으며, 때로는 즐겁게 먹기도 했다. 쥐는 좋아하는 먹이가 아니었으므로 배가 고프지 않은 한 죽이지 않았다. 반면 더기는 사냥의 대가였고 운동 삼아 즐겨 쥐와 생쥐를 죽였다. 그것은 더기의 방식이었으므로 벤지는 그에 대해 별 생각이 없었다. 더기가 고양이 하나를 구석으로 몰아서 죽이기 전에는 더기의 그런 행동에 대해 아무 생각이 없었다는 말이다.

그 일은 벤지가 심하게 양립감정을 느끼던 순간에 일어났다. 그와 더기는 함께 부엌에 누워 있었다. 그때 고양이 하나가 들어와 물그릇 있는 곳으로 갔다. 더기는 갑자기 경고도 하지 않고 공격했다. (얼마나 재빠르고 근사했는지!) 더기와 마찬가지로 반사 신경이 대단한 고양이는 더기가 막아선 길을 벗어나려고 시도했고, 곧바로 뛰어오르며 살려달라는 날카로운 비명을 질렀다. 아무 소용없었다. 녀석은 찬장 모서리와 벽이 만나는 좁은 브이자 구석에 갇혔다. 녀석은 두 번째로 뛰어오르려 했지만, 기회가 없었다. 더기는 녀석의 절망적인 움직임을 예측하고 발톱을 피하며, 쏜살같이 달려들었다. 그리고 고양이의 목을 물고 봉제 장난감인 듯 흔들었다. 마침내 고양이는 꿈틀거림을 멈추고 더기의 주둥이에서 축 늘어져 있었다.

이렇게 하면서 더기는 얼마나 즐거웠을까, 벤지는 생각했다. (그 광경에서 받은 자신의 즐거움으로 미루어 더기의 즐거움을 판단했다.) 소리만으로도 자극적이었다. 고양이의 마지막 애원인 비명, 벽에다 녀석을 부딪칠 때, 그리고 이빨을 더 깊이 박았을 때 더기의 입속에서 몸부림치던 모습, 그리고 사체를 흔들어 거의 두 동강을 낸 것. 녀석을 제거한 것에 벤지는 깊은 만족감을 느꼈다. 더기는 가장 건방진 고양이를 죽였다. 자신의 소중한 소유물인 분홍색 털실 공이라든가 분홍색 담요가 깔린 고리버들 바구니에 벤지나 더기가 가까이 가면 하악질하고 등을 둥그렇게 구부리던 녀석이었다. 그들은 종종 어느 날 어떻게 녀석을 물어 죽일까 이야기하며 즐거워했다. 그날이 왔고, 좋았다.

만약 벤지가 녀석을 죽였다면 사체를 부엌에 놓아두고 집안 다른 곳으로 물러났을 것이다. 숨긴다기 보다, 자신이 죽음과 연관되는 것을 원하지는 않았을 거다. 그런데 더기는 사체를 위층 인간의 침실로 가져갔다. 고양이의 머리를 난간 기둥들에다 부딪뜨리면서. 벤지는 따라가지 않았다. 거실에서 기다리며 귀를 기울였다. 오래 기다릴 필요도 없었고, 귀를 기울여 들을 필요도 없었다. 더기의 발톱이 단단한 목재에 닿는 소리가 들렸다. 순간적인 정적이 있고 나서 여자가 통곡하기 시작했다. 시간이 더 흘렀다. 여자가 우는 것으로 보아 고양이 때문에 속상한 것이 분명했다. 더기가 계단을 내려왔다. 서두르지 않고, 생각에 잠겨 있었다.

"무슨 일이야?" 벤지가 물었다.

"몰라. 녀석을 여자 옆에 갖다놓자 여자가 시끄럽게 굴기 시작했어." 더기가 대답했다.

"언짢아했어?"

"아니. 겁먹은 것 같았어." 더기가 말했다.

"어쩌면 네가 여자에게 똑같은 짓을 할지도 모른다고 생각했을 거야."

"내 느낌도 그랬어. 그래서 녀석을 여자에게 남겨두고 왔어." 더기가 말했다.

"잘했어." 벤지가 말했다.

둘은 오랫동안 거실에 앉아 여자의 소리에 귀를 기울이며 여자가 그들을 부르기를 기다렸다.

(여기서 매즈논이 벤지의 설명을 방해했다.

"수염 난 개가 한 짓은 좋지 않아. 인간들은 그 동물들을 보호해. 인간들은 그들을 '고양이'라고 불러." 매즈논은 그 단어를 정확하게 발음할 수 없었다. 고양이의 '고' 소리가 뭔가 목에 걸린 듯한 '호' 소리로 나왔다.

"녀석들한테 어울리는 이름이네." 벤지가 말했다.)

그러나 여자는 그들을 부르지 않았다. 그녀는 죽은 고양이를 자기 아이인 것처럼 팔로 꼭 껴안고 계단을 내려왔다.

"너희 무슨 짓을 한 거야? 무슨 짓을 한 거야?" 여자가 그들에게 말했다.

그 모습을 보자 벤지는 자신도 모르게 신이 났다. 이상하게도 어울리지 않는 광경이었다. 내면의 감정이 너무도 강렬해진 나머지 처음으로 나즈막이 순수한 기쁨의 소리를 내지 않을 수 없었다. 다른 말로 해서, 그는 웃었다. 더기도 웃었다. 둘은 속수무책으로 내면의 감정을 방출했는데, 마치 내면의 그릇이 부서져 내용물이 쏟아지는 것 같았다. 전에 벤지는 매우 다양한 상황에서 다양한 방법으로 긴장감을 방출했었다. 예를 들어 강아지였을 때 주인집 앞마당 잔디밭의 초록빛 촉촉한 풀 속에서 구를 때는 행복하게 짖었다. 그렇긴 해도 이번 웃음은 어딘가 기묘했다. 그것을 유발한 것은 감각이 아니라, 뭔가 강력한 것, 지적 능력이었다.

웃음이 개들에게는 낯선 것이었다면, 그 광경(또는 더 정확히 말하면 소리)은 분명히 여자를 불안하게 했다. 여자는 죽은 고양이를 팔에 안은 채 거실 입구에 가만히 서서 그들에게 귀를 기울이고 있었다. 마치 보물처럼 죽은 고양이를 껴안고 있는 그녀를 보자 벤지와 더기는 더 재미있었다. 그들은 웃음을 멈출 수 없었다. 그들의 낮은 으르렁거림은 마치 괴상한 발작 같았다. 여자는 죽은 고양이를 가슴에 꼭 껴안은 채 무릎을 꿇고 절을 했다. 그리고 두 손을 마치 구걸하는 것처럼 한데 모았다. 그녀는 비록 분명히 누군가에게 말을 했지만, 그들에게 한 말은 아니었다.

한참 뒤, 여자는 열심히 무슨 말을 읊조리면서, 자리에서 일어나 현관문을 열고 길을 비켰다.

만약 벤지에게 선택권이 있었다면 그들은 머물렀을 것이다. 그는 여자의 공포를 느낄 수 있었고, 그것을 이용할 수 있으리라 확신했다. (벤지를 난처하게 한 것은 그녀가 보이지 않는 자에게 말을 하고 있다는 것이었다.) 그러나 더기는 여자의 반응에 벤지와 마찬가지로 충격을 받았음에도 오직 집 밖으로 나가고 싶었다. 그는 뒤돌아보지 않고 문밖으로 뛰쳐나갔다. 그래서 벤지도 따라갔다.

여자의 집을 떠난 순간부터 벤지는 재앙을 예감했다. 은신처에서 멀지 않은 곳에 있었고, 더기와 마찬가지로 길을 잘 알았다. 벤지는 얼마간의 거리를 두고 더기를 따라갔다. 관목림에 이르자 더기는 한층 더 빨리 움직였고 행복해하며 왕년에 집이었던 곳으로 들어갔다. 정적이 있었고, 잠시 후, 으르렁 소리와 짖는 소리가 커지며 더기가 다시 밖으로 뛰쳐나왔다. 그는 애티커스와 형제들에게 쫓기고 있었다. 셋은 다른 소리를 내고 있었다. 들개 소리도 아니고, 집 개 소리도 아니고, 개들이 내는 소리 같지도 않았다. 벤지는 겁이 났다. 그런데 운 나쁘게도 더기가 처음 쓰던 언어로 마지막 말을 하면서 벤지를 향해 달려왔다. 더기는 마지막 순간에 일반 개들이 쓰는 보편 언어로 똑똑하게 말했다.

"항복. 항복! 항복!" 더기가 외쳤다.

하지만 어떤 이유인지 그가 하는 말을 전혀 이해하지 못하는, 생판 모르는 개들에게 끝장이 나는 것 같았다.

친구의 죽음을 회상하며 벤지는 말을 멈추었다. 감정에 복받쳐 그는 머리를 카펫의 진홍색 부분 위에 떨어뜨리고 누워버렸다.

벤지와 매즈논은 한동안 조용히 있었다. 침묵을 알아차리고 들어온 니라가 먹을 거나 마실 것을 원하는지 매즈논에게 물었다. 니라가 들어오자 벤지는 펄쩍 뛰어오르고 그녀 앞에서 왔다 갔다 했다. 매즈논이 그만두라고 할 때까지 그렇게 하면서 그녀를 쳐다보고 짖었다.

니라의 질문에 대한 답으로 매즈논은 고개를 흔들었다. 니라는 방에 불을 켜놓고 다시 개들만 남겨두고 떠났다.

"놀랍네. 이 인간은 너를 아주 잘 대우해주는군. 넌 아무것도 안 하는데도. 가끔 뒷다리로 걸어? 너도 뭔가 해야 해?" 벤지가 물었다.

"난 그런 짓 안 해." 매즈논이 대답했다.

"보통 주인은 아닌 것 같다. 아무것도 원하지 않는 주인은 주인이 아니야. 주인이 아니라면 너를 고통스럽게 할 거야. 어느 날 넌 고통을 받을 거야. 상대가 누군지 아는 게 언제나 더 낫지, 안 그래?"

"네 생각은 이해해. 하지만 이 인간은 주인이 아니야. 난 니라가 무엇인지 모르지만, 두렵지 않아." 매즈논이 말했다.

"'니라'? 이름을 말할 수 있구나? 참 낯설다." 벤지가 말했다.

"그 개가 죽은 뒤 무슨 일이 일어났는지 말해줘. 항복했는데 왜 죽인 거야?" 매즈논이 물었다.

"내 생각에 그들도 자신을 어쩔 수 없었던 것 같아."

벤지는 세 마리 개가 더기의 다리와 배와 목을 무는 것을 지켜보았다. 더기는 마지막까지 몸부림치며 도망치려고 애썼다. 그러나 한마음으로 공격하는 개들이 수적으로 우세했다. 더기는 몇 번이나 물린 상황에서도 개라면 할 수 있는 만큼 기상이 넘치고 용감했지만, 그의 용기는 소용이 없었고 벤지가 보기에 고통만 연장시키는 것 같았다.

애티커스와 프릭과 프랙이 살육에 열중하는 동안 벤지는 꼬리를 다리 사이에 끼고 뒤로 물러났다. 도망치려고 했는데, 몸을 돌리는 바로 그 순간, 로지가 은신처에서 뛰어나와 불시에 그를 덮쳤고 그가 어떻게 해보기도 전에 그의 목에 이빨을 단단히 박았다. 벤지는 항복하며 오줌을 쌌고 새끼강아지처럼 흐느적거렸지만, 로지는 계속 붙들고 으르렁거리며 더기가 죽는 현장에 있으라고 강요했다.

(벤지는 친구가 죽임을 당하는 장면을 지켜보며 어떤 느낌이었는지 표현할 수 없었다. 몸의 세포 하나하나 더기를 죽인 셋에게 증오를 느꼈다. 더기의 죽음을 말하는 지금도 그들을 증오했다. 그러나 매즈논에게는 감정을 숨겼다. 약하다는 표시라고 생각했기 때문이다.)

더기가 움직임을 멈추자 애티커스와 형제들은 마치 더기가 일어나기를 기다리는 것처럼 사체 주위에 서 있었다. 심지어 애티커스는 죽었는지 확인하려는 듯, 여전히 살아 있기를 바라는 것처럼 더기의 머리를 쿡쿡 찌르고 그를 밀어보기도 했다. 아주 잠깐 그들은 자기들이 한 짓에 당황한 것 같았다. 누가 그들을 보았더라면, 더기를 영혼이 달아난 움직이지 않는 덩어리로 만든 장본인들이 그들이라고 여기지 않았을 거다. 그들은 그저 더기의 사체를 발견한 것처럼 보였다. 당황한 것처럼 보이는 모습도 아주 잠깐이었다. 더기의 몸이 더는 움직이지 않는 것을 보고 애티커스와 프랙과 프릭 형제는 벤지를 향해 돌아섰다.

그들이 다가오자 벤지는 이제 죽겠구나라고 생각했다. 그는 최대한 몸을 작게 움츠리고 위협적으로 보이지 않게 했다. 그런데 어떤 이유에서인지 애티커스와 형제들은 더는 폭력에 흥미를 갖지 않았다. 애티커스는 벤지를 보고 으르렁거리고는 관목림으로 돌아갔다. 다른 개들도 그 뒤를 따랐다. 버려둔 더기의 사체는 인간들이 발견할 것이다.

로지가 아니었다면 셋이 돌아서자마자 도망쳤을 거다. 그러나 로지가 으르렁거리며 자신의 존재를 상기시켰다. 마치 새끼에게 하듯 주둥이로 쿡쿡 치며 그를 앞으로 몰았다. 그래서 벤지는 본의 아니게 같은 종들, 또는 더 정확히 말해서, 같은 종이라고 생각했던 개들과 함께 사는 생활로 돌아갔다. 벤지는 무리가 변했다는 걸 금방 알아챌 수 있었다. 이제 그들은 인간들과 마찬가지로 이해하기 어려운 존재였다. 과거 병원에서 도망쳐 나왔을 때, 다른 개들이 그들에게 두려움을 느꼈던 것처럼 벤지는 애티커스에게 두려움을 느꼈다.

한 가지는 확실했다. 벤지는 이제 관목림에 속하지 않았다.

애티커스와 프랙과 프릭 형제 그리고 로지는 여전히 새 언어를 거부했다. 그렇다고 아무도 옛날 방식으로, 또는 적어도 벤지가 옛날 방식이라고 기억하는 방식으로 의사를 전하지도 않았다. 여전히 으르렁거리고, 눈을 내리깔고, 목을 드러내긴 했다. 그러나 그것과 함께 머리를 이상하게 움직인다거나, 방향을 지시하는 것과는 아무 상관이 없이 어딘가를 코끝으로 가리킨다거나, 더듬거리듯 짖었다. 인간이 개 짖는 소리를 흉내내는 것처럼 들렸다. 그들은 이제 남들을 별로 의식하지 않고 움직이고 짖었지만, 다른 개들과는 훨씬 더 거리가 멀어졌다. 무리는 매우 특이하게 변했다. 개 흉내를 냈던 거다. 아니, 개 흉내의 흉내였다. 예전에는 자연스러웠던 것이 이제는 이상하게 변했다. 모든 것이 의례로 바뀌어 있었다.

예를 들어 올라타는 일이 그랬다.

"그들 중 하나가 내 목을 물고 관계를 하고서야 난 움직일 수 있었어." 벤지가 말했다.

지난날, 올라타기는 늘 본능적인 일이었고, 숨쉬기보다 더 생각할 가치가 없는 것이었다. 그것은 늘 지위에 대한 것도 아니었다. 이따금 다른 개들을 만나는 게 즐거워서 발기할 때도 있었다. 행복과 교미를 구분하는 선과 교미와 지배를 구분하는 선은 꽤 분명했다.

그런데 벤지가 무리에 돌아간 무렵에는 애티커스를 비롯한 무리의 개들은 질서와 위계가 있다는 것을 증명하려고 그에게 올라타는 것처럼 보였다. 바로 자신들에게 증명하려고 말이다.

생애 처음으로 벤지는 그것을 당하는 것이 굴욕으로 여겨졌다. 그는 왜 다른 개들이 그렇게 하는지 이해했고, 그 역시 자신보다 약한 개가 있다면 닥치는대로 올라탔을 것이다. 그러나 이 새 감정, 부끄러움이 그를 변화시켰다. 그는 이 일을 생각하기 시작했다.

예를 들어, 어느 날 프릭이 그를 올라탔을 때였다. 상대에게 올라탈 힘이 있음을 과시하는 것이 요점이라면 그 요점은 반복될 필요가 없다는 생각이 들었다. 한두 번 강조된 요점은 이미 명백해졌거나 불필요해진 것으로, 자신처럼 더 작은 개들이 복종해야 하는 반사적인 동작에 불과했다. 그는 저항하지 않고 복종했고, 자신의 지위를 받아들였다. 결국, 그는 사회적 질서가 가장 중요한 것임을 온 영혼을 다해 믿었다. 그런데….

벤지가 자신과 무리를 달리 보기 시작한 계기가 있었다. 저 먼 셰퍼드 로지 때문이었다. 그와 로지는 다른 개들과 떨어져 관목림에 둘만 있었다. 벤지는 관목림으로 돌아간 뒤 오래 머물렀다고 생각했지만 두 달밖에 되지 않았다. 그동안 애티커스나 프랙과 프릭 형제들과는 거의 대화가 없었지만, 그와 로지는 이따금 둘만 있을 때가 있었다. 어느 날, 로지는 예전에 쓰던 새 언어로 말을 걸어서 그를 놀라게 했다.

"도망치려고 하면 안 돼. 그러면 그들이 널 해칠 거야." 그녀가 말했다.

예전 언어를 들은 놀라움에서 회복되자, 벤지 역시 위험을 무릅쓰고 같은 언어로 왜 저들은 자유를 원하는 개를 해치느냐고 물었다.

로지는 대답 대신 맥스에게 무슨 일이 벌어졌는지 이야기했다. 벤지와 더기가 도망친 뒤, 로지를 포함한 다른 개들이 맥스를 올라타기 시작했다. 모두 맥스보다 우월했으니 당연했다. 한동안은 괜찮았다. 그런데 맥스는 자기가 올라타야 한다는 생각이 들었다. 아무도 허락하지 않았고, 그 결과 지휘권을 가지려는 불쾌한 싸움으로 균형 상태가 흔들리고 말았다. 그리고 그 싸움은 어느 겨울 오후, 프랙과 프릭 형제가 이제 더는 안 되겠다고 생각할 때까지 확대되었다. 형제는 함께 맥스를 공격했고, 반죽음 상태로 연못 옆에 내버려두었다. 맥스를 끝장내는 일은 대장 몫으로 남겨두었는데, 물론 대장은 선택의 여지가 없었다. 애티커스는 맥스의 목을 물어뜯고는 죽게 내버려두고 떠났다.

로지가 보기에 맥스는 자신의 죽음에 책임이 있었다. 개들이 맥스를 죽인 것은 천성에 따른 자연스러운 행동이었다. 그들은 진짜 개였다. 개의 천성에 떳떳했고 충실했다. 옳은 길을 따르고, 자신의 위치를 아는 것은 각자의 몫이었다. 이제 벤지의 몫이기도 했다.

"알겠어?" 로지가 물었다.

벤지는 알겠다고 대답했지만, 사실은 로지가 아는 것보다 더 많은 것을 알았다. 전에는 왜 그와 더기를 곁에 두었는지 의아하게 여겼다면, 이제는 깨달았다. 다른 개들은 그가 약하고 하찮더라도 자신들의 계급을 유지하려고 그를 필요로 한다는 생각이 들었다. 벤지는 나름대로 대장만큼 필요한 존재였다. 꼭대기가 있다면 반드시 밑바닥도 있어야 하기 때문이다. 그렇다면, 왜 혼자만 당해야 하는가? 이따금 대장이 가장 낮은 자, 즉 벤지에게 올라타라고.허용하는 걸 생각해보는 것도 합리적이지 않을까? 낮은 곳이 있어야 높은 곳이 있으니 말이다. 이 혁명적인 생각은, 새로운 만큼 혼란스럽기도 했다. 떨쳐버릴 수도 없고 풀 수도 없는 이 역설적인 생각으로 말미암아 벤지는 처음에는 의식하지 못했지만, 무리에게 반감을 품게 되었다.

관목림에서 두 달을 보낸 뒤, 벤지 역시 개다움에 대한 감각을 잃기 시작했다. 자기가 지금 옳은 일을 하고 있는지 몰라서 오줌을 쌀 수도, 가만히 앉아 있을 수도 없었다. 자의식은 갈피를 못 잡고 혼란스러워, 그 이상하게 말하던 개의 소리를 듣고 있는 것 같았다.

하늘은 어떻게 세상 위를 움직이는가!
땅의 털은 어떻게 변하는가.
땅에 묻혀 있는 것이든 파놓은 것이든, 뼈다귀로

모두 개의 마음을 산란하게 하려는 것이니
개는 만족하지 못하고 방황하리라.

그리하여, 벤지는 많은 것에 확신이 없었음에도, 애티커스 무리의 일원이 되고 싶지 않다는 것만은 확실했다. 그는 도망쳐야 했다. 문제는, 탈출이 어렵다는 점이었다. 그는 무리가 벌이는 의례의 일부가 되어 있었다. 다시 말해 그들에게 필요한 약자가 되어 있었다. 그 결과 그들은 벤지를 계속 철저하게 감시하고, 또 낯선 개들에게서 보호해주었지만, 만약 그가 아주 살짝이라도 발을 헛디딘다면, 바로 덤벼들 자세가 되어 있었다. 결국, 벤지가 가까스로 탈출했던 것은 오직 운이 좋았기 때문이다. 운이 좋았다. 악의가 인도하는 좋은 운. 무슨 말이냐 하면, 벤지는 죽음의 정원을 발견했다.

죽음의 정원에 대해서는 말하기가 어려웠다. 개들에게 그 정원은 오직 의식의 가장자리에만 존재했다. 죽음의 정원은 때로는 글자 그대로 정원이지만, 동물들이 먹으라고 인간들이 독을 놓은 곳이다. 살아 있는 개 가운데 그 정원을 아는 개는 거의 없었다. 우선, 그 정원을 발견한 개들은 대부분 정원의 정체를 알지 못하고 죽었다. 다음은, 그들은 정원 안에서 죽지 않았다. 독을 먹은 개들은 독을 먹었던 장소에서 멀리 떨어진 곳에서 죽었다. 그래서 그들의 사체는 다른 개들에게 죽음의 정원에 관해 경고하지 못했다.

극히 조심성 많은 벤지가 지금까지 알고 있는 죽음의 정원은 두 곳이었다. 하나는 주인의 집에서 세 건물 떨어진 곳에 있었다. 그곳은 참을 수 없이 유혹적인 냄새, 광물질과 고기 냄새가 동시에 나는 채소밭이었다. 그곳에 들어가려면 마당의 철제 담장 밑에 난 구멍을 이용하면 됐다. 개들은 수에 관계없이 얼마든지 들어가서 먹었다. 그곳에 들어가 먹은 개들이 내쉬는 숨과 엉덩이에서는 녹 냄새와 소독용 알코올 냄새가 났다. 작은 개들은 냄새나는 숨을 내쉬자마자 곧 죽었다. 큰 개들은 바로 죽든가 심한 통증으로 고통스러워했다. 벤지는 자유롭게 돌아다녔기에 여러 번 그 정원에 들어갔었다. 땅속에 야트막이 묻혀 있는 소고기라든가 요리된 닭고기 조각, 심지어는 달콤한 빵을 발견하곤 했다. 그 좋은 것들을 파먹고 싶은 유혹이 강했지만, 벤지는 의심이 많았고, 또 평소에 배불리 잘 먹었기 때문에 바로 먹지 않았다. 땅을 파면 살이 많이 붙은 뼈다귀가 한두 개 나왔지만, 광물질 냄새가 나는 것은 먹지 않았다. 대신, 유혹을 거부하지 못한 개와 고양이와 죽어가는 너구리들의 냄새를 맡는 데 만족했다.

그 패턴을 기억하며 고통과 죽음을 정원과 연결시켰지만, 그 땅은 이제 그런 것들을 제공하지 않았다. 정원은 짓밟혔고 더는 고기 같은 것이 묻혀 있지 않았다. 그곳에 들어가는 동물들은 아프지도 죽지도 않았다.

벤지가 그 장소를 잊지도 않고 고통과 죽음과의 연관성도 잊지 않은 것은 매우 기이하고 흥미로운 일이었다. 공원 옆에 있는 집들에 들어가보려고 나섰을 때였다. 파크사이드 드라이브 가장자리 키 큰 잡초들 속에서 몸을 뒤틀면서 고통스러워하는 개가 내쉬는 숨에서 녹 냄새와 소독용 알코올 냄새가 났다. 그리고 며칠 뒤 저녁, 엘리스 파크 로드를 따라서 걷다가 어느 집을 지나게 되었는데, 그 집에서 똑같이 이상한 싸한 냄새, 알코올과 녹 냄새가 풍겨왔다. 뒤에는 프릭과 프랙이 있었다. 벤지는 두 형제에게 집 쪽으로 가지 말고 여기 버드나무 발치에서 풍기는 도발적인 냄새를 맡아보라고 짖었다. (공원을 이용하는 개들은 모두 바닐라와 벌꿀, 알팔파, 클로버 그리고 딱히 무엇이라 하기 어려운, 유혹적인 냄새를 오줌으로 싸는 것 같았다.) 그는 집 뒤에 죽음의 정원이 있는지 확신하지 못했지만, 만약 있다면 애티커스의 무리에게 한꺼번에 먹이고 싶었다.

동료들의 죽음을 생각하니 혼란스러웠다. 무리는 전멸할 거다. 그 생각을 하니 그들을 증오했음에도 쓸쓸했다. 또 한편으로는 죽음의 정원이 과연 효과가 있을지 몰랐다. 애티커스의 패거리를 그저 옴짝달싹 못 하게 하는 데 그칠 수도 있었다. 그렇더라도 그가 관목림을 도망치도록 놓아둘 것이다. 어느 경우든 벤지에게 자유를 향한 다른 길은 보이지 않았다. 그가 해야 할 일은 더기를 죽인 개들을 적절한 장소로 안내하는 것뿐이었다. 나머지는 정원이 처리할 것이다.

다음 날 아침, 그들은 모두 은신처에서 나왔고, 벤지는 엘리스 파크 로드를 향해 천천히 움직였다. 말하자면, 그는 엘리스 파크 로드 방향으로 이어지는 나무들 냄새를 맡는 척 쇼를 한 것이다. 마치 신들이 벤지의 의도를 승인한 것처럼, 그날 여름 아침은 길을 따라 서 있는 나무들이 환상적인 오줌 냄새를 풍기고 있었다. 무리는 거침없이 죽음을 암시하는 집 쪽으로 이동했다.

엘리스 파크에 있는 집이 가까워지자 벤지는 그 정원이 무리를 죽이지 못할까봐, 또는 몸을 움직이는 데 지장을 주지 못할까봐 걱정되었다. 그저 불편한 통증 정도만 가져올지도 몰랐다. 만약 그렇게 되면, 그리고 그들이 정원으로 들어간 것을 그의 탓으로 돌린다면, 호된 벌을 받을 것이다. 교묘한 작전이 필요했다. 그가 이끌고 가되, 따라가는 것처럼 보여야 했다. 그래서 그는 단숨에 집 쪽으로 가지 않았다. 그들이 그곳에 가까이 가자 그는 쿵쿵 공기 냄새를 맡으며 "배가 고파"라거나 "작은 생물을 보았어"라거나 "너희랑 같은 편이라 행복해" 등 어떤 의미로도 해석될 수 있는 방식으로 짖었다.

애티커스가 으르렁거렸다. 그때 프랙과 프릭이 뭔가 냄새를 맡았다. 그들은 집 뒤쪽으로 향했고, 다른 개들도 따라갔다. 정말로 그곳에 정원이 있었다. '초록 것들'의 냄새가 우세했지만, 소고기와 이스트, 설탕 냄새 같은 매혹적인 냄새가 초록의 냄새를 약화시켰다. 정원은 녹색 그물망 담이 둘러싸고 있어 바로 들어갈 수 없었다. 그렇지만 걸쇠 달린 문이 있었는데 프랙이 손쉽게 열었다. 무리는 곧바로 무성한 꽃과 채소, 반쯤 묻힌 물건들 사이로 들어섰다.

벤지를 제외하고 모두 매우 황홀해했다. 담장을 따라, 식물들과 떨어진 곳에, 고기와 빵 조각들이 있었다. 먼 구석에는 닭가슴살이 있었고 심지어 썩어가는 생선도 있었다. 벤지를 제외한 모든 개가 양껏 먹었다. 벤지는 공기를 먹었다. 땅바닥과 밭고랑에서 먹는 척 쇼를 했다. 다른 개들이 다 먹을 때까지 꼬리를 올리고 흔들면서 말이다. 무리는 만족해서 정원을 떠나 하이 파크로 돌아갔고, 햇살이 희미해질 무렵까지 돌아다니다가 관목림으로 돌아왔다.

은신처로 돌아간 첫날밤은 아무 일도 일어나지 않았다. 그래서 그들이 발견한 곳이 죽음의 정원이 아닐지도 모른다고 생각했다. 아무도 죽지 않았다. 모두 곤히 잤고, 실제로, 다음 날도 그다음 날도 정원으로 돌아갔다. (그곳은 고기와 생선과 빵이 끝없이 마련되어 있는 것 같았다.) 세 번째 방문했을 때 벤지의 의지는 시험을 받았다. 배도 고프고 또 위험하다는 확신도 없었기에 바닥에 있는 고기를 먹고 싶은 유혹을 느꼈다. 그러나 벤지는 아무것도 먹지 않고, 그 대신 좀 더 기다리는 정신적 고통을 감내하기로 했다. 공원을 가로질러 습관적으로 쓰레기를 뒤지며 돌아오는데, 벤지는 프릭과 프랙이 이상한 방식으로 걷는 것을 알아차렸다. 중심을 잃을 듯 말 듯 비틀거렸다. 그것만이 아니었다. 벤지를 제외하고 모두 주둥이에서 피가 흘렀다.

그날 밤 관목림으로 돌아간 벤지는 고통의 비명(벤지가 흉내를 냈다)과 동료들의 고통스럽고 힘없는 몸부림(이것도 흉내를 냈다), 프릭과 프랙과 로지가 내쉬는 축축한 숨 때문에 줄곧 깨어 있었다. 무서웠다. 해가 뜨자 벤지는 용기를 내어 그들의 냄새를 맡아보았다. 자신이 그들에게 제공한 죽음을 받아들이기 위해서였다. 프릭과 프랙과 로지는 완전히 죽지는 않았으나, 거의 꼼짝하지 않고 관목림에 누워 있었다. 벤지는 조심하고 경계하면서 그들이 죽었다고 확신한 다음 날까지 그곳을 떠나지 않았다.

애티커스는 보아하니 어딘가로 떠난 것 같았다. 아마도 죽음이 가까이 온 것을 알고 혼자 죽음과 대면하고 싶었던 것 같았다. 어떤 경우든 벤지는 무리의 대장을 다시 보지 못했다. 다른 개들의 극심한 고통으로 미루어 그 개도 죽었으리라 확신했다.

이 학살에 대해 매즈논이 들은 이야기는 그저 대략적인 사항들뿐이었다. 벤지는 마치 자신은 모면했지만, 어떤 이상한

병 같은 것이 한때 강했던 무리를 완전히 끝장냈다는 투로 이야기했다. 벤지가 침통하게 말했다.

"생각해봐. 변화가 있던 날 밤, 병원 우리에 있던 개들 가운데 지금 살아남은 개라고는 단 둘, 어쩌면 셋뿐이야."

벤지와 매즈논이 알고 있는 것을 아는 개는 두셋뿐이었다. 한동안 그들은 말이 없었다.

"그토록 많은 죽음을 보다니 마음이 안 좋아." 마침내 벤지가 말했다.

"그래. 그렇게 많은 죽음은 마음을 안 좋게 하지." 매즈논이 말했다.

"마실 물 있어?" 벤지가 물었다.

예리한 매즈논은 무리의 마지막 날에 대한 벤지의 이야기에서 모호한 부분을 알아차렸고 그를 신뢰하지 않았다. 그러나 불신이 벤지에게 느끼는 감정의 전부는 아니었다. 희미한 반감과 함께 동지애가 있었다. 벤지는 무리에서 마지막 남은 개였다. 또는 거의 그럴 것이었다. 매즈논은 일종의 책임감을 느꼈다. 둘 가운데 더 강자였기에 자연히 그런 감정이 들었지만, 마음 한편에서는 벤지가 어딘가 다른 곳으로 가기를 바랐다. 그는 이런저런 불안감이 들었지만, 벤지를 어떻게 해야 할지 결정하기 전에 약속한 대로 그에게 인간의 언어를 가르쳐주어야 했다.

　그 일을 해보니 매즈논이 생각했던 것보다 어려웠다. 매즈논은 수백 개의 인간의 단어로 시작했고, 그다음 끈기 있게 더 많은 것을 습득했다. 매즈논은 벤지에게 필수적인 단어와 문구들('음식, 물, 산책, 나를 만지지 마' 등)을 간단하게 가르친 다음 문맥과 뉘앙스에 관해 이야기하자고 생각했다. 그것은 사실 그들 원래의 언어, 즉 개의 언어가 작동하는 방식이었다. 컹컹 짖는 소리는 보편적으로 이해되었고 자세나 어조 또는 상황에 따라 의미의 뉘앙스가 전달되었다. 하지만 인간에게는 특정 소리가 원래 의미를 뜻하기도 하고 동시에 아니기도 하다는 사실을 어떻게 벤지에게 가르쳐야 할까? 예를 들어 매즈논은 '먹이'라든가 이에 관련된 단어들, 즉 '먹다, 배고프다, 배가 고파 죽겠다' 등 보다 더 기초적인 단어를 상상할 수 없었다. 의미를 명확히 해야 할 더 중요한 단어를 상상해내기가 쉽지 않았다. 그런데 어느 날 저녁, 그와 니라가 부엌에 함께 있을 때였다. 매즈논은 마루에서 앞발에 머리를 올려놓고, 니라가 신문을 읽어주는 것을 듣고 있었다. 미구엘이 셔츠를 입지 않고 침실에서 나와 물었다.

　"배고파?"

　"먹으려면 먹을 수 있을 것 같아." 니라가 대답했다.

　"뭘 먹을 수 있는데?" 미구엘이 물었다.

"당신은 뭘 생각하는데?" 니라가 물었다.

"좋은 거. 당신은 내가 뭘 생각하는 것 같아?"

"글쎄. 당신이 다만 좋은 것을 원한다면…. 마침 당신한테 줄 게 있을 것 같았어. 자리를 옮겨도 괜찮다면 말이야." 니라가 말했다.

"아하, 그렇다면, 우리 들어가서 메뉴를 생각해보는 게 좋겠네." 미구엘이 말했다.

그런데 그들은 음식을 먹는 게 아니라 문을 닫고 침실로 들어갔고, 소리와 냄새로 미루어 짝짓기했다는 걸 알았다. 이 일은 매즈논을 한동안 당황스럽게 했다. 니라와 미구엘이 짝짓기를 해서가 아니라, 그들이 두 가지 아주 중요한 일, 즉 먹기와 짝짓기를 합한 것처럼 보였기 때문이다. 매즈논에게는 터무니없는 일이었다. 만약 미구엘이 들어와 사소한 것(가령 마루 청소 같은)을 이야기했는데, 그 말이 짝짓기를 원한다는 뜻이었다면 더 좋았을 것이다. 그것도 똑같이 당황스러웠을 테지만, 그래도 그다지 별나게 여기지는 않았을 것이다. 매즈논은 벤지에게 인간 언어 수업을 경고의 말로 시작했다.

"잘 들어, 작은 개. 인간들이 내는 소리와 뜻이 늘 같지는 않아. 주의해야 해."

"네가 그렇다면 그렇겠지." 벤지가 말했다.

벤지는 인간 언어의 뉘앙스에 대해 전혀 관심이 없었지만 그렇게 말했다. 그는 매즈논이 혼자 얼마나 잘해냈는지를 보고 배우고 싶었을 뿐이다. 그만큼 매즈논의 처지가 부러웠다. 벤지는 매즈논이 인간 언어를 구사하기 때문에 그렇게 되었다고 생각했다.

매즈논이 경고한 냉엄한 진실을 벤지가 흘려듣게 된 데는 그들 언어로 된 이상한 순간들을 알고 있기 때문이었다. 프린스가 말하는 방식이 그 예였다.

> 우린 평원으로 뛰어들었네.
> 몇 번의 겨울을 견딘 풀 사이로
> 이나가 갔던 길로.
> 그녀의 길은 남아 있지만
> 그녀의 이름은 오래전에 사라졌네.
> 그러나 땅은 잊지 않으리.

또는

> 물을 뿌리기를 애타게 기다리며
> (주인의 손에서 몸부림치는 초록 뱀)
> 왔다 갔다 흐르는 물속으로,
> 뛰어들어 씻네. 비누로 미끌미끌한 털을.

한마디로, 벤지는 프린스의 시 덕분에 인간의 복잡한 언어에 마음의 대비가 되었다고 확신했다.

매즈논이 벤지에게 '인간 언어'를 말하도록 가르친 몇 달은 둘 다 고투의 시간이었다. 매즈논의 교육 방식은 어떤 이성적 존재가 교육하는 방식과 같았다. 벤지가 중요한 소리임을 깨달을 수 있도록, 또 스스로 발음할 수 있도록, 매즈논은 자신이 중요하다고 생각하는 소리를 발음했다. 매즈논은 니라가 있을 때는 말하려고 하지 않았기에 이 방법은 까다로웠다. 벤지와 매즈논은 행인이 그들의 소리는 들을 수 있지만, 모습은 볼 수 없는 정원 먼 구석에서 공부했다. 벤지는 매우 예리했지만(그는 자신의 이익에 관한 문제라면 매우 예리했다), 원어민과 대화하지 않고는 익힐 수 없는 언어의 뉘앙스들이 있었다. 매즈논과 마찬가지로 벤지도 중요한 단어들을 잘못 발음하는 경향이 있었다. 예를 들어 '음식'을 '엄싯'이라고 발음하고 '물'을 '무르'라고 했다.

이 소리들은 문맥으로 이해할 수 있었으나, '문맥'을 잡는 것이 어려웠다. 매즈논은 벤지가 니라에게 말하는 것을 탐탁지 않게 여겼다. 사실 매즈논은 니라에게 말하는 것을 금지했다. 그러나 벤지는 니라가 매즈논에게 언어를 가르쳐주었기에 자신을 가르쳐줄 사람이라고 확신했다. 그래서 그는 매즈논을 살펴보다가 매즈논이 잠을 자거나 다른 방에 있거나 밖에서 볼

일을 볼 때 니라에게 말했다.

처음부터 벤지는 니라의 이름을 잘 발음할 수 있었다. 그 발음을 들으면 니라는 벤지가 자신에게 말하고 있음을 추호도 의심하지 않았다. 자기가 무슨 짓을 하는지 매즈논이 알면 안 되기에 불안해하며 그녀의 이름을 '속삭'였다. 그럴 때마다 니라는 당황하고 겁이 났다.

"니어라." 벤지가 말을 걸었다.

그러고는 단어 하나를 발음하려고 애썼다. 예를 들어.

"무르."

"물?" 니라가 물었다.

그리고 벤지는 그녀를 흉내 내어 단어를 반복했고, 덧붙였다.

"주세으."

'주세요'와 가장 가깝게 발음하고는 그녀를 관찰했다. 니라는 그릇에 물을 채우거나, 대개는 이렇게 말했다.

"그릇에 물이 있어."

그에 대해 벤지는 대답했다.

"가므사."

비글이 말을 한다는, 정말 참을 수 없이 낯설고 이상한 느낌을 극복하면서 니라는 벤지의 발음을 꼼꼼하게 고쳐주었다.

벤지의 접근은 제법 성공적이었다. 그가 니라의 이름을 부르며 꽤 분명하게 이 말을 했을 때까지는 그랬다.

"도으은."

그는 '돈'이라는 단어를 말할 생각이었다. 매즈논이 정확하게 설명하지 못했던 단어였다. 그 단어는 매즈논이 '그것 대신 이것'이라고 불렀던 것과 어떤 관계가 있었고, 이해하기 어렵지만, 매우 중요한, 어쩌면 가장 중요한 단어였다. 또한, 왜 그런지 모르겠지만, 도시의 거리에 던져진 얇고 동그란 구리 냄새나는 원반과 혼동되기도 했다.

"뭐?" 니라가 물었다.

"도으은, 모니."

순간 니라는 비글이 프랑스 화가 모네를 언급한다고 생각했다. 벤지가 예술의 역사를 알 수도 있다니 무서웠다. 너무나 믿을 수 없는 일이었다. 그러나 벤지가 실제로 한 말 역시 똑같이 겁나는 것이었다.

"'돈'을 '많이' 원하는 거야?" 그녀가 물었다.

"응."

벤지는 그렇게 대답하며 고개를 끄덕였다.

"안 돼. 안 돼, 안 돼. 줄 수 없어. 저리 가." 니라가 말했다.

니라가 왜 화가 났는지 모르는 채 벤지는 부엌에서 물러났다. 자신이 무슨 잘못을 저질렀는지 걱정이 되었다. 잘못을 저지른 게 맞다. 니라는 매즈논에게 그의 '친구'에 대해 말했고, 둘만 있게 되었을 때 매즈논은 벤지를 공격했다. 비글이 비명을 지르며 항복의 의미로 축 늘어질 때까지 세게 물어 아프게 했다. 그렇지만 매즈논은 약한 면모를 보여주었다. 피를 흘리게 하지 않고 벤지를 놓아준 것이다. 게다가 그는 만약 다시 니라에게 말을 걸면 더 나쁜 꼴을 당할 거라고 경고하는 데 그쳤다.

벤지는 꼬리를 다리 사이에 넣고 슬금슬금 도망쳤다. 몸집이 더 큰 개에게서 자신을 방어하려고 잠시 소파 뒤에 숨어서 모습을 나타내지 않았다. 그는 매즈논이 두렵지 않았다. 매즈논이 경고에 그쳤다는 사실은 벤지가 보기에 그가 위험하지 않다는 충분한 증거였다. 심지어 매즈논은 계속 인간 언어를 가르쳐주었다! 더욱이 벤지를 니라에게서 떼어놓음으로써 매즈논은 자신도 모르게 벤지에게 인간 언어를 배우는 또 다른 (어쩌면 훨씬 더 나은) 길을 강요한 셈이었다. 바로 미구엘이었다. 미구엘은 니라보다 더 크고 더 위협적이었다. 분명 더 힘이 있었다. 또한, 그는 언어의 전문가였다. 그러니 미구엘에게 말하지 않을 이유가 뭔가?

물론 몇 가지 생각할 점이 있었다. 벤지가 접근하면 미구엘은 어떤 반응을 보일까? 니라처럼 화를 낼까? 그렇다면 매즈논에게 미구엘이 무엇 때문에 화를 낸 건지 물어야 할까? 매즈논은 위험하지 않을지는 몰라도 몹시 민감해서 미구엘과의 대화를 비밀로 하기는 어려울 거다. 마침내 벤지는 당장 시작해보기로 했다. 어느 날 저녁 미구엘이 저녁 식사를 끝내고 혼자 침실에서 책을 읽고 있을 때 그는 미구엘에게 접근했다. 매즈논과 니라는 니라의 방에 있었다. (매즈논은 눈을 감고, 다리는 몸 밑으로 집어넣고, 머리는 원목 마룻바닥에 얹어놓았다.) 벤지는 침실로 들어가 미구엘이 그가 온 것을 알아차릴 때까지 침대 옆에 앉아 있었다. 일단 미구엘의 주의를 끌자 벤지는 천진한 단어로 시작했다.

"물 줘." 그가 말했다.

"뭐? 방금 물 달라고 했냐?" 미구엘이 물었다.

"응." 벤지가 대답했다.

미구엘은 진심으로 기뻐했다.

"너 말할 수 있구나?"

"조금." 벤지가 대답했다.

(실제 발음된 소리는 '오옴'이었지만, 쉽게 이해했다.)

"환상적이다. 니라가 가르쳤니? 다른 말도 좀 해봐라." 미구엘이 말했다.

벤지는 '다른 말'의 의미를 잘 알 수 없었으므로 가만히 앉아 기대하는 눈으로 미구엘을 올려다보았다. 미구엘은 실망했다.

"틀림없이 니라는 더 많은 것을 가르쳐주었을 텐데. 이름은 말할 수 있냐?" 미구엘이 물었다.

"이름 벤지." 벤지가 말했다. 평생 처음으로 자신의 비밀 이름을 말한 것이었다.

비밀인 까닭은 비록 친밀한 소리여도 다른 개들은 말할 수 없었기 때문이다. 비밀 이름처럼 사적인 것을 말하는 게 좀 망설여지긴 했지만 벤지의 목소리는 명료했고, 고음이었다. 단지 살짝 떨렸을 뿐이다.

"그럴 줄 알았어! 니라가 다른 재주도 가르쳤니? 굴러봐, 벤지. 굴러봐." 미구엘이 말했다.

물에 관한 대화를 하다가 '굴러봐'라고 말하다니 어리둥절했다. 그러나 '굴러봐', '일어나', '죽은 척해봐', '애원해봐', '속삭여봐', '노래해봐' 같은 재주는 벤지가 가장 잘하는 것이었다. 그런 건 누워서 떡먹기였다. 그는 미구엘의 시선을 잠시 붙들어놓은 다음 굴렀다.

미구엘은 개가 실제로 말을 할 수 있다고 믿지 않았으므로 개가 물을 달라고 한 것보다 더 기뻐하고 감명을 받았다. 미구엘은 벤지를 들어올려 팔에 안고 목과 귀 뒤의 털을 긁어주며 니라의 방으로 데려갔다.

"어떻게 한 거야? 시간이 좀 걸렸을 텐데." 미구엘이 물었다.

"뭘 어떻게 해?"

"어떻게 개한테 이름을 가르쳤어?"

"무슨 이름?"

"모르는 척하지 마. 벤지는 굉장해. 짐과는 달리 진짜 개야. 짐은 종일 근처에서 누워 있기만 하잖아. 이 녀석은 여러 가지를 할 수 있어. 당신은 자랑스러워해야 해." 미구엘이 말했다.

"걔가 말하는 거 들었어? 내가 가르친 거 아냐. 짐이 가르쳤을 거야." 니라가 말했다.

"그러게. 물론 짐도 말할 수 있으니까." 미구엘이 말했다.

미구엘은 바로 기분이 상했다. 아내가 시치미를 뗀다고 받아들였기 때문이다. 왜 니라는 어떻게 말을 가르쳤는지 알려주지 않을까?

"좋아. 내가 직접 가르쳐보겠어." 미구엘이 말했다.

일주일 내내 미구엘은 벤지의 교육에 집중했다. 그에게 뭔가 특별한 것을, 이름이나 몇 마디 말보다 어려운 것을 가르쳐보겠다고 생각했다. 그러고 니라가 좋아하는 소설 가운데 하나인 『허영의 시장』 첫 페이지를 가르치기로 했다. 새커리의 글은 곳곳의 영어 전공자들을 폭발하게 만들었다. 새커리의 문장들은 이따금 길고 배배 꼬여 있었다.

금세기도 십 년 대에 들어선 유월의 어느 화창한 아침, 치즈윅 몰에서 미스 핑커톤이 경영하는 여학교의 큰 철문 앞으로 화려한 마구를 찬 살찐 말 두 필이 가발과 삼각모를 쓴 마부가 모는 대형 유개

마차 한 대를 이끌고 시속 4마일로 다가왔다.

　그런데도 미구엘은 퍽 간단한 과제라고 생각했다.

　일단 벤지는 미구엘이 반복하기를 원하는 소리를 (정확한 순서로) 반복해야 한다는 것을 이해했고 또 그렇게 했다. 비글이 퍽 훌륭한 (인정하건대 비범한) 앵무새임을 확신한 미구엘은 자신이 대견했고, 이제까지 숨어 있던 동물 조련사로서의 재능이 자랑스러웠다. 번번이 그는 비글이 점점 더 능숙하게 삼각모자니 살찐 말이니 미스 핑커톤 여학교의 철문을 말해야 하는 상황이 이상하게 느껴졌다. 그러나 그의 개가 (벤지는 곧 그의 개가 되었다)『허영의 시장』첫 페이지 같은 것을 말하는 순간 니라가 지을 표정을 상상하면서 그 이상한 감정에 익숙해졌다.

　그렇지만 그 순간은 절대 오지 않았다.

　집안의 역학관계는 변했다. '돈' 사건 이후 벤지가 엉큼하다는 것을 알았기에 니라가 벤지를 싫어한 것은 아니었다. 니라는 매즈논의 침묵에는 불안하지 않았으나, 벤지가 일어나 앉아서 지켜보고 있으면 당황스러웠다. 그것이 계기였다. 비글이 방에 있으면 니라는 일을 할 수 없었다. 그래서 벤지는 쫓겨났고 (그가 들어오지 못하도록 문이 닫혔고), 미구엘이 올 때까지 하루 대부분의 시간을 혼자 또는 매즈논과 단둘이 보냈다.

미구엘 쪽에서는 매즈논을 재미있어하면서도 눈에 띄게 경멸하는 태도로 대하기 시작했다. 때때로 매즈논이 지능을 갖고 있다는 나라의 주장에 회의를 드러내기도 했다. 미구엘의 회의는 보통 벤지에게 '굴러봐' 또는 '죽은 척 해봐'라고 청하는 것으로 이어졌다. 마치 벤지의 그런 재주가 뛰어난 지능을 확증한다는 듯이 말이다. 물론 나라는 그런 식으로 매즈논에게 굴욕감을 주고 싶지 않았다. 나라는 매즈논을 많이 존중했기에 그의 지능을 증명하려고 카펫 위를 구르라고 청하고 싶지 않았다. 매즈논의 지능이 높다는 것을 자신이 너무나 잘 알았기 때문이다.

매즈논은 벤지가 미구엘과 가까이 지내는 것을 참아냈고 또 미구엘의 경멸이 뜻하는 바를 이해했으나, 경멸 자체는 이해할 수 없었다. 우선 첫째로, '지능'이 지위의 원천일 수 있다는 점을 짐작하지 못했다. 매즈논이 보기에 인간들이 '지능'이라고 부르는 것(사물에 부여된 이름을 아는 것, 어떤 정신적 능력이 필요한 행동을 수행하는 것)은 어느 모로 보나 그가 예전에 개로서 살 때부터, '생각'이란 것에 공격당하기 전부터, 기억하고 있는 지식보다 하위였다. 비글이 '구르고' '죽은 척하기' 때문에 미구엘이 벤지에게 더 높은 지위를 부여했음이 분명해지자, 매즈논은 경악했다.

아니, 경악 이상이었다. 매즈논은 미구엘의 행동이 뜻하는 바를 이해했다. 아마도 미구엘보다 더 잘 이해했을 것이다. 벤지는 분명히 지위를 노리고 있었다. 나라의 위치를 원했다. 그 생각을 하자 매즈논을 참을 수 없었다. 그 자체로도 참을 수 없었지만, 그가 고통당했던 기억들로 되돌아가야 했기 때문이기도 했다. 하지만 어떻게 해야 할까? 그는 이미 벤지에게 경고했다. 이제 작은 개를 물어 죽이는 것이 옳았다. 의심의 여지가 없었다. 하지만 어떻게 그런 짓을 할 수 있을까? 그런 행동은 그 자신의 일부를 파괴하고, 과거의 삶, 즉 무리와 개의 본성과 관목림에 결정적으로 결별을 고한다는 의미였다.

벤지는 미구엘이 숭배하는 기술을 완전히 익혀서 기뻤고, 미구엘이 매즈논을 경멸하는 것으로 보아 지금까지와는 달리 행동해도 되겠다고 생각했다. 예를 들어 매즈논이 말을 가르칠 때 벤지는 매즈논이 알려주고 싶어 한 단어를 냉큼 말하며 발음을 반복하고는 다음 단어로 나아가자고 청했다. 미구엘과 시간을 보내 보니 매즈논의 발음은 부정확해서 인간들이 쉽게 이해할 수 없다는 것을 알았다. 실제로 벤지는 매즈논이 '저녁'이라고 말하자 그 발음을 정정해주었다. 비록 공손하게 정정해주었으나, 은근슬쩍 인간 언어를 잘 아는 것은 매즈논이 아니라 자신이라는 듯이 굴었다. 비록 이해하지는 못했지만, 『허영의 시장』 첫 페이지를 암기할 때쯤 벤지는 지배의 기하학을 시험적으로 적용해보기 시작했다. 함께 누워 있을 때 매즈논의 등에 머리를 (가볍게) 올려놓는다든가, 자기 것을 먹기 전에 매즈논보다 먼저 가서 매즈논의 그릇에 담긴 내용물의 냄새를 맡아본다든가, 할 수 있을 때마다 매즈논보다 앞서 걸었다. 벤지는 자신이 하는 행동을 깨닫지 못했다. 그는 의식하지 못했지만, 매즈논은 의식했다.

어느 날 오후, 그들이 바람을 쐴 수 있도록 니라가 뒷문을 열어놓았을 때, 매즈논은 최대한 무자비하게 작은 개를 공격했다. 매즈논은 마당 한가운데서 벤지의 목덜미를 물었다. 비글의 목을 물어버리려고 했지만, 마지막 순간 벤지가 고개를 움직였다. 벤지는 비명을 질렀고, 즉시 자신의 잘못을 알았다. 매즈논은 그가 생각했던 그 개가 아니었다.

바닥에는 눈이 있었다. 축축하고 미끄러웠다. 눈이 벤지의 목숨을 구했다. 매즈논은 비글을 시멘트 계단에 부딪뜨리려고 주둥이로 작은 개를 잡으려다가 미끄러졌다. 매즈논이 미끄러질 때 벤지가 빠져나가며 외쳤다.

"니라!"

그러나 매즈논이 즉시 달려들었다.

뒷마당 담장에는 틈이 있었다. 그의 몸이 (아마도!) 빠져나갈 만한 틈이었다. 벤지는 그곳을 향해 달려가 틈으로 몸을 던졌다. 공간이 그다지 크지 않아서 몸이 대부분 빠져나왔더라도 빠져나가는 속도가 느려졌다. 덕분에 매즈논은 가까스로 다시 그를 물어 더 많은 피를 흘리게 했지만 제대로 붙들지는 못했다. 벤지는 근육 하나하나 온 힘을 다해 틈을 통과해서 죽어라 도망쳤다. 뒤돌아보지 않았다. 그럴 필요도 없었다. 매즈논이 벤지를 죽이고 싶어한다는 걸 둘 다 분명히 알았기 때문이다.

이성이란 것은, 어딘가에 자리를 차지하고 있겠지만, 불필요한 것이었다.

문을 열어준 지 십분 쯤 뒤에, 니라는 개들이 들어오고 싶은지 보려고 돌아왔는데 마당의 눈이 군데군데 마치 거품이 올라온듯한 모양새였다. 개들이 싸우거나 비틀거린 곳에 초록빛 도는 검은 흙이 부분부분 드러나 있었다. 매즈논이 그녀를 바라보고 서 있는 곳에서 멀지 않은 곳의 눈 위에 핏자국도 있었다.

"벤지는 어디 있니?" 니라가 물었다.

매즈논은 고개를 저었다.

"도망쳤니?" 그녀가 물었다.

매즈논은 고개를 끄덕였다.

"들어오고 싶어?"

매즈논은 대답하지 않고 뒷문으로 들어왔고, 젖은 털이 니라의 바지에 살짝 스쳤다. 니라는 벤지가 괜찮은지 알고 싶지만, 지금 매즈논에게 묻는 건 잘못이라고 느꼈다. 그날 밤, 그녀는 미구엘에게 벤지가 사라진 데 대해 자신이 알고 있는 얼마 안 되는 사실을 말했다. 그렇게 몇 주일이 지났지만, 무슨 일이 일어났는지 매즈논에게 묻는 것은 옳지 않은 것 같았다. 결국, 그들은 벤지에 관한 이야기는 절대 꺼내지 않았다.

3

애티커스의
마지막 소원

올림퍼스 시는 올림퍼스 산꼭대기에 있
다. 그 이상은 말할 수 없는 것이, 모든 도시가 그러듯 도시를
만든 정신들과 상관관계에 있기 때문이다. 올림퍼스를 여행하
면 그 도시를 이루는 상상력을 보게 된다. 그 상상력은 성스러
운 것이기에 인간의 언어로는 표현할 수 없다. 굳이 말한다면,
올림퍼스를 가장 잘 아우르는 단어는 '아무것도 아닌'과 '어디
에도 없는'일 것이다. 올림퍼스는 '대단한 것'이면서 또 '어딘가
에 있는 것'이긴 해도 말이다. 그런데 올림퍼스를 가장 잘 반영
하는 정신의 소유자이자 신들의 아버지인 제우스는 아들들 때

문에 불행했다.

여러 가지 이유로 헤르메스와 아폴론은 자신들의 내기를 비밀에 부치려고 했다. 하지만 다른 신들도 신이기에 그건 불가능했다. 우선, 그런 것들에 관심을 가진 모든 신은 당장 개들이 이상하다는 것을 알아차렸다. 개들이 이상해진 까닭은 몰랐지만, 누가 그랬는지는 확실했다. 헤르메스는 대부분 시간을 지상에서 보냈고, 아폴론은 인간 세상의 것들에 매료되어 있었다. 그래서 형제는 그런 일을 한 동기가 무엇이냐는 성가신 질문을 받았다. 얼마 뒤 아폴론과 헤르메스는 개들하고 아무 상관이 없다고 부인하는 데 지쳐서 열다섯 마리 개의 죽음을 놓고 내기를 걸었다고 시인했다. 그 결과 그들은 신들 사이에 일종의 광란의 씨앗을 뿌린 셈이 되었고, 당장 다른 신들도 모두 나름의 내기를 했다.

제우스는 아들들이 한 짓을 알고 그들을 불렀다.

"너희는 어찌 그리 잔인할 수 있느냐?" 제우스가 물었다.

"무엇이 잔인해요? 필멸의 존재들은 늘 고통을 겪는데요. 우리가 한 일이 그들을 더 고통스럽게 한 게 뭔가요?" 아폴론이 물었다.

"형 말이 맞아요, 아버지. 그들이 고통받는 것을 원치 않으면 싹 쓸어 없애버리시죠." 헤르메스가 말했다.

"고통을 받으려면 자기 한계 내에서 받아야지. 불쌍한 개들은 인간하고 똑같은 역량을 갖추고 있지 않아. 개들은 의문을 갖거나 죽게 되리라는 것을 알도록 만들어지지 않았다. 감각과 본능 때문에 인간들보다 두 배는 고통스러울 게다." 제우스가 말했다.

"아버진 늘 인간이 짐승이라고 말씀하시지 않았던가요?" 아폴론이 물었다.

"인간에 대해 확실한 한 가지는 야수성이죠." 헤르메스가 웃으며 말했다.

"너희 둘은 인간들보다 나쁘구나." 제우스가 말했다.

"저희를 모욕할 필요는 없잖아요." 아폴론이 말했다.

"너희를 벌주지 않는 것에 감사해라. 이미 엎질러진 물이다. 하지만 더는 이 피조물들에게 개입하지 않기를 바란다. 그만하면 충분히 해를 끼쳤다. 그들이 어떤 평화를 찾건 내버려두어라."

그 순간부터 모든 신은 제우스의 뜻을 알았고, 대부분 그의 칙령을 따랐다. 신들은 개들에게 개입하지 않았다. 개입을 한 신이 있었다면 그것은 엉뚱하게도 제우스였다. 자신이 총애하는 애티커스를 불쌍히 여긴 신들의 아버지는 개들의 삶에 개입했다.

벤지가 받은 인상과는 반대로, 애티커스는 사려 깊고, 감성적이고, 어느 정도는 이타적이었다. 애티커스는 본능적인 결정을 할 수 있는, 또는 본능적인 결정을 잘하는, 헌신적인 지도자였다. 게다가 강력한 행동을 하는 중에는 생각을 제쳐놓을 수 있었지만, 고요한 순간에는 때때로 감성에 이끌려 자신의 행동을 다시 생각해보기도 했다. 다른 말로 해서, 애티커스는 양심이 있었고, 바로 그 때문에 혹자가 신의라고 부르는 것을 가지고 있었다.

동물병원에서 그날 밤 일이 있고 나서 오래지 않아 애티커스는 내면에서 개다운 속성이 죽어간다고 믿게 되었다. 그것은 비극이었고, 옛날 방식의 상실은 재앙임이 입증되었다. 그리하여, 그는 자연스럽게 무엇이 자신을 개가 되게 하는지 숙고하게 되었다. 감각들일까? 어쩌면. 하지만 그에게는 여전히 감각이 있었다. 육체적인 것일까? 그렇다. 달리거나, 물을 마시거나, 앞발로 땅을 팔 때 육체를 느꼈다. 육체적인 자아 역시 변하지 않았다. 사실, 자신을 개가 되게 한 것들의 목록을 만들어보면서 애티커스는 마음을 바꿨다. 내면에 있는 개의 속성은 죽어가고 있지 않았다. 그와 함께하는 열한 마리의 개도 마찬가지였다. 오히려 그것은 새로운 사유, 새로운 관점, 새로운 언어 때문에 모호해지고 있었다. 조망하려면 커튼을 젖혀야 하는 것처럼 그런 것들은 제쳐놓을 필요가 있었다.

초기에는 이전 생활에 대한 선명한 기억들이 애티커스를 이끌어 주었다. 그 무렵, 이전 삶의 기억들은 모두에게 유혹적이었다. 어떤 개들은 물론 예전의 생활에 더 많이 관심을 쏟았다. 낯선 언어와 비틀린 사유는 없고 감각들은 살아 있는 옛날 방식으로 되돌아가려고 그와 함께 싸울 의사가 있는 개가 누구인지 알아내기는 쉬웠다. 이런 이상에 위협이 되는 개들을 무리에서 제거했을 때, 즉 매즈논과 아테나, 벨라, 프린스, 바비를 죽이거나 쫓아냈을 때, 애티커스는 개들이 마땅히 살아야 하는 대로 살 수 있다는 데 만족했다. 숙청이 끝난 뒤 무리는 애티커스의 수칙을 따랐다.

1. 이상한 말 금지. 무엇보다도 애티커스는 죽는 날까지 사라진 개에 대해 기억하는 것을 싫어했다.

햇빛 찬란한 세계는
작은 것들이 너무 빨리 움직이네.
나는 빛을 피해
다락방에서 어둠을 욕하네.

2. 강력한 지도자 (즉, 애티커스 자신)
3. 좋은 은신처
4. 약자는 적절한 위치에

개들을 죽인 것 가운데 단 한 가지가 애티커스의 양심을 괴롭혔다. 바로 덕 톨링 리트리버인 바비를 죽인 것이었다. 애티커스와 쌍둥이 형제와 맥스는 옛날 생활에 대한 열정으로 가득 찬 나머지 개의 속성에 어울리지 않는 방식으로 행동했다. 돌이켜 보았을 때 그들은 부끄러운 열정 때문에 덕 톨링 리트리버를 죽였다. 더 나빴던 것은 작은 개의 죽음이 그가, 그들이, 뭔가 중요한 것, 즉 위계의 신성함을 간과하고 있음을 나타내는 신호라는 점이었다. 이는 두 작은 개들이 도망쳤을 때 명백해졌다.

벤지와 더기가 사라진 날 아침, 애티커스는 무리가 직면한 문제들을 예감했다. 일종의 대칭이었던 애티커스와 벤지는, 즉 최상위 개와 최하위 개는, 서열 스펙트럼의 양쪽 끝에서 똑같은 생각을 하기에 이르렀다. 약자는 대단히 중요한 존재이며 그 이상이라는 생각이었다. 낮은 서열에 있던 둘이 없어지니 뭔가가 빠져버렸다. 말하자면 바닥이 비게 되었다. 그들은 뜻하지 않게 약자가 필요했다. 애티커스는 남아 있는 개들 가운데 가장 크고 힘이 셌다. 프릭과 프랙 형제는 함께 그에게 대항할 수 있지만, 만약 도전한다면 고통을 받을 것임을 모두 알고 있었다. 다른 한편, 프릭이나 프랙을 낮은 개로 이용하는 건 생각할 수 없는 일이었다. 두 형제는 부자연스러울 정도로 가까웠고, 둘 중 누구도 낮은 지위를 받아들이지 못했을 거다. 그렇다면 로지와 맥스가 남았다.

그들이 예전의 개로 돌아간다면 로지가 확실한 후보자일 것이다. 로지가 꼭 가장 약한 개는 아니었지만, 아무튼 암컷이었다. 그리고 이 사실은 수컷들에게는 그녀에게 대항해도 좋다는 표시가 되었다. 그러나 로지는 애티커스에게 중요한 존재였다. 로지의 냄새는 오직 그 혼자만의 것이기를 바랐다. 그 감정은 애티커스를 혼란스럽게 하고 수치스럽게 했다. 로지는 발정기가 아니었다. 그가 로지와 교미하고 싶은 것도 아니었다. 그 감정은 뭐라 설명할 수 없고 친숙하지 않은 어떤 것이었다. 개들로서는 뭐라 지칭할 말이 없는 이를테면 변태였다.

(애티커스는 과오에 대한 감각을 발전시켰지만, '죄'에 대한 개념은 없었다. 만약 있었다면 로지에 대한 감정이, 자신의 생각으로는, 죄악이라고 받아들였을 것이다. 비록 개의 속성에 과오를 범했지만, 얼마나 마음에 위로가 되는지 몰랐다. 당시, 그와 로지는 다른 개들에게서 떨어져 웬디고 연못 옆에 함께 앉아서 금지된 언어를 사용했다. 만약 들켰다면, 애티커스는 그들은 결백하다고, 로지와의 대화는 매즈논과의 대화와 달리 깊은 사유가 필요한 것이 아니었다고 주장했을 것이다. 로지는 친구 또는 부관과 같은 존재라고, 그 이상은 아니라고 말했을 것이다. 그러나 가슴 속에서 애티커스는 그 감정이 결백하지 않음을 알고 있었다. 그것은 성적인 감정이었고, 또 불분명한 감정이었다.)

그래서 맥스가 낮은 개가 되었다.

그러나 맥스는 협조하지 않았다. 무리에 바람직하지 않은 개들을 제거하는 일을 도왔기에 자신은 지위를 누릴 자격이 있다고 느꼈다. 애티커스는 맥스의 불행을 이해했지만, 무리의 상황이 변했으므로 맥스 역시 함께 변하거나 결과를 받아들여야 한다고 생각했다.

그러나 맥스는 그들 모두에게 대가를 치르게 했다. 그는 자신에게 올라타는 것을 허락하지 않았다. 그는 공격을 받고, 위협을 당하고, 물렸다. 프릭과 프랙은 서로 협동했다. 하나가 맥스의 목을 붙들고 있는 동안 다른 하나가 올라탔다. 애티커스는 그보다는 쉬웠다. 그는 무리의 대장이었으므로, 맥스는 비록 분개하기는 했지만 애티커스가 원할 때마다 올라탈 권리가 있음을 받아들였다. 진짜 문제는 로지였다. 이 저면 셰퍼드는 자신의 의지를 관철시킬 만한 충분한 힘이 있었는데도, 맥스는 그녀에게 대항했다. 자신이 제압할 수 있다고 믿는 누군가가 올라타는 건 참을 수 없었기 때문이다.

로지가 맥스에게 올라타는 데는 때때로 시간이 너무 오래 걸렸기 때문에, 애티커스는 으르렁거리며 위협하고, 귀를 물어 맥스가 굴복하게 했다. 그것은 진짜 개들이 하는 방법이 아니었고, 모두가 그 사실을 알았다. 맥스는 자신의 지위에 이의를 제기할 권리가 얼마든지 있었다. 애티커스는 왜 끼어들어야 했던가? 결국, 두 작은 개들이 사라진 것은 그들 모두에게 재앙이 되었다. 그들의 아침은 서로 경계하는 것으로 시작되었고, 저녁도 똑같이 조심스런 분위기에서 끝났다.

바로 이 무렵 애티커스는 기도를 시작했다.

애티커스는 이미 이상적인 또는 순수한 개에 대한 개념을 갖고 있었다. 바로 사유에 결함이 없는 개였다. 시간이 흐르며 그는 고귀하다고 믿는 모든 자질을 이 순수한 존재에 덧붙였다. 예리한 감각과 절대적인 권위, 견줄 데 없는 사냥 솜씨, 저항할 수 없는 힘이 그것이었다. 어딘가, 반드시 그런 개가 있을 거라고 애티커스는 생각했다. 이유는? 그가 생각하는 이상적 개의 자질 가운데 하나는 '존재'였기 때문이다. 존재하지 않는 '이상적' 개는 진실로 이상적일 수 없었다. 따라서 애티커스가 마음속에 품고 있듯이, 개 중의 개는 실존해야 했다. 존재해야 했다. (애티커스는 이 개가 붉은색을 띠지 않고 존재한다고 상상했다. 붉은색은 생각이 변화하면서 개들이 얻었던 색이었다.) 또한, 만약 애티커스가 생각하는 순수한 개가 존재한다면, 꼭 존재해야 하지만, 자신을 이끌어주기를 바라는 마음을 왜 느끼지 못할까? 왜 그는 애티커스를 찾아내지 못할까?

애티커스는 자신의 느낌을 따랐다. 순수한 개 앞에서 자신을 낮추었다. 그는 은신처에서 떨어진 곳에 기도할 장소를 찾았다. 그곳은 그레너디어 연못 건너편, 키 큰 풀과 나무 사이에 있었다. 그는 바닥의 나뭇잎들을 치우고, 매일 저녁, 사냥하거나 쓰레기를 뒤져서 얻은 것들을 조금 가져왔다. 매일 저녁 같은 시간에, 생쥐라든가 빵조각, 핫도그 조각, 쥐, 새 등 무리의 먹이 가운데 무엇이든, 자기 몫의 일부를 가져와서 금지된 언어로 언제라도 따를 수 있는 지도자의 지도를 부탁했다.

신들은 리듬에 반응한다. 우주도 그렇고 그 안의 모든 피조물도 그렇다. 그리하여 마침내 애티커스의 규칙적인 기도와 반복되는 의식은 제우스의 관심을 끌었다. 신들의 아버지는 애티커스의 소원을 들었고 그가 바치는 제물과 믿음에 감동했다. 제우스는 나폴리탄 마스티프의 모습으로 애티커스의 꿈에 나타났다. 털가죽은 코끼리 피부처럼 구겨져 있고, 턱살은 회색 폭포처럼 풍성하게 늘어져 있었다. 제우스는 무리의 새 언어로 애티커스에게 말했다.

"애티커스, 네가 제물을 바친 이가 바로 나다."

"오실 줄 알았습니다. 어떻게 하면 제가 더 나은 개가 될지 알려주십시오." 애티커스가 말했다.

"너는 이제 개가 아니다. 넌 변했다. 그러나 너는 내 것이고, 나는 네 운명을 불쌍히 여긴다. 나는 네 삶에 간섭할 수 없다. 내가 금지했기 때문이다. 그러나 죽을 때 한 가지 소원을 허락한다. 영혼이 올라가기 전 바로 그 순간 무슨 소원이든 말하거라. 내가 허락할 것이다." 제우스가 말했다.

"하지만, 위대한 개님이시여, 죽어야 한다면 소원이 무슨 소용이 있겠습니까?"

"그 이상은 나도 할 수 없구나." 제우스가 말했다.

이 말과 함께 신들의 아버지는 애티커스의 꿈속에서 재로 변하더니 수천 마리의 작은 검은색 동물들이 달리는 밝은 초록빛 들판 위를 떠다녔다.

이후로 몇 달 동안 애티커스는 위대한 개가 간청을 들어준 것에 위안을 받고, 신의 관심이라고 상상하며 감사했고, 성스런 장소를 유지하며 계속해서 제우스에게 기도했다. 그러나 그의 기도는 무리에 닥친 비극들을 막지 못했다. 우선, 프럭과 프랙은 맥스에게 부상을 입혔고, 애티커스는 맥스를 죽여야 했다. 그다음으로 프럭과 프랙과 그는 돌아온 작은 개(더기)를 죽여버렸다. 돌발적인 일이었다. 큰 개들은 작은 개가 떠남으로써 야기되었던 문제에 화가 나서 피의 충동에 불탔다. (애티커스는 제우스에게 죄를 용서해달라고 청했다. 그들이 벤지까지 죽이지 않았던 것은 기적과 같았다. 본능이라고 느꼈지만, 사실은 분노에 불과한 것에 사로잡혀 있었기에 얼마든지 많은 개를 죽일 수도 있었다. 바비 사건으로 얻은 고통스러운 교훈을 더기의 죽음에서도 배웠다. 폭력은 이성으로 설명할 수 없는 이유가 있었다.) 그런 다음 독을 먹는 사건이 일어났다.

무리가 처음 죽음의 정원으로 들어가려 했을 때, 애티커스는 땅이 베푸는 너그러움이 꿈에서 나타난 신의 선물이라고 확신하면서 프릭과 프랙을 따라 정원으로 들어갔다. 처음 죽음의 예감이 든 것은 닭고기 조각을 먹고 있을 때였다. 고기는 뭐랄까 개 장난감 냄새를 풍기는 맛이었다. 어떤 것의 맛도 아니었지만, 닭고기 맛이 났고, 좋았다. 그리고 얼마 뒤 죽음이 장막 뒤에서 걸어 나왔다. 애티커스는 코에서 피가 났고, 아무리 물을 마셔도 부족했다. 속이 타는 것 같았다. 그는 다른 개들보다 많이 먹었기에, 증상이 가장 먼저 나타났다.

죽음의 정원에서 벌인 두 번째 향연이 있고 나서 애티커스는 뭔가가 잘못되었음을 알았다. 그는 무리가 어떻게 끝장났는지는 알 수 없었지만, 끝장이 났다는 사실은 알았다. 어떤 것 또는 어떤 존재가 그들에게 영향을 끼쳤다. 그런데 그들의 우두머리인 그는 아무것도 하지 않았다. 다른 개들이 관목림으로 돌아가 죽어가는 동안, 애티커스는 자신의 성스런 장소로 갔다. 그 무렵 타오르는 갈증의 불은 뼈와 힘줄을 파괴했다. 죽음이 닥쳤고, 그는 그 사실을 알았다.

애티커스는 마지막 말과 함께 무리의 종말에 책임 있는 자가 벌을 받기를 간청했다. 그런 다음 그는 죽었다. 영원히 믿음에 충실한 채, 그가 믿는 신의 두 손이 보이지 않는 적에게 고통을 주리라는 희망을 품고.

분노한 매즈논에게서 도망친 벤지는 어디로 가야 할지 무엇을 해야 할지 몰랐다. 그는 미구엘과 니라, 매즈논과 함께 인간의 언어를 익히면서 사는 자신을 상상했더랬다. 자신이 아는 바와는 달랐더라도, 그는 매즈논의 행동은 과했다고 확신했다. 예를 들어 미구엘의 환심을 사려던 벤지의 작전에는 악의가 없었고, 아무리 나쁘게 보더라도 실험적이었다고 확신했다. 벤지는 매즈논에게 물려야 할 원인을 제공하지 않았다고 생각했다. 매즈논이 정신을 차리면 그가 돌아오도록 허락할 것이다. 그는 그러리라 확신했다. 그러나 그동안 어디에 머무를 것인가?

봄이었고, 사월 셋째 주였다. 바닥에는, 특히 나무 그늘이 진 마당과 하이 파크에는 아직 눈이 있었다. 밖에서 지내기에 최악의 시기는 아니었다. 낮의 거리는 건조하고 따뜻했다. 물론 벤지는 공원 주변 지역을 잘 알았다. 파크데일이나 하이 파크에 머물면 피해야 할 개들이 있을 테지만, 보통은 그들을 재빨리 알아낼 수 있기에 두렵지 않았다. (흰 바탕에 검은 반점이 있는 개들이 가장 나빴다. 그들은 의심할 여지 없이 지상에서 가장 우둔한 피조물이었다. 고양이를 포함시킨다고 해도 말이다. 어떤 언어를 택한다 해도 그들을 논리적으로 설득하려는 시도는 쓸데없었다. 더 나쁜 것은 언제 그들 중 하나와 마주칠지 알 수 없다는 거다. 다른 개들을 증오하는 것은 그의 본성이 아니었지만, 벤지는 어떤 인간들이 스티브라든가 비프라는 이름을 가진 사람을 싫어하는 것과 마찬가지로 달마티안을 싫어했다.)

벤지가 어디로 가야 할지 결정하려고 애를 쓰며 펀 애비뉴와 론스밸리스 애비뉴 모퉁이에 서 있는데, 혈색 좋은 노인이 몸을 구부리고 그를 들어 올려 안으며 말했다.

"이 예쁜 강아지가 누굴까? 이 예쁜 녀석이 누굴까?"

대단히 불쾌했다. 벤지는 썩은 냄새가 나는 털실 연못에 속수무책으로 가라앉고 있는 듯이 버둥댔다. 노인은 코트 주머니에서 설탕과 물고기, 당근, 양고기와 쌀밥 냄새가 나는 비스킷을 꺼냈다. 수상쩍었지만 비스킷 냄새에 사로잡혀 벤지는 몸부림을 멈추고 다시 비스킷 냄새를 맡았다. 소금과 카놀라유, 로즈마리, 인간의 땀과 사과 냄새가 배어 있었다.

"이게 뭐죠?" 벤지가 물었다.

개가 말을 하는 게 자연스러운 일인 것처럼 노인이 대답했다.

"비스킷이다. 개들이 좋아한다고 들었는데, 넌 좋아하지 않느냐?"

비스킷 가까이에 코를 대고 킁킁 다시 냄새를 맡고는 노인이 말한 것이 먹을 것이라고 결론 내렸다. 그는 노인의 손에서 비스킷을 받아 한쪽 이빨로 오도독 깨물어보고는 결국 먹기로 했다. 기억할 만큼 맛있었다.

"감사합니다." 벤지가 말했다.

노인은 그를 내려놓고 대충 등의 털을 쓸어주었다.

"천만에. 좋아하니 기쁘구나. 난 이제 가야겠다, 벤지. 나중에 보자." 노인이 말했다.

순간, 벤지는 노인이 자신의 비밀 이름을 불렀다는 것을 깨달았다. 이 인간은 날 알고 있는 건가? 그는 노인이 간 방향을 바라보다가 본능적으로 그를 따라갔다. 쉽게 따라갔어야 했는데 그렇지 못했다. 벤지의 경험상, 노인 냄새, 즉 털실과 설탕 맛 나는 오줌, 땀, 뭐라 정의할 수 없는 쇠락의 냄새가 나는 인간들은 다른 인간들보다 느렸다. 그런데 이 노인은 그렇지 않았다. 그는 빠른 속도로 걸었다. 한낮의 복잡한 론스벨리스 거리는 많은 장애물이 있었다. 유모차를 끌고 가는 여자들, 다른 개들 그리고 무엇보다 나쁜 것은 언제나 느릿느릿 걸으면서 길에서 비키지 않으면 짓밟거나 발로 차겠다고 위협하는 인간들이었다. 또한, 주의를 산만하게 하는 것들이 있었다. 우체통, 가로등 기둥, 쓰레기통, 전신주, 푸드 체인점 소베이에서 나는 시큼한 우유와 구운 닭 냄새, 어느 빵집에서 풍기는 산딸기 잼 냄새, 거리를 따라 늘어선 즉석음식점들에서 풍기는 소시지와 치즈 냄새… 너무 많은 것이 걸음을 멈추고 냄새를 맡고 싶게 했다. 노인을 쫓아가는 것은 힘든 일이었다. 그러나 벤지는 따라갔고, 노인의 회색, 잿빛 바지를 눈에서 놓치지 않았다.

인간 노인으로 변장한 제우스는, 남쪽으로 가다가 론스벨리스 애비뉴 끝에서 대각선으로 길을 건너서 대기 중인 전차에 올랐다. 벤지는 문이 막 닫히는 전차에 뛰어올랐다. 그는 쉽게 노인(뒤쪽에 앉아 있었다)을 발견했고 노인의 다리에 발을 올려 놓으려고 일어섰다. 마치 개가 조르는 게 보통 있는 일이라는 듯 노인은 벤지를 도와 창가 자리에 앉혔다.

벤지의 감정은 여러 가지가 뒤섞여 있었다. 그는 전차에 익숙하지 않았고, 움직임과 소음이 당황스러웠다. (몇 년 전에 마지막으로 여주인과 함께 전차에 타본 적이 있었는데, 전차를 타는 건 전혀 즐겁지 않았다.) 하지만 옆에 노인이 있었다. 특이한 존재지만 친절했다. 그리고 벤지가 한 가지 아는 게 있다면 친절은 이용할 수 있다는 점이었다. 결국, 그를 진정시킨 것은, 그러니까 불안감에서 딴 데로 주의를 돌리게 한 것은 창문이었다. 창문은 그가 주둥이를 내밀고 퀸 스트리트 지역의 냄새를 흡입하기에 딱 좋을 정도로만 열려 있었다. 파크데일의 퀴퀴한 마가린 냄새로 시작해서, 비둘기 똥 같은 냄새가 나는 다리를 지나, 풀과 오줌으로 젖어 있는 기둥들을 지나, 먼지 또는 향수 냄새 또는 새 옷 냄새를 내뿜는 부티크들을 지나, 오래된 건물들과 옻나무와 단풍나무가 있는 곳으로 돌아갔다. 호수는 끊임없이 취할 정도로 비릿한 생선과 미네랄 냄새를 풍겼다. 모든 것이 취하게 했다. 너무 취해서 알지 못하는 사이에, 노인이 더는 옆에 있지 않고 사라져버렸다는 것을 깨닫기도 전에, 벤지는 레슬리빌에 와 있었다. 노인이 언제 사라졌는지는 신이나 알 일이었다.

전차는 만원은 아니었으나 누군가 벤지에 대해 불평한 것이 틀림없었다. 인간들의 오줌 냄새(꽤 멋지게 복합적이지만, 죽음의 정원을 연상시키는 어떤 것이 섞여 있는)가 나는 곳을 막 지나 우드바인 역에서 전차 운전자가 그를 향해 성큼성큼 걸어왔다.

"이 개 주인이 누구죠?" 남자가 허공에다 대고 물었다.

남자가 친절하다고 말할 수는 없었다.

벤지는 운전자에게 잡히기 전에 좌석에서 뛰어내렸다. 잽싸게 전차 앞으로 가서는, 문이 열려 있었으므로 가파른 계단을 굴러떨어져 사실상 새로운 나라로 들어섰다. 알지 못하는 조금 겁이 나는 지역이었다. 주유소를 지나 그는 남쪽으로 걸어갔다. 본능적으로 호수 쪽으로 향한 것이었다.

얼마 지나지 않아 호숫가에 이르렀다. 나무들은 아직 뼈대뿐이었지만, 라임그린색 돌기처럼 잎들이 막 싹을 틔우고 있었다. 일 년 중 특히 이맘때에는 개들이 어쩔 수 없는 일이 있다. 뭔가 깨물 것이 필요했다. 이빨이 스스로 욕구를 지닌 것 같았다. 벤지는 유연하면서도 질긴 잔가지 하나를 덥석 물고, 해변을 따라 정처 없이 걷기 시작했다. 발밑의 모래는 딱딱하고 차가웠다.

아폴론이 변화시킨 열다섯 마리 개 가운데 벤지는 새로운 사유 방식을 가장 평온하게 받아들인 개였다. 본질적으로 이기적인 그는 자신의 지능을 거의 자신의 욕구와 필요와 욕망과 기분을 채우는 데에 썼고, 무의미한 사색 따위로 그다지 시달리지 않았다. 그러나 때로는 지능이 나름대로 독자적인 생각을 갖는 순간들이 있었다. 예를 들어, 드넓은 물을 바라보는 지금, 벤지는 물이 왜 거기 있는지 궁금했다. 왜 이 푸르스름한 것, 땅이 아닌 것이 존재할까? 이것은 얼마나 멀리 펼쳐져 있을까?

이런 생각은 잠시 사라진 개를 기억나게 했다.

> 나뭇잎들은 생쥐처럼 달려가고
> 새들은 땅을 콕콕 쪼아대네.
> 나무는 쓰레기통 속에서 썩고
> 사나운 도끼는 다시 정신을 차렸네.

그러나 벤지의 마음은 곧 더 중요한 것들로 향했다. 무엇을 먹을 것이며 밤에는 어디에 머물 것인가? 여기 (이 끝없이 펼쳐진 물 옆의) 인간들이 하이 파크 근처에 있는 인간들과 같다면 분명히 그를 돌봐줄 누군가를 발견할 것이다. 벤지는 거친 막대기를 입에 물고 호숫가를 따라서 계속 동쪽으로 걸었다.

행복했다. 벤지는 정신이 팔린 나머지 믹스견 하나가 조심스레 접근하는 것을 알아차리지 못했다. 믹스견이 접근하는 것을 본 벤지는 그 개의 의도를 즉각 읽을 수 없었기 때문에 거의 공황상태가 되었다. 하지만 믹스견은 애정 공세를 퍼부으며 펄쩍펄쩍 뛰고 그의 항문과 성기 냄새를 맡고, 기뻐서 죽겠다는 듯 짖어댔다.

"너, 우리 무리에 있던 작은 개지!" 믹스견이 미친 듯이 꼬리를 흔들며 말했다.

오직 열다섯 마리 개들만 이해할 수 있는 언어로 하는 말을 듣고 벤지는 그 개가 사라졌던 개임을 알아보았다. 프린스였다. (삶은 얼마나 예측할 수 없는 건가. 벤지는 생각했다. 방금 그 개 생각을 하고 있었는데.)

"사라졌던 개야, 어디 있었어?" 벤지가 물었다.

"기억하는구나! 우리의 말을 기억하는구나!" 프린스가 외쳤다.

말로 표현할 수 있는 능력을 넘어서는 기쁨에 프린스는 혀를 축 늘어뜨린 채 비글 주위에 커다란 원을 그리며 달리기 시작했다. 마치 생기를 돋게 하는 기쁨을 뒤쫓는 듯했다. 벤지는 물론 프린스의 달리기가 무엇을 의미하는지 알았지만, 그 감정을 공유하지는 않았다. 그에게는 매즈논과 살던 이상한 시간이 있었고, 그전에는 그가 죽인 무리와 함께한 세월이 있었다.

거의 절멸한 집단의 일원인 프린스는 벤지를 기쁘게 하지 않았다.

"야, 그만 뛰어." 그가 말했다.

"난 오랫동안 떠돌아다녔어. 우리 언어를 잃어버렸다고 생각했지." 프린스가 외쳤다.

"우리 언어는 중요하지 않아. 중요한 것은 인간의 언어야." 벤지가 말했다.

"인간의 언어? 그건 그냥 소음이야. 넌 인간의 언어를 해?" 프린스가 물었다.

"응. 원한다면 내가 아는 것을 가르쳐줄게." 벤지가 말했다.

"가르쳐주고 싶으면 단어 몇 개만 알려줘." 프린스가 별 감흥 없이 말했다.

벤지는 호수를 향해 걸어가며 싸한 냄새를 맡았다. 무식하게 살겠다면야 상관할 게 뭐 있어? 벤지는 생각했다.

"넌 어디 있었어?" 벤지가 물었다.

프린스는 그들이 마지막으로 본 뒤에 여러 곳에 있었지만, 어떤 곳도 그가 도망쳤던 곳(하이 파크, 관목림)만큼 또는 그가 내쫓긴 무리만큼 의미 있는 데는 없었다.

"다른 개들은 어떻게 되었어?" 프린스가 물었다.

벤지는 거의 감정 없이 사건을 대폭 줄여서 이야기해주었다. 다른 개들은 모두 죽었다고, 알지 못하는 손에 모두 독살되었고, 자신은 간신히 목숨을 건졌다고. 이런 식으로 잔인하게, 매즈논에 대해서는 언급 없이, 프린스는 무리의 파멸을 알게 되었다.

오, 감정이 그토록 갑작스럽게 극단적으로 휩쓸려버리다니! 순식간에 기쁨이 절망으로 화했다. 프린스는 일어나서 통곡했다. 그는 멀리 있는 인간들까지 걸음을 멈추고 들을 정도로 거침없이 울부짖으며 비탄했다.

"우리가 마지막이네." 프린스가 말했다.

"응. 슬프지. 정말 슬프지. 넌 무슨 일을 겪었는지 말해줘." 벤지가 말했다.

벤지는 프린스의 운명이 궁금하지 않았다. 그가 알고 싶은 것은 프린스가 뭔가 유용한 것을 배웠는지였다. 원래 말이 많은 프린스는 최선을 다해 벤지에게 대답했다. 하지만 그의 언어를 말하는 대부분의 개를 잃었다는 것을 알고 충격에 빠진 나머지 정신이 없었다.

헤르메스를 따라 관목림에서 나간 뒤 프린스는 자기도 모르게 동쪽으로 긴 여행을 시작했다. 그는 무리를 포기하고 싶지도, 그에게 그토록 중요한 새 언어를 잃고 싶지도 않았다. 시간이 지나 다른 개들의 분노가 가라앉을 때까지 그들을 피해 공원에 머무를까도 생각했었다. 그러나 마치 어떤 암류가 그를 은신처에서 점점 더 멀어지게 하는 것 같았다.

그 겨울, 처음에 프린스는 파크데일의 한 가정에 입양되었다. 그는 행복했다. 그러나 봄이 왔을 때 인근의 모르는 곳에서 다람쥐를 쫓다가 그들을 잃어버렸다. 상실은 고통스럽지 않았다. 그는 다시 그 가족을 찾지 않았다. 한동안은 내쉬는 숨과 귓구멍에서 상한 물고기 냄새가 나는 인간에게 먹이를 얻어먹었다. 고약한 냄새가 나는 그 인간은 파크데일 동쪽에 살았다. 훨씬 동쪽인 트리니티 벨우즈에서 프린스는 어떤 저먼 셰퍼드에게 공격을 당했는데, 상처가 나을 때까지 한 동정심 많은 여자가 그를 받아들여 먹이를 주었다. 여자에게선 대초원에서 불어오는 미풍의 냄새가 났고, 그는 여자와 함께 살고 싶었으나, 얼마 뒤 여자는 그를 더는 집에 들이지 않았다.

그러다가 던다스 스트리트와 매닝 애비뉴 남쪽에서 납치를 당했다. 즉 꼬임에 넘어가 어른들이 운전하고 어린 인간들이 가득 찬 차량으로 들어갔다가 결국 호수 북쪽 어딘가로 가게 되었다. 애글린턴 애비뉴 남쪽 애비뉴 로드였다. 근본적으로 프린스는 성품이 온화했고, 세상과 세상에 존재하는 모든 것에 호기심이 많았지만, 그곳 어린 인간들은 그를 혼자 놓아두지 않았다. 언제나 설탕과 여름 딸기 냄새가 나는 아이 하나는 원숭이의 스카프처럼 늘 그의 목을 감싸고 있었다. 그래도 그는 머물렀을 것이다. 인간들은 대부분 친절했지만, 그들이 프린스를 위해 고른 목줄은 친절과는 거리가 멀었다. 목걸이가 올가미 모양 쇠사슬이었는데, 그것을 보면 공포를 느꼈다.

목줄 대부분은 검은 가죽이었다. 가죽에는 금속 고리를 고정하는 클립이 달려 있었고, 금속 고리에는 은빛 쇠사슬이 부착되어 있는데, 사슬 자체에 또 하나의 금속 고리가 달려 있었다. 은빛 쇠사슬을 목에 걸면 느슨하게 늘어져 있었지만, 잡아당기면 목을 조였다. 그건 그 자체로 불쾌한 것으로 그치지 않았다. 이따금 다른 개들이 공격해오면 목이 졸려 죽느냐(인간들이 그를 뒤로 잡아당기려고 했으므로) 아니면 방어하느냐 사이에서 선택해야 했다. 물리든가 아니면 목이 졸리든가 둘 중 하나였다. 그래서 인간들과의 산책은 하루하루 불안했다. 그리하여 더 머물면 이상해질 거라고 느낀 프린스는 어느 날 밤 스스로 앞문을 열고 그 집을 떠났다.

프린스는 애비뉴 로드에서 세인트 클레어 애비뉴를 따라 다시 동쪽으로 서서히 이동했다. 이곳저곳에서 먹이를 얻어먹기도 하고, 때로는 인간들의 마당에 머물기도 하고, 뒷골목과 식당 뒤쪽에서 쓰레기를 뒤지기도 했다. 도시를 가로질러 이동하면서 호수의 냄새를 맡아보았다. 바람이 제대로 불면 감질나는 미네랄과 해조 냄새 같은 것이 도시의 온갖 냄새 속으로 빠르게 사라졌다.

프린스는 대충 포물선을 그리며 토론토를 가로질렀다. (호수

북쪽에서 멀지 않은 하이 파크에서 에글린턴 애비뉴까지 갔고, 그다음 남쪽으로 가다가 동쪽으로 방향을 바꿔 빅토리아 파크 애비뉴와 퀸 스트리트 아래에 있는 더비치까지 갔다.) 그러면서 토론토가 어떤 도시인지 말하려면 애를 먹었을 것이다. 크기 때문이 아니라(크기에는 흥미가 없었다), 본질 때문이었다. 물론 토론토는 마음속에서 특별한 비중을 차지했다. 토론토는 그가 태어나고 아직도 사랑하는 첫 주인이 살았던 랠스턴과는 달랐다. 랠스턴은 '고향'이었다. 랠스턴은 내면의 고통이었고 또 언제나 그럴 것이다.

토론토는 무엇보다도 인간들을 위한 장소였다. 그들의 거처는 따뜻했지만 기분은 예측할 수 없었다. 토론토는 그들의 냄새가 났다. 그들의 생식기와 엉덩이에서 나는 기분 좋은 사향 냄새부터 그들에게 달라붙어 있는 달콤하고 복합적인 향기까지. 인간은 도시의 위험 요소이자 피난처였고, 도시의 감각이자 핵심이었다. 그러나 프린스가 토론토를 사랑하고 대부분 그의 시의 무대로 삼은 까닭은 냄새를 풍기는 방식 때문이었다. 그가 무엇을 느끼거나 생각할 때 집중을 방해하는 냄새가 있었다. 물론 인간들 냄새가 그랬지만, 그보다는 그레너디어 연못 주위의 작은 동물들이 썩어가는 사체 냄새부터 댄포스 애비뉴와 빅토리아 파크 애비뉴 주변의 카레 집에서 뿜어 나오는, 군침이 돌게 하는 냄새까지 다양하게 그의 정신을 빼앗았다. 이 다양한 도시의 냄새들을 제대로 인식하지 못한다면 죽은 개나 마찬가지일 거다.

프린스의 여행 이야기가 이 지점에 이르자 싫증이 난 벤지가 말했다.

"그래, 그렇구나. 그런데 넌 어디서 자고 무엇을 먹어?"

"난 어느 한곳에서 자지 않아. 난 인간들이 먹여주고 들어오게 하는 많은 은신처를 알고 있어." 프린스가 말했다.

"이 근처에 있어? 난 배가 고파." 벤지가 물었다.

"한 곳은 근처에 있어. 데려가줄까?" 프린스가 물었다.

"인간들이 내게도 먹이를 줄까?"

프린스는 잠시 생각했다. 그가 알고 있는 어떤 곳에도 다른 개를 데려간 적이 없었다. 그건 호숫가에서 무리 친구의 하나를 만난 적이 없었을 때 이야기다. 무리 친구의 하나라고? 마지막 친구이고, 그래서, 가장 중요했다. 벤지는 모든 인간을 합한 것보다 더 가치가 있었다.

"너에게 먹이를 주지 않을 이유가 있을까?" 그가 말했다.

프린스는 꽤 긴 거리를 걸어 로즈 애비뉴와 제라드 스트리트 근처에 있는 집으로 벤지를 데리고 갔다.

그 집은 작고 곧 무너질 듯이 보였다. 흰색(아니, 허여스름한 색) 집으로, 현관 문틀은 할머니 풍이 나는 파란색이었다. 늦은 오후였지만 프린스는 말했다.

"이렇게 일찍 일어나지는 않아. 기다려야 할 거야."

그들은 현관에 나란히 엎드려 기다렸다. 기다리는 동안 프
린스는 무리를 떠난 뒤 보낸 시간에 대해, 도시의 인상에 대해
더 이야기했다. 그의 이야기는 새로 지은 시 한 편을 들려주느
라 중단되었다.

한쪽 발을 넣어보네.
겨울 연못 가장자리에.
물이 굳어 있기에
발톱으로 미끄럼을 타고 나아가네.
고향까지는 여전히 멀기만 하네.

프린스의 이야기를 들으며 벤지는 거의 처음 느끼는 감정을
경험했다. 바로 따분함이었다. 그는 따분함이라는 단어를 몰랐
지만, 그 감정은 프린스의 이야기를 중단시키고 싶게 했다. 프린
스가 기분을 상하게 해서가 아니었다. 그가 하는 말이 벤지에
게는 아무 쓸모가 없어서였다. 게다가 어떤 단어들은 이해하는
데 골치가 아파서 싫었다. 그래서 방충문이 끽 소리를 내며 한
인간이 현관으로 걸어 나오자 그는 안도감을 느꼈다. 키가 크
고 건장한 검은 머리의 남자였다.

남자는 담배에 불을 붙인 뒤, 개들을 보고는 큰 소리로 외

쳤다.

"클레어! 당신 개가 친구를 데려왔어!"

그러자 집 안에서 희미한 소리가 들렸다.

"뭐?"

"당신 개 말이야! 다른 개를 데려왔다고!"

방충문이 다시 끽 소리를 내며 분홍색 타월천 가운을 입은 작달막한 여자가 걸어 나왔다. 머리는 남자와 마찬가지로 검은색이었고, 눈 가장자리에 검은색 아이라이너가 칠해져 있었다. 여자는 남자의 담배를 한 모금 빤 다음 손을 내려 프린스의 등을 쓰다듬어주었다.

"안녕, 러셀. 녀석, 너 어디 갔다 온 거야?" 여자가 말했다.

프린스는 여자의 손길에 몸을 움찔했다. 옆구리를 따라 잔물결이 일었다.

"봤어? 벼룩이 있나봐." 남자가 말했다.

"벼룩 없다니까! 걔 좀 내버려둬!"

최근에 벤지는 인간 커플을 '바로 곁에서' 관찰하고 그들 언어의 기본을 배우는 데 시간을 보냈던 터라, 앞에 있는 인간들 사이의 역학관계를 이해할 것 같았다. 더욱이 그는 자신이 있을 자리를 만들 기회를 보았다. 그리하여 여자 인간이 프린스에게 벼룩이 없다는 단어를 끝냈을 때 벤지는 갑자기 뒷다리로 일어나 앞발을 기도하듯이 모으고 『허영의 시장』 시작 부분을 암송했다.

"옴세기도 심눈대에 두러섬 유어루 어누 하창안 아침…."

딱 거기까지만 생각이 났지만, 감명을 준 건 분명했다. 그들은 개가 뭐라고 하는지 알아듣기는 어려웠지만, 말의 리듬을 알아차렸다. 그들은 마치 불가능을 본 것처럼 놀란 눈으로 벤지를 바라보았다. 십 초는 족히 지난 다음 남자가 말했다.

"대체 뭐였지?"

"몰라. 말을 한 건가?" 클레어가 말했다.

남자가 갑자기 예기치 않은 우아한 몸짓으로 벤지의 목덜미를 잡고 들어 올리더니 벤지의 코에 자신의 코를 바짝 대고 물었다.

"너 말을 하냐?"

물론 벤지는 제한된 방식이긴 했지만 말할 수 있었다. 하지만 목이 엉덩이의 무게를 느끼는 동안에는 말할 수 없었다. 점점 불편해진 그는 남자의 손아귀에서 허우적거리며 가까스로 반은 짖고 반은 애원하는 소리를 냈다.

"내려줘. 당신이 목을 조르면 개가 어떻게 말을 하겠어?" 클레어가 말했다.

"개는 이렇게 들어 올리는 거 아닌가?" 남자가 말했다.

어쨌든 그는 벤지를 내려놓았다.

프린스가 현관에서 뛰어내리며 벤지에게 외쳤다.

"가자. 저 덩치 큰 인간은 늘 좋지만은 않아."

그러나 벤지는 남자의 발치에 앉아, 기대에 차서 꼬리를 흔들었다.

"봤지? 다치지 않았잖아." 남자가 말했다.

"으응. 하지만 당신은 러셀에게 겁을 줬어." 클레어가 말했다.

"무슨 상관?" 남자가 물었다.

"장담하지만 이 녀석은 재주를 부릴 줄 알 거야."

남자가 벤지에게 말했다.

"굴러봐!"

벤지가 굴렀다.

"죽은 척해봐!" 남자가 말했다.

벤지가 죽은 척했다.

"춤춰봐!"

벤지가 춤을 췄다. 뒷다리로 서서 깔끔한 원을 그리며 돌았다.

"말해봐!" 남자가 말했다.

벤지는 다시 한번 『허영의 시장』을 기억하는 만큼 암송했다.

"이 새끼 금덩이네." 남자가 말했다.

클레어는 '그녀의' 개에게 애정이 있었어도, 그 말에 동의했다. 마치 비글은 그들 말을 거의 이해하는 듯이 보였다. 그밖에도 비글은 몸집이 작고 사랑스러웠다. 러셀에 대한 애정이 바로 벤지에게 이동했다.

"주인이 있을 거야." 여자가 말했다.

"아니에요. 아니, 아니, 없어요!" 벤지가 말했다.

"들었지? 주인이 없대. 게다가 실질적인 점유자에게는 법적 소유권자 못지않은 권한이 있어." 남자가 웃으며 말했다.

"우리가 데리고 있으려고?"

"안 그럴 이유가 뭐야. 식별표도 없는데. 야, 너 이름이 뭐냐? 이름 말할 수 있어?"

"벤지." 벤지가 말했다.

"헤니?" 클레어가 물었다.

"벤지." 벤지가 다시 말했다.

"베니래." 남자가 말했다.

남자는 방충문을 열고 벤지를 집 안으로 들어오게 했다. 프린스가 주저하며 현관 위로 올라섰다. 벤지를 따라가려고 했다.

"아니, 넌 들어오지 마." 남자가 말했다.

남자가 발을 내밀어 프린스의 길을 막았다. 클레어도 반대하지 않았다. 그녀는 하품을 하며 벤지를 따라 들어갔고, 남자가 그 뒤를 바짝 따랐다. 그리고 양쪽 문을 닫고 들어가버렸다. 이렇게 프린스는 무리의 친구를 되찾았을 때처럼 갑작스레 자신의 언어를 공유하는, 마지막일지 모르는 개를 잃어버렸다. 그 뒤 몇 달 동안 그는 규칙적으로 다시 그 집에 갔고, 가끔은 쫓겨나기도 했다. 가끔은 벤지와 이야기를 나눌 수 있기를 바라며 현관에 앉아 들여보내주기를 기다렸다. 그러나 귀가 늘어진 작은 개를 더는 볼 수 없었다.

남자의 이름은 랜디였다. 벤지는 랜디가 가르쳐주어서 인간의 언어를 빨리 배웠다. 단 몇 시간 만에 벤지가 'ㄹ' 발음을 다 익히자 남자는 기뻐했다.

랜디는 말했다.

"이 봐! 클레어! 내가 뭘 가르쳤는지 좀 봐."

그러면 벤지는 프랑스 개인 것처럼 'ㄹ'을 굴려서 말했다.

"르르랜디."

인간들은 웃었고, 벤지는 그 이름이 왜 즐거움을 주는지 몰라서 고개를 한쪽으로 기울이며 그들을 바라보았다. 이름을 발음하는 어떤 소리 때문일 수 있었다. 왜냐하면, 나중에 이 놀이에 싫증이 난 랜디가 "내 이름이 뭐지?"라고 묻는 대신 "네 느낌은 어때?"라고 물었을 때 "르르랜디"라고 답했을 때도 인간들은 전처럼 요란스레 웃어댔기 때문이다.

이상한 인간들이라고 벤지는 생각했다. 그리고 그들과 함께 몇 달을 보내면서 바로 가까이에서 그런 이상한 일들을 관찰했다. 별스럽지 않은 행동 방식들도 있었다. 그들은 음식을 원하면 먹었다. 목이 마르면 마셨다. 물론 그들의 은신처는 이러한 욕구를 즉시 충족시키도록 배치되어 있었다. 부엌에서 먹을 것이나 마실 것이 있는 곳까지는 한두 발자국도 되지 않았다. 냉장고는, 모든 냉장고가 그렇듯, 그 점에서 놀랄 만한 것이었다. 넓고 높은 청자색 덩어리인 이 냉장고는 피하기 어려웠다. 또는 더 좋게 말해 놓쳐서는 안 되는 것이었다. 일단 문을 열면, 기름지고 달콤하고 매콤한 냄새가 뿜어져 나왔다. 다른 구석구석들도 마찬가지로 매혹적이었다. 예를 들어 높은 찬장들은 코코넛과 설탕, 밀가루와 소금, 식초들로 만들어진 것 같았다. 또한, 인간들이 목욕하며 자신들에게 화학물질을 바르는 방이 있었다. 욕실은 매혹적이었다. 이미 창백한 존재들이 크림을 발라 더 창백하게 만드는 모습을 보고 벤지는 경악했다. 하얀색에 지위를 가져다주는 뭔가가 있는 걸까? 그렇다면, 눈에 검은색 원을 그리거나 입 주위를 빨간색으로 칠하는 건 대체 무엇 때문일까?

만약 욕실이 놀랍고 부엌이 감탄스럽다면, 침실은 무슨 단어를 써야 할까? 이곳에서 두 인간은 가장 이상했다. 물론 침실은 나름의 즐거움이 있었다. 그곳은 그들 셋이, 벤지와 랜디와 클레어가 자는 곳이었다. 침실에서 그들은 한 무리였으며, 벤지는 여기서 가장 소속감을 느꼈다. 처음에는 침대 발치에서 자도록 밀쳐졌지만, 얼마 뒤, 가운데쯤에서 자다가, 결국에는 아침 시간 대부분을 두 인간 사이에서 편안하게 자는 것으로 끝냈다. 따라서 침대는 인간들의 몸 냄새가 가장 지독하게 나는 곳이기도 했다.

침실에서 이상한 것은 방도 아니고 방에 거주하는 인간들의 관능적 속성도 아니었다. 이상한 것은 짝짓기였다. 인간들은, 이따금, '섹스'라고 불리는 것을 했다. (그토록 명백한 것에 왜 이름이 필요한지 벤지는 이해할 수 없었다. 그 행위에 관련된 모두에게 그 필요성이 분명한데 왜 이름을 붙이는 걸까?) 짝짓기 자체는 혼란스럽지 않았다. 짝짓기에 수반되는 절차가 기이했다.

우선, 랜디와 클레어는 섹스할 때마다 벤지를 침대에서 쫓아냈다. 그들이 흥분해 있을 때 가까이에 있으면 둘 중 하나가 벤지를 불친절하게 대했다. 발로 차거나, 갈기거나, 때렸다. 그들이 섹스하는 동안에는 벤지가 곁에 있는 것을 싫어했으므로 그는 거리를 두고 방구석에서 관찰했다. 서랍장 옆 고리버들 의자 위로 뛰어 올라가 있기도 했다. 그곳에서 보면 가장 잘 보였다.

실생활에서는, 부엌과 욕실, 텔레비전과 비스킷의 세계에서는, 랜디가 우두머리임은 너무도 분명했기에 클레어를 존경하는 건 말이 되지 않았다. 벤지는 클레어가 텔레비전을 보고 있는 동안 무릎 위에 누워 있었고, 그녀의 얼굴에 희미하게 남아 있는 음식 부스러기를 핥아 먹었고, 그녀가 누워 있는 동안 머리를 그녀에게 올려놓았다. 랜디에게는 조심스럽게 행동하고 훨씬 더 신경을 썼다. 랜디는 가장 지위가 높은 존재 같았다. 그는 만족스럽지 않으면 맹렬히 공격했다. (벤지가 딱 한 번 그의 무릎 위로 뛰어 올라가려고 한 적이 있는데 랜디가 너무도 세게 밀어 버리는 바람에 벤지는 날아가 탁자 다리에 부딪쳤다.) 랜디는 적어도 벤지에게는 위협적이었다.

그런데 침실에서는 일들이 그렇게 명쾌하지 않았다. 대부분 랜디가 들이댔다. 그것은 이상할 게 전혀 없었다. 그것은 랜디의 특권이었으며, 사실, 벤지는 랜디가 자신에게 들이대도 기분이 상하지 않았을 것이다. 그런데 그다음에 암소 냄새가 나는 단계가 있었다. 이 단계에서는 검은 가죽옷을 입은 (몸의 일부는 노출한) 랜디가 애원을 하고 클레어가 말채찍으로 후려쳤다. 놀랍게도 이때는 클레어가 랜디의 몸을 뚫고 들어갔다. 더욱이 침실에서 랜디의 애원은 때때로 실생활에서 클레어의 애원만큼 애처로웠다. 게다가 클레어가 감탄스러울 정도로 지배적인데 반해 벤지 생각에 랜디가 경멸당하는 듯한 이 순간을 둘 다 열망하는 듯이 보였다.

지배 문제를 탐구하는 벤지는 즐거움(그 시간에 랜디와 클레어가 받아들인 즐거움)이 존재들 간의 방정식을 변화시킨다는 점을 이해했다. 랜디가 지배당하는 순간을 즐겼다고 해서 무리의 우두머리이기를 그만두었다는 뜻은 아니었다. 침실에서 클레어의 즐거움이 침실 아닌 다른 곳에서 그녀의 지위를 변화시켰다는 증거도 될 수 없고 그가 (즉, 벤지가) 그녀를 존경해야 한다는 증거도 될 수 없었다. 그러나 벤지는 랜디의 약한 모습을 보면서 랜디에 대한 감정에 영향을 받았다. 벤지는 처음 가죽옷을 입은 랜디를 봤을 때부터 랜디에 대한 평가를 낮추기 시작했고, 그 뒤로 그런 경우가 있을 때마다 점점 더 낮추게 되었다.

사실, 랜디와 클레어의 애정 생활은 벤지의 상상력에 일종의 진공 상태를 만들어 놓았다. 벤지는 누가 실제로 무리의 우두머리인지 결정할 수 없었다. 사실이 그렇다면 왜 자신이 우두머리가 되어서는 안 되는지 의아했다. 그래서 얼마 뒤에는 랜디가 불러도 가지 않았고, 랜디의 이름을 되풀이하지도 않았으며, 랜디의 뜻에 즉각 굴복하지도 않았다. 하라는 것을 하기보다는 침대나 소파 밑으로 도망쳤고, 누가 책임자인지 랜디에게 알려주기 위해 랜디의 베개에 오줌을 쌌다. 결과는? 특별히 감수성이 높지도 않고 동물에 대해 깊은 사랑도 없는 인간인 랜디는 비글의 뛰어난 지능과, 명백한 재능에도 벤지에게 싫증이 났다.

클레어의 애정은 조금 더 오래갔지만, 겨우 조금뿐이었다. 벤지가 춤이라든가 구르기, 말하기 등 시킨 일을 하지 않자 클레어는 그들이 벤지의 능력을 과대평가했고 랜디가 쫓아버린 그녀의 개 '러셀'보다 지능이 높지 않다고 생각했다. 그래도 클

레어는 그에게 먹이를 사주고 그가 허락하면 그를 쓰다듬어주
었다.

그러나 클레어의 행동 때문에 벤지는 자신이 통제권을 쥐
고 있다고 느꼈다.

벤지는 랜디와 클레어와 함께 여섯 달을 보냈다. 긴 시간도
짧은 시간도 아니었다.

그가 죽기 전 바로 몇 주 동안의 삶은 완벽했다. 그는 집을
마음대로 썼다. 클레어는 낮에 대부분 일을 하러 갔다. 랜디는
집에 머물면서 벤지를 방해하지 않고 대부분의 시간을 텔레비
전 앞에서 보냈다. 벤지가 기억나거나 벤지가 상기시켜주면 그
릇에 먹이를 담아주었다. 대부분은 인간의 음식이었다. 아니면
현관문으로 벤지를 내보내 잔디밭에서 볼일을 보게 해주었다.
그밖에는 벤지가 하는 대로 내버려두었다. 벤지 정도의 몸집과
크기의 개로서는 더 바랄 나위 없는 상황이었다. 먹이가 있었
고, 그가 조종할 수 있고 피할 수도 있는 인간들과 함께 사는
은신처가 있었고, 위협적이지 않은 바깥 세계가 있었다. 만약
문명의 과잉으로 야생성이 커질 수 있다면, 벤지는 점점 야생
이 되어갔다. 본능을 무시하고, 타고난 조심성을 버리고, 방종
을 지배와 혼동하고, 자기식 계산에 얽히고 꼬여서 지배의 진
정한 지표를 보지 못했다.

랜디와 클레어는 벤지에게 수수께끼가 아니었다. 그들은 복잡하지 않았다. 사려 깊지도 않았고, 심사가 꼬여 있었으며, 무엇보다도 이기적이었다. 한마디로, 그들은 벤지와 매우 비슷했다. 벤지를 들인 지 다섯 달 뒤, 클레어는 직장을 잃었고 석 달치 집세가 밀렸다. 랜디는 자신의 '직업'과 관련이 없는 일은 다거절했다. (그는 자신을 뮤지션이라고 생각했다. 실제로는 이따금 밴드 매니저를 한 것뿐인데도 말이다. 사실 그는 음악을 좋아하지 않았고, 야망이 없는 것을 자랑스러워했으며, 그가 일했던 모든 밴드에서 해고당했다.) 클레어는 약이 올라서 랜디가 일을 할 때까지는 일자리 찾기를 거부했다. 서로 한 치도 물러서지 않는 그들의 교착 상태는 불편하고 긴장이 팽팽했지만, 한 가지 점에서는 의견이 일치했다. 밀린 집세를 내기보다는 집을 버리기로 한 것이다. 시월 중순 어느 날 밤, 그들은 폰티액 선버드에 원하는 것과 들어갈 물건만 가지고 토론토를 떠나 랜디의 형이 사는 시러큐스로 가기로 했다.

그리하여 벤지의 죽음이 음악으로 말하면 '소토 보체'로 시작되었다. 나무들은 색을 바꾸었다. 로즈 애비뉴를 따라 도로 위로 드리워진 나뭇가지의 잎들은 주황색과 노란색이 되었다. 그거야 이상할 게 없었다. 클레어가 낮에도 집에 있었지만, 벤지의 일상에 아무런 위협이 되지 않았으므로 전혀 신경 쓰지 않았다. 랜디와 클레어가 종이상자에 물건들을 집어넣었지만,

그들이 싸는 물건들은 벤지에게 중요하지 않았으므로 대단치 않게 생각했다. 랜디와 클레어의 목소리에 긴장이 스며들었다. 벤지는 그들의 태도가 변한 것을 알아차렸지만, 자신을 무리의 우두머리로 생각하고 있는 지금 변화를 아는 척하는 것은 격에 맞지 않았다.

기특하게도 랜디와 클레어는 도망치던 날 밤 벤지를 데리고 가려고 했다. 그들은 조용히 선버드에 냄비와 팬과 옷가지와 전등을 실었다. 떠날 준비가 된 새벽 한 시쯤 그들은 벤지를 구슬려 침대 밑에서 나오도록 했지만 벤지는 그들을 따라가는 것을 거부했다. 클레어가 사정을 설명하며 애원했지만 벤지는 클레어를 존경하지 않았다. 사실 그는 자신의 조언이 아니면 누구의 조언도 듣지 않았다.

"그 멍청이를 거기 내버려둬. 우린 가야 해." 랜디가 말했다.

"베니를 두고 떠날 수는 없어. 굶어 죽을 거야."

"아냐. 안 그래. 멘지스가 찾아낼 거야. 게다가 난 녀석이 내 베개에다 오줌 싸는 거에 질렸어."

"멍청한 개."

클레어가 한숨을 쉬며 말했다.

그들은 부엌의 불을 켜두었다. 그리고 개를 위해 물그릇과 파스타와 참치를 담은 그릇을 내려놓고는 새로운 생활을 위해 떠났다. 클레어는 오 년이라는 세월 동안 그들의 집이었던 곳을 떠나면서 울었다.

클레어의 울음소리는 벤지의 꿈을 어지럽혔다. 그녀의 감정을 느끼고 잠에서 깬 벤지는 고개를 들고 숨을 들이마셨다. 늘 나던 냄새가 났고, 집 안은 고요했다. 그래서 그는 빠른 쥐들이 있던 꿈속으로 되돌아갔다.

다음 날, 벤지는 일찍 잠이 깼다. 밤에 어느 틈엔가 침대 위로 올라가 있었다. 그는 인간들이 없어진 것을 알아차렸을까? 아침에는 분명히 알아차렸을 거다. 그는 시트도 없는 침대 머리맡에 혼자 누워 있었고, 가을 아침의 햇빛이 지금은 커튼이 없는 침실 창문으로 들어왔다. 벤지는 침대에서 뛰어내려 신중하게 집 안을 탐색했다. 들리는 소리라고는 냉장고가 돌아가는 커다란 윙윙 소리와 발톱이 마루(침실, 거실, 식당을 걸을 때)와 리놀륨(부엌을 걸을 때)과 타일(욕실을 걸을 때)에 부딪치는 소리뿐이었다. 밖에서도 소리가 났다. 대부분은 자동차 소리였고, 멀리서 사람 목소리도 들렸다.

오랜만에 벤지는 랜디의 이름을 불렀다.

"르르랜디!"

그 소리는 그다지 울려퍼지지는 않았지만 보통 때보다 좀 더 오래 허공에 머물렀다. 주위에 들어줄 인간들이 없으면 단어는 더 오래 머무는 것 같았다. 그는 화내지 않았다. 떠나도 된다는 허락을 받지 않고 갔으니까 랜디와 클레어는 돌아올 거다. 그는 파스타와 참치를 조금 먹고, 물그릇의 물을 마신 다음 침대로 돌아왔다. 다시 잠이 들기 전에 침대 위 랜디의 베개가 있었던 바로 그 자리에 오줌을 쌌다.

그런 식으로 며칠이 지났다. 잠을 자고, 타박타박 돌아다니고, 그릇(나중에는 화장실 변기)에서 물을 마시고 기다렸다. 하루는 시간이 느리게 흘렀고, 어둠과 빛으로 하루하루를 가늠했다. 시간이 지나면서 그는 점점 더 배가 고팠다. 첫날 아침, 그릇에서 파스타와 참치를 발견했을 때는 그저 그러려니 했지만, 그날 하루가 끝날 무렵에는 깡그리 다 먹어치웠다. 두 번째 날이 끝날 무렵에는 그릇을 너무 깨끗이 핥아서 그릇에는 참치의 흔적도 없었다. 그 순간부터 집은 먹이를 찾아야 할 장소가 되었다.

랜디와 클레어가 문을 열 때 그토록 매혹적이었던 냉장고는 접근할 수 없었다. 문이 어떻게 열리는지는 알았다. 냉장고 몸체와 문 사이의 자석 띠에, 또는 띠 때문에 오목 들어간 자리에 앞발을 올려놓을 수 있었으나, 문을 열 수는 없었다. 냉장고 문 바로 앞에 서서 적절한 각도를 취할 수도 없었고 문을 여는 데 필요한 힘을 낼 수도 없었다. 부엌 찬장은 처음에는 냉장고만큼 가까이 가기 어려웠으나, 벤지는 의자를 조리대 쪽으로 밀 생각을 해냈다. 그는 의자 위로 뛰어오른 다음 조리대 위로 뛰어 올라갔다. 조리대 위에 서니 찬장 문을 열 수 있었다.

그러나 별 도움이 되지 않았다. 여러 가지 냄새가 났지만, 발은 고작 찬장 맨 아래 선반에 닿았다. 아주 어렵사리 간신히 쓰러 뜨려 꺼낸 것은 뜯긴 요리되지 않은 마카로니 한 봉지와 버섯 수프 캔뿐이었다.

벤지는 즉시 마카로니를 먹어치웠지만, 수프 캔은 이리저리 굴리며 놀 장난감밖에 되지 않았다.

세 번째 날과 네 번째 날은 끔찍했다. 지배니 품위니 따위에 대한 사색은 모두 중단되었다. 그는 드디어 자신이 버림받았음 을 이해했고(사실 이미 알고 있었다), 그 생각에 상처를 받았지 만 무시했다. 변기 레버를 내리면 물은 있었다. 그것은 좋았다. 그러나 뭔가 단단한 먹이가 간절히 필요했다. 매즈논이 가르쳐 주었던 단어들, (매즈논이 말하기를) 인간들이 늘 반응하는 단 어를 기억해낸 벤지는 현관문으로 가서 외쳤다.

"도와주세요! 도와주세요!"

낮이라는 생각이 들 때 그는 그 단어를 외쳤다. 또박또박 분명하게 외쳤으므로 행인 몇 사람은 그 소리를 들었다. 불행 하게도 상황은 벤지에게 좋지 않았다. 우선, 핼러윈이었다. 로 즈 애비뉴를 따라, 여러 집이 무시무시하게 꾸며졌다. 창문 선 반에는 호박이 있었고, 잔디밭과 현관에는 마녀와 좀비가 있 었다. 어떤 마녀들은 누가 가까이 가면 낄낄 웃었다. 어떤 좀비 들은 큰 소리로 신음을 내며 두 팔을 뻗어 위아래로 움직였다.

상황이 이러했으므로 도와달라는 벤지의 날카로운 외침을 아무도 심각하게 듣지 않았다. 그가 외치는 소리를 들은 사람들이 있었어도 상당수가 사람이 파리로 변한 옛날 영화를 재치있게 참조한 소리로 받아들였다.

차라리 벤지가 그냥 짖었더라면 더 좋았을 것이다. 개가 고통스럽게 짖는 소리를 재미있어 할 사람은 없으니까.

다른 상황도 마찬가지로 그에게는 좋지 않았다. 집주인 멘지스 씨는 글래스고로 불려가고 없었다. 연로한 아버지가 심장 수술을 받았기 때문이다. 로즈 애비뉴에 있는 부동산 같은 것에 신경 쓸 정신이 없었다. 멘지스 씨가 다시 부동산에 관해 생각하기까지는 몇 주가 지난 뒤였다. 그리고 마지막으로, 가을이 되자 온 시내의 쥐들은 겨울을 지낼 보금자리를 찾고 있었다. 보금자리를 찾았다고 해도, 구석이나 그들이 안전하다고 생각한 장소에 숨겨진 달콤한 독으로 죽음을 맞은 쥐들이 더 많았다. 글래스고로 불려가기 전, 그리고 랜디와 클레어가 밀린 집세를 지불하지 않고 떠나기 전, 멘지스 씨는 가전제품 뒤라든가 열이 나는 환기구 속, 부엌 싱크대와 욕실 싱크대 아래 찬장 등 쥐를 유혹하는 장소 곳곳에 와파린이 들어 있는 덫을 갖다 놓았다. 원칙적으로 덫은 가축에게는 안전했다. 독의 냄새는 땅콩버터와 베이컨, 생선튀김처럼 매혹적이긴 해도 플라스틱 용기를 열 방법이 없는 고양이나 개로서는 독이 든 알갱이를 먹을 수 없었다. 벤지에게 덫은 두 배로 안전할 수밖에 없었다. 거기서는 뭔가 죽음의 정원을 연상시키는 냄새가 났기 때문이다.

절망할 정도로 배가 고팠던 벤지는 마침내 부엌 싱크대 아래 찬장 문을 열었다. 찬장에서는 화학 약품 냄새와 썩은 냄새, 비누와 산, 녹, 곰팡이, 찌든 때 냄새가 났다. 그런데 문득, 또는 때마침, 죽음의 냄새를 풍기는 것은 플라스틱 덫이 아니라 주변의 깡통이나 유리병, 캔 같았다. 만약 검은색 용기를 꺼낼 수 있으면, 운 좋게 싱크대 아래에 남겨진 먹을 것을 발견할 것이다.

공교롭게도 싱크대 아래에서 덫을 꺼내기는 어렵지 않았다. 벤지는 병과 캔 사이로 파고들었고, 후각을 따라 검은색 플라스틱 용기로 다가갔다. 그걸 어떻게 열지 결정하는 데는 시간이 걸렸다. 용기 안에서 달그락거리는 '먹을 것'의 소리가 들렸다. 내용물의 냄새는 맡을 수 있었지만, 용기를 흔들어봤자 소용이 없었다. 하지만 벤지는 지략이 있었다. 잠시 생각한 뒤 그는 덫을 부엌 조리대 위에서 마루로 떨어뜨렸다. 단번에 상자가 활짝 열리며 여섯 개의 알갱이가 리놀륨 바닥 위로 분홍빛 곤충들처럼 흩어졌다.

벤지는 알갱이를 남김없이 다 먹었다. 그래도 여전히 배가 고팠으므로 알갱이가 닿았던 마룻바닥을 핥았다. 이상한 맛이긴 했지만 먹을 것을 발견한 것에 감사했다. 그런 다음 욕실 싱크대 아래 덫에도 그 과정을 되풀이했다. 그것들을 먹은 뒤에는 화장실에서 물을 마시고 침대로 자러 갔다.

진짜 고통은 밤늦게 찾아왔다. 벤지는 자신이 실수를 저질렀고 죽음이 닥쳤음을 알았다. 이상한 극도의 고통이 그 사실을 알려주었다. 마치 불길이 불쏘시개를 찾으려고 몸의 은신처 곳곳을 헤집는 것 같았다. 갈증은 호소나 만족의 차원을 넘어섰다. 그의 본능은 그저 죽음을 피해 가만히 숨어 있고 싶었지만, 화장실에서 물을 마셔야 했다. 힘이 빠져 뒷다리로 일어설 수도, 물을 마실 수도 없을 때까지 계속 물을 마셔댔다.

'거대한 냉기'가 벤지를 맞으러 왔다. 그가 경험한 죽음은 애티커스와 로지, 프릭과 프랙이 겪었던 것만큼 끔찍했다. 그러나 이 끔찍한 종말의 한가운데서, 그는 고요를 경험했다. 그리고 그 고요 속에서, 어떤 면에서 보면 삶과 고통을 넘어, 세상 자체를 넘어, 고통에서 벗어나리라는 약속까지 볼 수 있었다. 코에서 피를 흘리며 욕실의 하얀색 타일 바닥에서 죽어갈 때, 벤지는 초월적이거나 신비롭다기보다는 그의 성격과 대단히 잘 어울리는 희망의 순간을 경험했다. 태어난 순간부터 벤지는 계산적이었고 모사꾼이었다. 모든 모사꾼이 그렇듯 그의 내면에는 책략을 넘어서는, 책략이 필요 없도록 안전한 장소나 상태에 대한 환상이 있었다.

벤지는 계급이 모두에게 분명한 곳, 강자가 약자를 보살피고 약자는 강요 없이 강자를 존경하는 곳을 가장 소망했다. 그는 균형과 질서, 권리와 즐거움을 열망했다. 벤지가 죽으며 언뜻 본 것은 그런 곳이었으며, 그곳을 한 번 본 것만으로도 위로를 받았다. 죽음을 존재의 한 상태라고 말한다면, 벤지는 바로 희망 속으로 사라졌다고 말할 수 있을 거다.

어쨌든 그는 개도 사람도 한 번 가면 돌아오지 않는 곳으로 갔다.

제우스는 애티커스의 마지막 소원을 들어주었다. 벤지는 애티커스만큼 고통스럽게 죽었다. 그러나 정의의 신인 제우스는 애티커스가 죽으며 가졌던 것과 똑같은 정도의 희망을 벤지에게도 허락해주었다.

이 모든 것은 어딘가의 어떤 신에게는 재미있을 테지만 헤르메스는 짜증스러웠다. 벤지는 행복하게 죽었을까 아닐까? 아버지의 개입 덕분에 답이 그다지 명확하지 않았다. 아버지를 책망해봤자 소용없었고, 제우스의 뜻에 의지할 일도 아니었다. 벤지가 보았던 균형과 질서와 권리에 대한 희망찬 환상은 복잡한 문제였다. 물론 아폴론은 벤지가 행복하게 죽지 않았다고 확신했다.

"희망은 행복하고는 아무 관계가 없어." 아폴론이 말했다.

그 말에는 반박의 여지가 없었다. 불행하게 살거나 죽는 대부분의 필멸의 존재들은 신들의 총애를 받던 자들과 똑같이 희망에 차 있었다. 희망이란 필멸의 존재들이 가진 관점이었고, 그 이상은 아니었다. 그런데 아폴론과 함께 벤지의 죽음에 관해 토론을 벌이면서 도둑의 신 헤르메스는 자신이 내기의 용어를 정할 때 명철하지 못했다고 생각했다. 문제는 죽음 자체였다. 불멸의 신들은 죽음을 동경했다. 죽음을 동경했기에 헤르메스는 행복의 속성을 명확하게 규정하지 않은 채 행복한 죽음을 상상했다.

"내 생각에는 행복의 정의를 넓혀야 할 것 같아." 헤르메스가 형에게 말했다.

"형이 관대하게 희망을 포함시킨다거나…."

아폴론이 헤르메스의 말을 잘랐다.

"갑자기 우리가 인간이 된 거냐? 단어를 놓고 언쟁하게?"

헤르메스는 자신의 생각을 숨기며 대답했다.

"아니."

하지만 놀랍게도 헤르메스는 이 모든 일에서 처음으로 분노 비슷한 것을 경험했다.

4

매즈논의 최후

　　　　　　오 년이 흘렀다. 헤르메스와 아폴론이 동
물 병원에 들어가 거기서 발견한 개들을 바꿔놓은 지 오 년이
흐른 것이다. 열다섯 마리 개 중 이제 여덟 살이 된 매즈논과
일곱 살이 된 프린스, 둘만 남았다.

　니라는 매즈논이 자신의 삶 속으로 들어온 지 오 년이 지나
자 그를 아주 가까운 친구로 생각했다. 그들은 말을 하지 않
지만, 또는 정확히 말한 것은 아니었지만, 니라는 매즈논이 남
편만큼 자신을 이해한다고 느꼈다. 어쩌면 더 잘 이해할 수도
있었다. 수년간 미구엘보다는 매즈논과 의견 충돌이 더 적었

다. 그렇기는 하지만 미구엘은 남편이었다. 그녀는 그에게 숨기는 것이 없었고 그도 그녀에게 숨기는 것이 없었다. 그들의 사랑은 여전히 강했지만, 그것은 일상이라는 수렁에 빠져 있었다. 니라는 남편과 함께 있으면 안도감을 느꼈고, 같은 방식으로 매즈논과 있으면 자신이 될 수 있었다. 그렇기에 매즈논과의 의견 충돌이 그들 셋에게 재앙이 되리라는 것은 잔인한 아이러니다.

물론, 매즈논과는 늘 이견이 있었다. 예를 들어 니라는 왜 매즈논이 집요하게 다른 개들의 똥을 먹는지 이해할 수 없었다. 매즈논은 그 행동이 니라를 속상하게 한다는 것을 알았다. 니라는 그에게 자제해주기를 여러 번 부탁했다.

"네가 그러는 것을 보면 기분이 안 좋아." 니라가 말했다.

매즈논은 고개를 끄덕이며 다시는 그러지 않겠다고 했지만, 사실 그것은 어린아이에게 앞에 있는 케이크를 먹지 말라고 부탁하는 것과 마찬가지였다. 매즈논에게 참으라고 하는 건 잔인한 일이었다. 비록 니라를 생각해서 매즈논은 여러 달씩 참긴 했었지만, 결국은 니라의 감정을 잊고 향긋한 배설물에 달려들고 말았다. 그리하여 혐오(니라)와 자기 통제(매즈논)의 주기가 다시 시작되었다. 니라가 생각하기에 이것은 매즈논의 본성에서 야기된 갈등이었다. 매즈논은 개였다. 감수성과 지능이 있었지만, 그래도 개였다. 오랫동안 니라는 매즈논이 개와는 다른 존재라고 확신하려고 애썼지만 매즈논의 본성을 상기시키는 행동은 니라의 생각이 착각임을 깨닫게 했다.

니라가 추측하기에 매즈논의 본성이 아니라 문화에 기원을 둔 다른 문제들이 있었다. 예를 들어 니라는 수컷 개들이 암컷 개들에게 집단으로, 각자 자기 차례를 기다려서 올라타는 것을 혐오스럽게 생각했다. 매즈논은 니라의 혐오감을 진지하게 받아들이는 척도 하지 않았다. 발정 난 암캐는 발정 난 암캐였다. 그것은 논쟁거리가 아니었고, 암캐 자신들이 바라는 일인데 왜 그래서는 안 되는지 매즈논은 이해할 수 없었다. 니라는 매즈논의 생각이 일리가 있음을 인정해야 했다. 발정난 자신이 익명의 성교를 갈망하는 상상을 할 수 없는 건 아니었지만, 만약 그녀가 매즈논의 태도에 영향을 줄 수 있다면 암컷을 존중하는 법을 가르쳐주는 것이 암컷 개의 삶을 향상할 거라고 확신했다.

매즈논의 어찌할 수 없는 본성과 실행할 수 있는 문화 사이의 경계는 명확하지도 고정되어 있지도 않았다. 이 사실은 토론의 열기 속에서 망각하기 쉬웠다. 매즈논은 그녀가 개선시킬 수 있는 소유물이 아니라는 사실도 똑같이 망각하기 쉬웠다. 그러나 어느 경우든 그들의 운명적인 의견 충돌은 딱히 본성과 문화라는 항목에 넣을 수 없는 관념으로 넘어갔다. 그 관념은 두 항목에 모두 속해 있었으며, 니라에게 만이 아니라 매즈논에게도 똑같이 중요했다. 바로 지위의 문제였다.

매즈논이 보기에 그들 작은 무리의 우두머리는 미구엘이었다. 그런 생각은 니라를 짜증나게 했다. 그녀는 자신이 남편보다 뭔가 부차적인 존재임을 인정하지 않으려 했다. 그러나 매즈논을 이해시킬 방법이 없었다. 매즈논은 니라가 미구엘의 의견에 따르는 모습을 보았다. 그는 그들의 어조에서 (그녀의 목소리는 확실히 공손했다) 위계를 보았고, 그들이 함께 걷고 식탁에서 식사하는 모습에서도 보았다. 그들의 불평등한 지위는 너무 명백해서 매즈논은 니라가 모른 척하면서 자신의 위치를 개선하려고 노력하는 것처럼 보였다.

매즈논과 미구엘의 관계는 미묘했지만, 복잡하지는 않았다. 매즈논이 목숨을 내놓는다면 그것은 니라를 위해서지 미구엘을 위해서는 아닐 것이다. 적어도 어느 정도는 가정의 우두머리인 미구엘에게 보호를 기대했기 때문이었다. 매즈논이 재능이 있다거나 비범하다고 믿지 않는 미구엘은 바닥에 주저앉아 매즈논과 놀았다. 매즈논의 머리를 이쪽저쪽으로 밀고, 매즈논을 쫓고, 씹는 장난감을 빼앗아 던지고, 매즈논의 배와 옆구리를 거칠게 긁어주었다. 이 모든 것은 분명 품위 없는 행동이었지만, 공을 가지려고 미구엘과 경쟁하고, 미구엘이 밀 때 제멋대로 마구 짖고, 매즈논이 우세한 놀이에서 미구엘에게 뛰어오르는 일은 즐거웠다. 니라 역시 매즈논과 놀려고 애썼다. 그들이 밖에 나갔을 때 니라는 쫀득쫀득한 빨간색 공을 던졌지만, 공놀이에 흥미가 있었던 것은 아니었다.

"가서 공 가져와! 공 가져오라고!"

니라는 그 공이 세상에서 가장 중요한 것인 듯이 이렇게 말할 수 없었다. 우선 그녀와 매즈논 둘 다 공이 중요하지 않다는 걸 알면서 중요한 척하는 것은 모욕적으로 보였다. 결국, 미구엘은 매즈논이 두려워하고 또 숭배하는 강한 개와 같았으므로, 니라가 남편의 지위에 의문을 품을 때면 매즈논은 감정이 상했다.

불행히도 니라는 그 문제를 그냥 두지 않았다. 어느 날, 니라는 만약 미구엘이 '가장 높으신 분'이라면 미구엘 다음은 누구라고 생각하느냐고 물었다. 그것은 딱 듣기에도 기분 상하는 질문이었지만, 그녀의 비꼬는 어조는 특히 짜증 났다. 매즈논에게 니라는 자신과 동등한 지위였다. 그녀의 질문은 그것을 부정하는 것과 매한가지였다. 매즈논은 공격하지 않으면서 최대한 강력하게 자신의 감정을 알렸다. 그는 으르렁거리며 이빨을 드러내고 꼬리를 내렸다. 둘 다 괴로운 순간이었으나, 니라의 질문은 말할 수 없이 무례했다. 이런 사소한 언쟁이 있고 며칠 동안, 매즈논은 그녀가 있어도 아는 척하지 않았고, 그녀가 먹이를 내려놓아도 외면했으며, 그녀가 들어올 때마다 방에서 나가버렸다. 니라는 자신도 모르게 매즈논에게 지나치게 굴었음을 깨달았지만 매즈논은 그녀의 사과를 받아들이지 않았다. 매즈논에게는 자신의 지위에 도전하는 누군가와 함께 머물든지 아니면 영원히 떠나든지 두 가지 길밖에 없는 듯이 보였다. 만약 머문다면 니라에게 그를 존경하는 법을 가르쳐야 할 것이다. 지금까지는 없던 새로운 논쟁 방식으로 말이다. 그는 폭력을 행사하지 않고 처리하는 법을 알지 못했다. 그러나 니라를 다치게 하느니 차라리 자신이 수천 번이라도 죽었을 것이다. 매즈논은 다른 방법을 몰랐기에 집을 떠나는 걸 선택했다. 매즈논은 니라에게 알리지 않고 집을 떠났다.

물론 그것은 운명적인 순간이었다. 많은 신이 매즈논의 죽음에 내기를 걸었고, 그가 행복하게 죽기를 바라는 신들은 화해에 관심을 가졌다. 제우스의 칙령이 아니었다면 많은 신이 개입했을 것이다. 그러나 제우스의 칙령이 있었기에 아무도 감히 나서지 못했다. 그러나 마음속에 분노를 품고 있던 헤르메스는 매즈논과 니라가 처한 난국에 속이 상했다. 그는 매즈논이 아니라 프린스를 구하려고 개입한 적이 있었지만, 적어도 매즈논은 좋은 죽음을 맞으리라 믿었다.

"불쌍한 내 소중한 동생. 너의 마지막 기회가 가네. 그 개는 여자가 없으면 비참하게 죽을 거야. 안 그래?" 아폴론이 말했다.

"필멸의 존재들의 미래를 우리가 어떻게 알겠어." 헤르메스가 대답했다.

아폴론이 웃었다.

"인간처럼 말하네." 그가 말했다.

헤르메스는 웃었으나, 모욕은 따끔했다. 그래서 도둑과 번역
자의 신 헤르메스는 아버지가 경고했음에도 매즈논의 삶에 개
입했다. 그가 좋아하는 수단은 꿈이었으므로 개가 자는 동안
매즈논에게 나타났다.

매즈논은 집에서 멀리 간 것도 아닌데 갑자기 피로를 느꼈
다. 간신히 안전한 곳을 찾자마자 그는 잠이 들었고, 즉시 꿈을
꾸었다.

그는 온통 어둠에 휩싸인 초원에 있었다. 초원은 물감을 칠
한 듯한 초록색 풀들로 덮여 있었다. 그는 단 한 점 떠 있는 하
얀 구름 속으로 줄기가 보이지 않을 정도로 높이 뻗어 올라간
나무 아래 있었다. 무서운 곳은 아니었지만, 왠지 위험하게 느
껴졌다. 매즈논은 어둠 속에서 무엇이 나오든 튀어 오르거나
뛰어서 도망칠 준비를 하고 쭈그리고 앉았다. 그리고 자신처럼
검은색 풀들이 나타났는데 훨씬 풍채가 당당했다.

"난 시간이 많이 없다." 그 개가 말했다.

개의 말은 어떤 특정한 언어가 아니었다. 개의 말은 마치 낮
선 생각처럼 매즈논의 마음속에 있었다.

"넌 나라를 떠나면 안 된다. 너의 삶은 그녀와 함께한다."

"전 돌아갈 수 없습니다." 매즈논이 말했다.

"너의 곤란한 상황을 이해한다. 하지만 넌 나라의 말을 잘 못 해석했다. 인간들은 너희처럼 생각하지 않는다."

"우리처럼이겠지요." 매즈논이 말했다.

"너희처럼이다. 나는 네가 잘 되기를 바라지만, 난 개가 아니다. 나라에게 돌아가라. 너는 다시는 그녀의 말을 잘못 해석하지 않을 거고, 그녀도 너의 말을 잘못 해석하지 않으리라." 헤르메스가 말했다.

"어떻게 아십니까?" 매즈논이 물었다.

"내가 말했으니 그렇게 될 거다." 헤르메스가 대답했다.

그 말과 함께 꿈은 끝나고 매즈논은 잠이 깼다. 그는 하이 파크 근처의 잔디밭에 있었다. 파크사이드의 아치 모양 문에서 멀지 않은, 전차들이 선회하는 지점에서 멀지 않은 곳이었다. 물론 전에도 매즈논은 꿈을 꾸었었다. 그러나 어떤 꿈도 이렇게 선명한 것은 없었다. 꿈 하나하나 세세하게 다 기억이 났고, 꿈을 꾼 것이 맞는지 헷갈렸다.

의문에 대한 답은 즉시 왔다. 파크사이드를 따라 걷는데 매즈논은 자동차 라디오에서 크게 틀어놓은 음악 소리에 귀가 먹먹했다. 가사가 들려왔다.

이른 아침 황금빛 텐트에서

하늘이 등을 돌렸을 때

하늘이 등을 돌리고 귀를 기울이지 않을 때

가리비들이 접합부로 곧추서 있을 때….

그다음 자동차가 떠났으므로 가사를 다 듣지는 못했다.

커다란 음악 소리는 특별할 것이 없었다. 자동차를 탄 사람들은 종종 소음으로 해를 끼치려 들었다. 그런데 매즈논은 문득 가사가 '이해'되었다. 이해되지 않는 가사였지만 말이다. 그 가사는 보통 인간들의 말과 같은 식의 의미를 지니지 않으며, 느낌과 리듬, 멜로디로 연결된 내용이라는 게 이해되었다. 때로는 느낌이 이겼고, 때로는 리듬이, 때로는 멜로디가 이겼다. 때로는 그 셋이 서로 교전을 했는데, 이는 그의 내부에서 감정과 본능, 지성이 교전하는 것과 같았다. 때로는 셋이 조화를 이루었다. 들었던 가사가 문득 멋진 언쟁 같은 느낌이 들었고, 마침내 농담을 이해한 사람처럼 매즈논은 앉아서 옛날 벤지가 그랬듯이 웃었다. 기쁨이 빠져나가는 동안 헉헉거렸다.

새로 얻은 이해력은 거기서 그치지 않았다. 매즈논은 하이파크를 걸어가면서 우연히 어떤 말을 듣게 되었는데, 그 말 뒤에 숨은 의도가 이해되는 걸 깨달았다. 예를 들어 한 여자가 옆의 남자에게 하는 말을 듣고 놀랐다.

"미안해, 프랭크. 계속 이렇게는 못하겠어…"

그녀의 말은 달래는 동시에 상처를 주려는 시도였다. 인간들이란 얼마나 복잡하고 잔인한가! 그들 감정의 깊이를 갑작스레 인식하게 되다니 얼마나 이상한가! 전에는 인간들을 발달이 덜 되고, 서툴고, 명백한 것을 붙잡을 의지가 없다고 생각했지만, 지금은 비록 그들만의 특별한 방식이기는 하지만 개들만큼 깊이가 있다고 깨닫게 되었다.

이런 방식으로 니라를 이해할 수 있는지 확인해보려고 그는 집으로 돌아갔다.

매즈논은 오래 떠나 있지 않았다. 기껏해야 두 시간이었다. 뒷문은 여전히 잠겨 있지 않았다. 그는 뒷다리로 서서 손잡이의 누름쇠를 밑으로 내렸다. 문이 열리고 안으로 들어가니 니라가 마치 그를 기다리고 있었던 듯이 서 있었다.

"짐, 우리를 떠났다고 생각했어." 그녀가 말했다.

매즈논은 그녀가 하는 말의 모든 뉘앙스를 파악했다. 뉘우침과 근심, 그에 대한 사랑과 슬픔, 그가 돌아온 것에 대한 안도감과 자신이 이런 식으로 개에게 말하는 것의 혼란스러움이 다 파악되었다. 물론, 한꺼번에 그 많은 뉘앙스에 반응하는 건 불가능했다.

"내 삶의 많은 시간 동안 난 매즈논으로 불렸어. 매즈논은 내 첫 주인이 붙여준 이름이고 내가 좋아하는 이름이야." 매즈논이 말했다.

그는 분명하게 말했고 니라는 이해했다. 그러나 니라는 말 없이 그를 이해하는 데 너무나 익숙했으므로 처음에는 그가 말을 했다는 사실을 깨닫지 못했다. 그녀는 순간 매즈논이 어떤 새로운 방식으로 그녀의 의식 속으로 들어왔다는 기이한 느낌을 받았다.

"미안, 매즈논. 몰랐어." 마침내 니라가 말했다.

헤르메스가 매즈논에게 준 선물은 귀중하고 전례 없는 것이었지만, 또한 부담스러운 것이기도 했다. 매즈논은 영어를 잘하는 개에 그치지 않고 인간의 모든 언어를 이해하는 개가 되었다. 론스밸리스 애비뉴를 걸으며 그는 때때로 폴란드어를 듣지 않으려고 애써야 했다.

"Te pomidory są zgniłe! (이 토마토들은 썩었네요!)"

헝가리어도 있었다.

"Megőrültél? (당신 미쳤어?)"

다른 언어를 듣는 것은 새로운 리듬과 멜로디와 사유를 듣는 것과 같았다. 때로는 매즈논이 꼼짝도 하지 않고 생각에 빠져 있어서 니라가 그를 몽상에서 불러내야 했다.

"매즈, 가자. 우린 할 게 있잖아."

(매즈논이 좋아하는 인간 언어는 영어였다. 그것은 의심의 여지가

없었다. 그것은 그가 처음 영어를 배웠다는 사실과는 거의 관계가 없었다. 매즈논이 경험한 모든 언어 가운데 영어가 개들에게 가장 적합한 언어였다. 생각을 영어로 하면 다르게 생각해야 하지만, 영어의 소리와 리듬은 개의 자연 언어의 리듬과 음역을 가장 잘 흉내 낸 언어였다. 매즈논의 영어 사랑의 즐거운 결과는 시를 쓰기 시작한 것이었다. 그도 즐거웠고 니라도 즐거웠다. 프린스의 시가 본보기였다. 매즈논은 그의 시를 기억하며 프린스와 비슷한 방식으로 시를 '쓴' 다음 니라에게 암송했다.

들개를 잡아먹는 중국에서는
한창 잡아먹는 때라는 데 난 경악하네.
나를 먹을 것으로 생각하는 이들을 저주하며
인력거의 꿈을, 옻칠한 나무의 꿈을 꾸네.

또

말라깽이 말이 하늘을 먹는다면
단어들이 바위에서 튀어나온다면
내 영혼은 긴장을 풀고
삶은 시간을 벌리라.

다른 한편, 니라가 어떤 언어를 가장 좋아하느냐고 물었을 때 매즈논은 영어라고 말하지 않았다. 그럴 수 없었다. 매즈논은 개들의 언어가 어떤 인간의 말보다 더 표현력이 있고, 더 생생하고, 더 이해하기 쉽고, 더 아름다웠다. 그녀에게 개의 언어를 가르치려고 해봤는데, 놀랍게도 니라의 무능력 때문에 실패하고 말았다. 기쁠 때 짖는 소리와 주의하라고 외치는 소리는 개의 언어에서 결정적으로 구분이 되는데, 니라는 그 두 소리의 차이를 구분하지 못했다. 니라는 실망했다. 그녀가 꽤 잘 배운 유일한 말은 '널 물 거야'였지만, 그 말은 어느 개에게나 함부로 할 수 있는 말이 아니었다. 니라는 매즈논의 언어로 매즈논에게 말하고 싶었겠지만, 진실을 말하자면, 매즈논은 니라의 발음을 견딜 수 없었고, 니라가 포기했을 때 슬프지 않았다.)

니라는 말을 하겠다는 매즈논의 결정을 처음에는 달가워하지 않았다. 매즈논이 집에 돌아와 말을 했을 때 둘의 우정이 회복된 것은 맞다. 그러나 매즈논과 대화하는 것은 불안했다. 그들 둘은 말 없는 훌륭한 대화를 발달시켰었다. 침묵한다거나 고개를 돌린다거나 또는 머뭇거리며 고개를 끄덕인다거나 모두 의미가 있었다. 그런데 지금은 말로도 하고 또 그런 것들도 함께 사용해야 했다. 처음 니라는 자신의 이해력이 깊어지긴 했지만 매즈논을 이해하기는 더 힘들다고 느꼈다. 그보다 더한 것은, 매즈논이 말을 함으로써 니라가 '절차상 문제'로 생각해야 할 일이 생겨났다. 오직 니라만 매즈논의 말하는 능력을 아는 것이 좋겠다는 데에 둘은 동의했다. 그런데 서로에게 더 편해지면서 합의를 잊고, 다른 사람들이 있는 자리에서 상대에게 질문을 하거나 어떤 논평을 하는 일이 벌어졌다. 니라가 매즈논에게 말할 때는 당연히 매즈논이 니라에게 말할 때보다 혼란스러움이 덜했다. 매즈논의 목소리는 니라보다 낮아서 행인들은 정확히 누가 말을 한 것인지 어리둥절했다. 그러나 이런 혼란스러움은 원하지 않는 주목을 끌었다.

미구엘 문제도 있었다. 미구엘은 특별히 매즈논을 좋아하지 않았다. 그는 벤지를 더 좋아했고, 니라와 매즈논이 공유하는 친밀감에 분개했다. 매즈논은 이 모든 것을 이해하고 미구엘을 용서했다. 미구엘의 감정은 매즈논이 보기에 고결한 것이었기 때문이다. 그러나 미구엘은 매즈논에게 최선이 무엇인지 염두에 두지 않는 것이 분명했고, 니라가 하듯이 매즈논을 보호해주지 못할 것이 분명했다. 그래서 니라와 매즈논은 미구엘 앞에서는 말하지 않는 것이 좋겠다고 합의했다. 이 말은 때때로 미구엘이 곁에 있으면 둘은 어색해진다는 뜻이었다. 니라는 남편의 신뢰를 배신하는 것 같았고, 매즈논은 무리의 우두머리를 배신하는 것 같았다.

결국, 니라와 매즈논이 대화하는 데 마음이 편해지기까지는 시간이 좀 걸렸다. 그러나 일단 익숙해지자, 그의 존재는 너무 소중해서 매즈논이 개라는 사실은 중요하지 않게 되었다. 매즈논이 인간이 아니라는 생각이 들지 않았다. 예를 들어 블러바드 클럽 옆에서 함께 앉아 버드나무가 움직이는 것을 보고 있는데 매즈논이 개라는 사실이 정말이지 무슨 문제가 되겠는가?

(버드나무는 니라와 매즈논에게 다 같이 매혹의 원천이었다. 더 잘 알고는 있지만, 매즈논은 늘 나무들이 교묘한 종류의 동물이라고, 기만적이고 고압적인 존재라고 생각해왔다. 마음속 일부는 끝까지 그렇게 믿었다. 흔들리는 나뭇가지들을 바라보고 있노라면 늘 물어버리고 싶은 욕망이 일었다. 물고 싶은 욕망은 더 적었지만, 니라도 비슷하게 느끼고 있었다. 그녀에게 나무들은 나뭇잎으로 된 매머드 같았다. 아주 오래되고, 느리고, 마지막으로 남은 어떤 제왕다운 존재. 물론 나무들은 그런 존재가 아니었다. 그들은 그저 나무였다.)

존재들이 서로 완벽하게 이해한다고 해서 행복이 보장되는 것은 아니다. 예를 들어 상대의 광기를 완전히 이해하려면 자신도 미쳐야 한다. 지상의 존재들을 갈라놓는 장막은 때때로 비극적인 장애물이기도 하지만, 때로는 큰 친절이기도 하다. 사실 '완벽한 상호 이해'를 성취한 유일한 존재는 신들이다. 신들에게는 광기라든가 노여움, 비통함 등 어떤 감정이나 마음 상태든 다 즐겁기 때문에 이해하니 마니는 중요하지 않았다. 헤르메스는 이 모든 것을 알았다. 번역자의 신으로서 그는 오역과 오해의 신이기도 했다. 어떤 면으로 보면 너무 맑은 물을 혼탁하게 하거나 혼탁해진 물을 맑게 하는 것은 바로 그였다. 그러나 이해라는 선물을 받고 행복해질 수 있는 존재가 있다면 그것은 매즈논이었다. 나라를 더 잘 이해할수록 매즈논은 자신의 집이 분명한 곳으로 돌아온 것을 더 고맙게 여겼다.

이 년이 지났다.

나이가 들어가고 더 정치가답게 되어가면서 매즈논은 나라에게 가능한 최고의 방법으로, 즉 그녀가 사랑하는 것들을 통해, 나라에게 감사를 표하게 되었다. 영화 같은 것이 그 예다. 나라는 「5시부터 7시까지의 클레오」, 「천국의 나날들」, 「도쿄 이야기」에 얼마나 감탄했는지 모른다. 무엇보다도 「도쿄 이야기」가 그랬다. 어느 날 오후, 나라는 매즈논과 함께 앉아서 그 영화를 보았다. 그날 매즈논은 처음으로 영화라는 것을 끝까지 보았다. 그동안 영화에 흥미가 없었던 것은 아니었다. 냄새를 맡을 수 없는, 그토록 많은 먼 세상들을 보는 것이 참을 수 없어서였다. 냄새 없는 세상은 진짜가 아니었으므로 영화와 그림들을 보면 어쩔 수 없이 실망했다. 그러나 나라가 「도쿄 이야기」를 너무나 좋아했기에 매즈논은 영화를 보는 데 걸리는 두 시간 동안 가만히 앉아 있었다.

영화가 끝나고도 니라가 평정을 되찾기까지는 잠시 시간이 걸렸다. 늘 그렇듯 그녀는 하라 세츠코가 울 때 감동해서 눈물을 흘렸다.

"좋았어?" 마침내 니라가 물었다.

"응." 매즈논이 말했다.

"너무 길지 않았어? 어떤 사람들은 지루하다고 해."

"지루하진 않았어. 하지만 이상했어. 사람들은 늘 네가 볼 수 없는 곳으로 눈길을 돌리고 있었어. 보는 내내 뭔가 오고 있는 것 같았어. 결국, 온 것은 죽음이었어." 매즈논이 말했다.

니라는 매즈논이 그녀가 아끼는 영화를 감상할 수 있다는 사실에 감동했다. 그러나 영화에는 매즈논이 해석하기 어렵게 느낀 국면들이 있었다. 첫째로, 거기에는 전반적으로 개들이 나오지 않았다. 영화 중반부쯤 어딘가에서 주인들이 부르는 휘파람 소리를 듣고 네 마리 개들이 화면을 가로질러갈 때 매즈논은 당장 정신이 초롱초롱해졌다. 그런데 다시는 개들이 보이지 않자 실망했다. 그런데 영화가 끝나갈 무렵 한 남자가 보이지 않는 개들을 휘파람으로 불렀다. 처음에는 휘파람을 분 사람이 보이지 않았고, 그다음에는 부른 대상들이 보이지 않았다. 이 설명되지 않는 두 장면은 매즈논이 보기에 영화에서 가장 중요한 형이상학적 퍼즐같았다.

또 절하는 것도 대단히 흥미로웠다. 물론 머리 높이와 지위의 연관성에 당황하지는 않았다. 그를 당황하게 만든 것이 있다면, 절이 일본인들을 고상하게 보이게 한다는 점이었다. 그런데 절을 받는 대단한 분들은 어디에 있었을까? 그것은 의문이었다. 매즈논은 절을 하는 그 많은 사람을 보면서 낮은 사람들 가운데 누가 가장 낮을 수 있는가 시합하는 것 같았다. 어떤 경우든 조심스런 태도가 강점이었는데, 이는 매즈논이 보기에 이 영화에서 개의 상대적 부재와 마찬가지로 강렬한 역설이었다.

마침내 매즈논에게는 두 미스터리가 서로 연관이 있을지도 모른다는 생각이 들었다. 개들은 인간들보다 훨씬 낮게 절을 할 수 있다. 그러므로 「도쿄 이야기」에서 개들은 너무 자주 나타나는 것이 금지된 비밀스런 세력이었고, 조심스런 영화제작자들로서는 개들을 흘낏 보여주는 것밖에 할 수 없었으리라고 결론냈다. 당연히 이 생각은 이 영화에 대한 매즈논의 애정에 기여했다.

니라가 좋아하는 책들을 읽는 것은 훨씬 더 흥미로웠다. 생각할 시간이 더 많았기 때문이다. 니라는 『오만과 편견』과 『맨스필드 파크』를 한 달이라는 기간에 걸쳐 미구엘이 퇴근해서 집에 오기 전인 늦은 오후까지 큰 소리로 읽어주었다. 이 둘 가운데 『맨스필드 파크』는 매즈논을 대단히 괴롭게 했다. 그에게는 이 책의 계급에 대한 분노가 무섭게 느껴졌다. 주인들을 위한 설명서 같았다.

이 책을 다 읽었을 때 매즈논이 물었다.

"니라, 넌 섹스 좋아해?"

(섹스는 미구엘의 단어 가운데 하나였다. 니라는 한 번도 그 단어를 말한 적이 없었다.)

뜻밖의 질문에 대한 놀라움이 가라앉자 니라가 말했다.

"왜 그런 생각을 했어, 매즈?"

"난 패니 프라이스를 생각하고 있었어. 그녀는 에드먼드를 사랑하지만 섹스에 찬성하지는 않았어, 안 그래?" 매즈논이 말했다.

"그렇게 말할 수는 없어. 내가 보기에 패니는 모든 것에는 적절한 시간과 장소가 있다고 생각해. 그러나 너의 질문에 대답하자면 난 사랑을 나누는 것을 좋아해. 있잖아… 그건 매우 사적인 일이야, 매즈. 난 미구엘이 그립고, 함께 있고 싶을 때가 있어. 그리고 함께 있는 것 이상의 뭔가로 바뀔 때를 좋아해. 그건 느리고 시간이 걸려. 네가 마지막 부분만 본다면 사랑을 나누는 것과 섹스를 하는 것의 차이를 생각할 수 없을 거야. 하지만 내겐 차이가 있어. 어떨 때는 정말로 그가 그저 내 안에 들어오기를 바라고, 그게 미구엘이 아니어도 상관없을 것 같은 때가 있어. 하지만 그건 상관없지 않아."

"그렇구나." 매즈논이 말했다.

그러나 여기서도 매즈논은 니라를 이해하는 것과는 반대로 특정 의례 절차에 친숙하지 않은 채 인간 상황을 이해했다. 그 자신은 절대 '사랑 나누기'를 하지 않을 뿐더러 그것을 원하는 것도 상상할 수 없었다.

  매즈논에게 흥미로웠던 것은 인간들이 얼마나 자신들의 상상에 의지하고 있는가 하는 점이었다. 재미를 위해서뿐만 아니라 기본적인 것들에 대해서도 그랬다. 매즈논은 몸이 대신 생각하도록 두는 것을 선호했다. 또는 변하기 전 옛날에는 그랬다. 지금은 개와 인간 사이 어딘가에 있기에 그는 상상이란 것이 궁금했다. 니라 말대로 '중성화' 되어 있지 않기에 적어도 다른 개에게 '사랑 만들기'를 시도했었을 수도 있었다. 하지만 다시 어디서 시작해야 할지 알기는 어려웠을 것이다. 발정 난 암캐들은—그들의 그 냄새는 형언할 수 없이 기쁘고 미치게 했다—교미를 원했다. 거기에는 니라가 '유혹'이라고 부르는 것이 들어설 여지가 없었다. 매즈논은 잠시 생각했다. 만약 발정나지 않은 암캐에게 음식을 가져다주는 것이 암캐를 발정나게 한다면 어떨까? 하지만 왜 그런 애를 써야 할까? 매즈논은 분명 니라가 말하는 '이성애자'는 아니었지만, 또한 동성애자도 양성애자도 아니었다. 다른 개들이나 인간들이나 봉제 장난감에도 흥분한 적이 있었다. 그럴 때는 할 수 있다면 그들에게 올라타거나 대고 비볐다. 그 점에 관해서라면 암캐든 아니든 확실히 구별하지 않았다. 그들이 「도쿄 이야기」를 본 뒤에 그랬듯이 매즈논은 『맨스필드 파크』 읽기를 마쳤을 때 일종의 즐거운 당혹감이 남았다.

결국, 매즈논은 「도쿄 이야기」, 『맨스필드 파크』, 「말러의 교향곡 4번」 등 예술 작품을 인간들의 방식으로는 이해할 수 없음을 알고 놀랐다. 이 작품들은 이해를 요구하는 한편 이해를 피하기 위해 만들어진 것처럼 보였다. 그는 인간의 이런 측면을 사랑하게 되었는데, 그것은 물론 니라의 측면이기도 했다.

니라와 매즈논이 이해하는 방식은 상호적이었다. 매즈논이 니라에게 중요한 것을 배울 때 니라도 매즈논에게 중요한 것을 배웠다. 그러나 그들의 여정은 상당히 달랐다. 첫째, 니라에게는 고려할 만한 작품이 없었다. 매즈논이 사랑한 영화나 책이 없었기 때문이다. 음악도 없었다. 더욱이 감각 능력의 균형이 맞지 않았다. 매즈논의 시력은 니라만큼 예리하지 않았지만 매즈논은 니라가 알아차리지 못한 것을 알아차렸다. 다람쥐가 그 예다. 매즈논은 다람쥐가 나무 위에 있건 어디 멀리 있건 아무리 미미한 움직임이라도 감지할 수 있었다. 그의 후각은 놀라웠다. 니라가 닭고기 스튜에 쿨란트로 허브를 넣었는지 안 넣었는지 말할 수 있었다. 미각도 대단했다. 마지막으로, 매즈논의 청력은 그녀보다 예민했다. 그는 당연히 그녀보다 더 고음을 들을 수 있었다. 소리의 해석도 달랐다. 니라는 언제나 모든 동물이 (그녀가 좋아하는 음악 가운데) 바흐의 음악을 좋아한다고 들었었다. 그런데 매즈논은 그렇지 않았다. 전혀 그렇지 않았다. 매즈논에게 바흐의 음악은 내부에서 따끔따끔 찌르는 바늘과 같았다. 그는 바그너를 선호했고(니라는 바그너를 싫어했다) 안톤 브루크너를 좋아했다.

"개들도 이야기가 있어?" 어느 날 니라가 물었다.

"물론." 매즈논이 말했다.

"오, 매즈! 하나 해줘." 니라가 말했다.

매즈논이 이야기를 시작했다.

"암캐의 냄새가 있어. 하지만 난 벽 앞에 있어. 냄새는 강하고 나는 미쳐가. 먹을 수도 없어. 마실 수도 없어. 벽은 때려 부수기에는 너무 두껍고 이 방향으로 가도 몇 마일이고 저 방향으로 가도 몇 마일이야. 나는 밑을 파고, 또 파고 또 파. 주인은 내가 파는 것을 볼 수 없어. 그래서 벽 아래에 공기가 통할 때까지 파고 암캐의 냄새는 전보다 더 강해져. 난 암캐를 부르지만, 대답은 없어. 하지만 벽 아래에는 공기가 있어. 계속 파야 할까? 난 몰라. 하지만 난 주인의 집에서 음식 냄새가 나는데도 계속 파. 암캐의 냄새는 점점 더 강해져. 암캐를 불러보지만, 이제 나는 배가 고파."

여기서 매즈논은 멈췄다.

"끝이야?" 니라가 물었다.

"응. 안 좋아?" 매즈논이 말했다.

"글쎄, 뭐랄까… 다르네. 그러나 정말 결말이 있는 건 아냐." 니라가 말했다.

"매우 감동적인 결말이야. 욕망들 사이에 잡혀 있는 게 슬프지 않아?" 매즈논이 말했다.

점차 니라와 매즈논의 거리는 상대가 무엇을 원하는지 예상할 수 있을 정도까지 좁혀졌다. 니라는 매즈논이 정확히 언제 먹고 싶고 산책하고 싶은지 알 수 있었다. 매즈논은 언제가 니라를 혼자 두어야 할 때인지, 언제 그녀를 위로할 때인지, 언제 그녀 곁에서 조용히 앉아 있을 때인지를 알았다. 점차 그들은 말을 하는, 또는 영어를 쓰는 일이 줄어들었다.

어느 날 아침, 그들은 똑같은 들과 똑같은 구름, 멀리 있는 똑같은 집(붉은 벽돌 굴뚝이 있는 목조로 된 집)이 나오는 꿈을 꾸었다는 것을 알았다. 그들은 똑같이 다람쥐와 토끼들의 꿈을 꾸었다. 그들은 똑같이 맑은 강물을 마셨다. 단 한 가지 다른 점은, 니라가 꿈에서 물속을 들여다보니 매즈논의 얼굴이 물에 비쳤고, 매즈논은 니라의 얼굴을 보았다는 것뿐이었다. 같은 꿈을 공유했다는 사실은 너무 감동적이어서 그 이후로 그녀는 누구도, 심지어 미구엘조차, 매즈논을 '그녀의' 개라고 언급하지 못하게 했다.

"매즈논이 내 것인 것만큼 나는 매즈논의 것이야." 그녀는 주장했다.

니라의 친구들과 남편은 짜증나고 괴상한 이야기라고 생각했다. 매즈논은 그녀가 그의 주인이 아니라는 뜻임을 알았고 고마워했다. 그러나 마음속으로는 그는 그녀의 일부이며 그녀는 그의 일부라는 의미에서 그는 그녀의 것이라고 느꼈다.

둘 다 알 수 없었던 것은 그들이 공유한 단순한 꿈이 재앙의 조짐이었다는 사실이다. 니라와 매즈논은 이제 너무나 가까워져서 운명의 여신 아트로포스조차 둘의 실가닥을 구분할 수 없었다. 매즈논은 개로서는 꽤 늙은 터라 죽을 때가 되었지만 아트로포스는 매즈논의 실을 자르려면 니라의 실을 자를 위험을 감수해야 했다.

클로토와 라케시스, 아트로포스, 이 세 자매의 작업은 일반적으로 간단하다. 첫째 클로토는 생명의 실을 잣고, 둘째 라케시스는 각 필멸의 존재들이 갖게 될 길이만큼 실을 뽑고, 셋째 아트로포스는 실을 끊어 지상에서 그들의 시간을 끝낸다. 종종 생명의 실은 뒤엉키기도 한다. 흔히는 남편과 아내의 목숨이 그렇게 되는데, 그들이 종종 함께 죽거나 서로 가까운 시점에 죽는 건 바로 그 때문이다. 그리고 사실상 니라와 미구엘의 실들은 거의 니라와 매즈논의 실들만큼이나 가까이 얽혀 있었다. 니라와 미구엘은 매즈논보다 더 오래 살기로 되어 있었지만, 셋 모두의 생명의 실들이 너무 얽혀 있고 크기와 두께도 너무 비슷해서 아트로포스는 가위질을 하면 누구의 생명이 끝날지 확신하지 못했다.

아트로포스는 제우스에게 하나 이상의 신들이 개입했음이 틀림없다고 통렬하게 항의했다. 그녀가 끝내려고 생각한 생명을 제대로 끝낼 수 없게 된 것은 자연스럽지 않았기 때문이다. 운명의 여신들을 싫어하고 그들과의 대화를 피하는 제우스는 냉정했다.

"생명 하나는 끝나야 한다. 실을 자르는 것은 너의 의무다. 너의 의무를 행하라." 제우스가 말했다.

아트로포스는 심술이 나서 서로 얽혀 있는 세 개의 생명줄 가운데 두 줄을 잘랐다. 그런 다음 균형을 잡는다면서 남아 있는 한 줄에 세월을 덧붙였다. 클로토와 라케시스는 그녀의 대담함에 낄낄 웃었지만, 아트로포스는 경멸감 때문에 웃음을 나누지 못했다.

"신들의 왕이라고! '떠버리 난봉꾼'이 더 낫지. 이 일 때문에 나한테 보복하려면 해보라지!" 아트로포스는 라케시스에게 말했다.

한주 내내 니라와 미구엘은 요리 때문에 언쟁을 벌였다. 미구엘은 언제나 설거지를 했지만, 자신이 받아 마땅한 인정을 받지 못한다고 느꼈다.

매즈논이 보기에 그것은 이상한 언쟁이었다. 첫째, 미구엘은 니라가 설거지하는 것을 절대 허락하지 않았다. 비록 그가 하는 집안일이라고는 설거지가 전부이긴 했지만 자신은 집안일을 하지 않는 '남성 쇼비니스트'가 아니라고 주장했다. 니라의 요점은 청소와 정리와 요리를 해도 인정 한 번 받지 못했지만 그렇다고 절대 불평하지 않았다는 것이었다. 가끔 미구엘은 그녀의 일(교열)을 넌지시 다소 얕잡아보며 그런 건 전혀 '일'이 아닌 것처럼 말했다. 교열은 집에서 할 수 있는 일이라 그는 내심 분개하고 있었다. 미구엘은 온타리오 텔레비전의 여러 프로그램에서 스크립트 에디터로 일하고 있어서 매일 아침 출근을 해야 했기 때문이다. 그들은 설거지에 대해, 그다음은 집안일에 대해, 그다음은 일에 대해, 그다음은 집안일에 대해, 그다음은 설거지에 대해, 그다음은 집안일에 대해, 그다음은 일에 대해 계속 언쟁을 벌였다. 매즈논은 그런 구실로 그토록 오랫동안 언쟁을 벌일 수 있다는 게 놀라웠다. 더욱이 집안일은 육 개월 정도마다 불붙는 논쟁의 기본 주제였지만 둘 다 그것이 새로운 주제인 것처럼 새삼 분개했다.

'집안일'은 어떤 경우에도 이상한 개념이었다. 누군가 불편한 장소에 용변을 보지 않는 한 어디가 문제란 말인가? 매즈논이 보기에 진짜 문제는 인간들의 은신처의 크기와 영장류들의 지나친 결벽이었다. 공간이 많으니 이 방에서 저 방으로 그냥 옮겨가면 될 테지만, 화학 물질 냄새와 깨끗한 표면에 대한 욕구 때문에 그렇게 하지 못했다. 설거지에 관해 말해보면, 그릇과 냄비와 접시에 붙어 있는 맛과 냄새를 깨끗이 닦는 것이 무슨 소용이 있을까? 그것은 마치 가장 좋은 부분을 닦아 없애버리고 자축하는 것과 같았다. 이런 일에 열받는 걸 생각하니, 불쌍한 나라!

매즈논은 지배권 투쟁이 분명한 일에 개입하는 걸 좋아하지 않았지만, 미구엘과 나라가 둘만 함께 시간을 보낼 필요가 있으며, 일상의 변화를 주는 것이 좋겠다고 생각했다. 나라는 회의적이었다. 그녀와 미구엘은 한 번도 여행을 떠난 적이 없었다. 그들은 연극, 영화 또는 레스토랑처럼 가까이 있는 것들을 좋아했다. 게다가 그들이 가장 행복했었던 때도 집에 있을 때였다. 그렇지만 나라는 미구엘과의 언쟁에 지쳤고, 미구엘도 나라와의 언쟁에 지쳤다. 그래서 나라가 몇몇 포도주 양조장을 방문하고 서티 벤치* 근처에서 이틀 밤(금요일과 토요일)을 함께 보내자고 제안했을 때 미구엘은 즉시 동의했다. 말다툼을 끝내려면 뭐든 해야 했다.

하지만 누가 매즈논을 돌볼 것인가?

---

* 나이아가라 반도 포도주 양조장. 빔스빌 벤치에 있는 작은 로트 와이너리

매즈논은 고개를 저었다. 필요한 것이 있으면 냉장고를 열 수 있고, 니라가 건식 '개 사료' 한 봉지를 꺼내놓아도 괜찮고, 인간들이 하듯 화장실에서 볼일을 보고, 불이나 연기가 나면 집에서 나갈 수 있고, 물이 필요하면 뒷마당의 수도꼭지를 틀고 잠글 수 있었다. 그는 낯선 이와 함께 있고 싶지 않았다. 니라는 매즈논을 혼자 내버려두는 게 편치 않았다. 그러나 미구엘은 매즈논이 집 안에 안전하게 틀어박혀 있을 거라고 생각했다.

"매즈논은 잘 있을 거야."

미구엘의 뒤에서 매즈논이 동의하며 고개를 끄덕였다. 그리하여 니라는 불안했지만 결국은 그러기로 했다. 그리고 금요일이 되었다.

그날 아침, 니라와 매즈논은 함께 산책을 했다. 그들은 오랜만에 하이 파크를 찾았는데, 이제 열 살인 매즈논이 다른 개들이 가까이 있는 것을 견디지 못했고, 예전처럼 자신을 잘 방어하지도 못했기 때문이다. 그들은 공원을 걷기로 결정했지만, 개의 목줄을 풀어놓아도 되는 구역에서 떨어진 곳을 걷기로 하고 하이 파크와 파크사이드의 철과 돌로 된 문으로 들어갔다. 주변에는 거의 둘 뿐이었고, 사람도 개도 별로 없었다. 센터 로드에 이르자 그 길을 따라 커브를 돌아 언덕을 올라가며 계절에 대해 이야기했다. 딱히 특별한 이유는 없었다. 니라는 가을을 좋아한다고 말했다. 나무들의 색이 변하는 방식이라든가, 서늘한 날씨, 겨울이 오는 것이 참 좋았다. 매즈논은 좋아하는 계절을 가질 수 있다는 것을 몰랐다.

"다른 계절들보다 더 좋아하는 계절이 있을 텐데?" 니라가 말했다.

"왜 그래야 하는지 모르겠어. 난 계절이 언제 시작하는지 확신할 수 없고 계절들 사이에 있는 것이 좋아. 사이의 사이와 사이의 사이의 사이에 있는 것." 매즈논이 말했다.

여기서 그들은 둘 다 웃었다. 이따금 매즈논이 그렇듯 의도치 않게 재미있는 말을 해서가 아니라 그가 그녀를 놀리고 있었기 때문이다.

"백 개의 계절이 있을 거야." 매즈논이 말했다.

"네 말이 맞아." 니라가 말하며 매즈논의 귀 뒤를 긁어주었다. 매즈논은 그 느낌을 사랑했다.

그들은 평소보다 더 오래, 한 시간 또는 그 이상을 걸었다. 그들은 공원을 떠나서 소라우렌 애비뉴를 따라 피어슨 애비뉴까지 걸었고, 니라는 뭔가 먹고 싶다고 해서 대뜸 욕구를 채우는 것을 좋아하지 않았지만, 이곳 미치스 카페에서 당근 머핀을 사서는 마치 매즈논을 공범으로 만들려는 것처럼 그에게 좀 나눠주었다.

"너무 달아." 매즈논이 말했다.

"그렇지? 하지만 그건 당근이 달아서 그래. 게다가 매일 먹는 것도 아니잖아."

집에 오자 니라는 세면도구와 화장품, 검은 드레스 한 벌, 갈아입을 속옷 같은 필요한 짐을 싸고, 매즈논과 함께 모차르트의 오페라 「티토 황제의 자비」의 일부를 들었다. 시간이 지나고 미구엘이 퇴근해서 집으로 돌아왔다. 삼십 분도 지나지 않아 미구엘과 니라는 떠났다. 미구엘이 여행 가방들을 자동차로 가져갈 때 니라는 쭈그리고 앉아 매즈논의 눈을 바라보았다. 그것은 언제나 그를 불안하게 하는 행동이었다.

"정말 괜찮은 거지? 배가 고플 때를 대비해서 사료 봉지를 밖에 꺼내놓았어. 식료품 저장실에 더 있어. 바닥 선반의 냉장고에 스테이크가 있어. 바깥 수도꼭지가 잘 돌아가는지도 확인했고. 목이 말라도 아무 문제없을 거야. 정말 괜찮겠지?" 니라가 물었다

"응." 매즈논이 말했다.

이럴 때는 미구엘의 태도가 더 좋았다. 미구엘은 니라만큼 세심하게 마음을 쓰지는 않았지만 매즈논의 신경을 날카롭게 하지도 않았다.

니라는 매즈논의 옆구리 털을 손가락으로 쓸었다.

"일요일 오후에 돌아올게." 그녀가 말했다.

그러고 니라는 갔다. 그가 들은 마지막 소리는 현관문의

열쇠 소리와 현관 밖에서 점점 멀어지는 그녀의 발걸음 소리였다.

하루가 지났다. 그리고 또 하루가 지났다.

앞에서 언급한 대로, 지능이 변하고 가장 나쁜 점은 시간에 대한 새로운 자각이었다. 개들은 한순간이 수천 순간이기도 한 지극히 행복한 상태를 당연하게 받아들였었다. 하지만 변화가 있고난 뒤, 시간의 흐름을 느끼게 된 열다섯 마리 개는 각각 스스로 새로운 시간에 저항했다. 매즈논은 대부분의 다른 개보다 잘해나갔다. 지나가는 순간들의 자취를 잊도록 도와주는 니라가 있었기 때문이다. 니라와 함께 론스밸리스 길을 따라 걷거나 호숫가를 걷는 시간은 행복을 연장하고 싶었던 시간이었다. 오히려 둘이 함께한 시간은 너무 빨리 지나갔다. 그러나 니라가 가버린 시간은 지속되는 고통이었고, 그 고통에서 매즈논을 지켜주는 것은 거의 없었다. 처음 이십사 시간 동안에는 시간을 보내려고 니라를 위해 시를 썼다. 니라가 돌아와 알게 되면 놀랄 것이다.

여름은 연기로 가득 차고
잔디는 끝이 없어라.
이끼를 가로지르든 바닷말을 밟고 오든

작은 현관의 난간 위로 무릎을 얹든
운명은 가만가만 다가오리라.

　그런 다음에는 니라가 그를 위해 시디플레이어에 남겨둔
「탄호이저」를 듣고, 잠을 자고, 다시 「탄호이저」를 듣고, 밖에
나가 사람과 개들을 피해 하이 파크 가장자리를 돌아다니다
가, 잠을 자고, 다시 「탄호이저」를 듣고, 다시 잠을 잤다. 월요
일 아침, 잠이 깼는데 혼자임을 발견하고 혼란스러웠다. 부엌
시계는 잘 작동하는 것 같았다. 초침이 늘 그렇듯 팔짝팔짝 움
직였다. 하지만 니라는 돌아오지 않았다. 해가 서쪽에서 뜨는
것만큼 이상한 일이었다. 그날 그는 거의 먹지 않았다. 미구엘
과 니라가 좋아하지 않을 것을 알았지만, 매즈논은 그들의 침
대에 누워 있었다. 집 안에서 그들의 냄새가 가장 강했기 때문
이다.
　월요일은 어리둥절했다면 화요일은 말로 표현할 수 없이 이
상했다. 오후 어느 땐가 현관문 열쇠가 돌아가는 소리가 들렸
다. 그 소리에 매즈논은 정신이 번쩍 들었다. 그는 니라와 미구
엘의 리듬과 목소리와 몸무게를 알고 있었다. 문 앞에 있는 이
는 미구엘도 니라도 아니었다. 매즈논은 현관으로 달려가 으르
렁거리며 누가 들어오든 공격할 태세를 취했다. 그러나 그는 공
격하지 않았다. 공격할 수 없었다. 침입자는 낯익지만 '틀린' 사

람이었다. 매즈논은 가만있을 수 없었다.

"당신 누구?" 매즈논이 물었다.

남자, 미구엘의 동생은 문을 다 열기 전 잠깐 매즈논을 응시하며 서 있었다. 그리고 뒤에 있는 사람에게 말했다.

"맙소사! 이상한 이야기겠지만, 개가 말하는 소리를 들었다고 맹세할 수 있어."

그의 뒤에서 누군가 말했다.

"미구엘이 없으니 여긴 제대로 된 것이 하나도 없구나."

매즈논은 미구엘의 이름을 말한 사람을 공격하는 것을 간신히 멈출 수 있었다. 다른 사람은 그렇게 중요한 이름을 입 밖에 낼 권리가 없는 것 같았지만, 매즈논은 집 안으로 물러났다. 뒷걸음질 치며 꼬리를 내리고 미구엘의 가족을 집 안으로 들였다.

미구엘의 엄마는 집 안에 들어서자마자 울기 시작했다.

"오오!" 그녀가 울었다.

아들들이 그녀를 안았다. 그들 넷은 한 덩어리가 된 채 현관에 머물렀다. 매즈논은 그들의 감정을 자신의 감정이나 되는 듯 경험했다. 그들의 감정은 가장 모순되는 느낌을 불러일으켰다. 연민과 불쾌와 분노. 왜 나라가 아니라 이 사람들이 여기 있는 거지? 그들은 금방 떠날 듯이 보이지도 않았다. 그들은 현관에서 시간을 보내다가 마침내 남자들이 늙은 여자를 부축해서 거실로 들어섰다. 여자는 거실 소파에 무너지듯 앉았고 여전히 감정을 가누지 못했다.

정말 이상한 침입이었다. 누구도 매즈논에게 주의를 기울이지 않았다. 누구도 말을 하지 않았다. 그들은 온 집 안을 침울한 걸음걸이로 걸어 다니며 뭔가를 찾았다. 옷, 편지, 상자들. 대부분 미구엘의 형제들이 집 안을 뒤졌다. 마침내 그들의 어머니가 기력을 찾고 소파에서 일어나 아들들을 도와주었다. 매즈논은 그대로 거실에서 움직이지 않고 조용히 앉아 있었다. 니라가 언제 집에 오는지 묻지 않고 말없이 있기란 고문과도 같았다.

"개는 어쩌지?" 형제 가운데 하나가 물었다.

"사라가 데려갈 거야." 다른 누군가가 말했다.

"니라의 개니까. 니라의 친구가 데려가야지." 미구엘의 엄마가 말했다.

들어야 할 말은 다 들었다. 매즈논은 즉시 미구엘의 가족이 자신과는 아무 상관도 없음을 깨달았다. 그들은 니라에게 신의가 없었고, 그에게도 아무 도움이 되지 않았다. 매즈논은 소란이나 긴박감을 최소한으로 줄이며 앉아 있던 곳에서 일어나 그들에게서 멀어졌다. 부엌에 이르자, 뒷문을 열고 마당을 가로질러, 뒤쪽 울타리를 열고 누군가 막을 생각을 하기 전에, 제프리 스트리트를 따라 론스밸리스 애비뉴를 향해 반쯤 가 있었다. 그곳에서 그는 하이 파크로 들어갔다. 한때 그의 무리의 은신처였던 곳으로 되돌아간 것이다. 그곳은 비록 세상을 떠난 개들의 영혼이 출몰하는 곳이었지만 그에게 남은 유일한 장소였다.

다음 날 아침부터 매즈논의 기다림은 새로운 국면을 맞았다. 그는 집 쪽으로 돌아가 경계하며 길 건너편 자신에게 유리한 위치에서 니라를 기다렸다. 필요하다면 충분히 도망칠 수 있을 정도로 멀지만, 오고 가는 모든 것을 충분히 볼 수 있을 만큼 가까운 거리였다.

몇 년이 흐르는 동안 매즈논에게는 너무 서둘러 도망쳤던 것이 아닐까 자문해볼 시간이 많았다. 혹시 머물렀더라면 니라에 대해, 그녀의 행방에 대해 엿들었을지도 몰랐다. 이야기를 들었다고 해서 삶의 항로를 바꾸지는 않았을 거다. 미구엘의 가족이 무슨 말을 했던, 매즈논은 어떤 경우에도 같은 선택을 했을 것이다. 즉 니라를 기다렸을 것이다.

기다림의 시작은 나름대로 복잡했다. 기다리자는 결정은 없었다. 실제 결정이 필요하지도 않았다. 니라가 돌아올 것을 알기에 니라를 기다렸다. 니라가 그를 찾게 하는 건 생각할 수 없이 잔인한 일이었다. 하지만 기다리는 것 자체도 수많은 선택을 해야 했다. 예를 들어 먹어야 기다릴 수 있었다. 매즈논은 그런 식으로 니라에게 속해 있었기 때문에 죽을 수 없었다. 스스로 먹이를 찾아야 했기에 니라가 기다릴지도 모를 곳에서 멀리 떨어져 보내야 하는 시간에 분노했다. 대부분의 아침, 매즈논은 하이 파크를 어슬렁거리며 닥치는 대로 먹었다. 그래도 여전히 배가 고프면 누르는 장난감과 개 사료를 파는 애견 카페가 문을 열기를 기다렸다. 그곳 사람들은 예상한 대로 비스킷과 물 한 그릇을 내놓았다. 하루를 지내기에는 충분했다.

그런 다음 니라를 기다리는 계획을 세웠다.

처음에 그 장소는 미구엘의 가족이 들끓었다. 그들 중 하나가 매즈논을 볼 때마다 그를 쫓아 달려왔다. 왜 그들이 매즈논을 원하는지 알 수 없었다. 그들은 매즈논을 그들 소유로 생각하는 것 같았다. 그러나 매즈논은 그들이 쫓아오기 전에 그곳을 떠났다. 그는 블록 절반을 달렸고, 그들이 따라오는지 보려고 기다렸다가 반 블록을 더 도망쳤다. 그들이 포기할 때까지 계속 그랬다. 달리기는 늙은 뼈를 아프게 했지만 그는 잡히고 싶지 않았다.

또한 처음에는 몸을 숨긴 채 니라가 오는지 내다볼 수 있는 곳을 찾지 못했다. 한 장소에 오래 머무를 때마다 방해하는 인간이 있었다. 잡힐 뻔한 적이 있는데 누군가 토론토 동물 보호소에 그를 잡아가라고 전화를 걸었을 때였다. 매즈논이 알기로 동물 보호소는 심각한 곳이었다. 니라가 그들에 대해 경고했었다. 그들은 쓸모없는 개들을 죽였다. 그래서 그는 동물 보호소의 밴을 보는 즉시 그 자리를 떠나 건물 뒤로 달려가 숨었다가 살금살금 하이 파크로 갔다. 그곳 관목림에서 꼬박 이틀을 숨어 있었다. 이틀 동안 집에서 멀리 있으면서 니라가 왔을까봐, 그녀가 이미 와서 그가 없는 것에 속상할까봐 걱정했다.

그의 삶은 변했다. 기다림도 변했다.

매즈논에 대한 관심은 그와 미구엘과 니라의 집 잔디 위에 "판매합니다"라는 간판과 함께 사라졌다. 분명 미구엘의 가족은 그들 소유가 아닌 것을 팔고 있었다. 몇 주 만에 표지판이 내려오고 낯선 사람들이 그의 집을 들락거리기 시작했다. 여자 하나와 남자 하나, 금발의 작은 아이 둘이었다.

한 잔디밭에 머물거나 어떤 한 장소에서 기다리기보다는 지켜보는 지점들을 계속 바꾸었다. 길 건너, 두 집 아래, 한 집 아래, 심지어는 여자와 아이들이 폭력적이지 않다는 것을 확인하고는 예전 그의 집 뒷마당에 머물렀다. 여러 해가 지나면서 매즈논은 늙고 여위었고, 행여 니라가 돌아오는 때를 놓칠지도 모른다는 걱정을 조금 덜하는 법을 배웠다. 매즈논은 니라가 집에 왔을 때 자신을 찾으리라고 더 확신하게 되었고, 더욱이 그녀가 자신을 찾으면 어떻게든 알게 될 거라고도 확신했다.

매즈논의 삶이 일상으로 정착해갈 무렵 주변의 세상은 천천히 변했다. 니라가 떠난 지 이 년 뒤 제프리 스트리트의 사람들은 그를 위해 먹이를 내놓기 시작했다. 고기나 치킨 조각, 빵, 당근 등 먹고 남은 음식은 무엇이든 내놓았다. 그들은 다가오지 않고 거리를 유지했다. 회색이 조금 섞인 검은 개, 이해하기 어렵고 경계심을 늦추지 않는 개에게 여전히 조금 겁을 먹고 있었기 때문이다. 그러나 아무도 다시는 토론토 동물 보호소에 전화하지 않았다. 그 지역 개들도 그를 혼자 내버려두었다. 그가 두려워서도, 이상해서도 아니었다. 그의 일편단심 순수함이 존경심을 불러일으켰기 때문이다. 어떤 개도 매즈논의 결심이나 열망의 깊이를 의심하거나 오해할 수 없었다. 그들은 모두 기다림이 어떤 것인지 알고 있었기에, 때때로 어떤 개는 살짝 거리를 두고 매즈논과 함께 조용히 앉아서 기다렸다. 그의 기다림을 공유하는 것은 존경의 표시였다.

정신을 차리고 기다리려고 매즈논은 여러 가지 것들을 생각했다. 세월이 흐르며 그가 생각한 것은 천 가지나 되었지만, 그의 시간 대부분을 차지한 것은 두 가지 질문이었다. 첫 번째 질문은 인간에 대한 것이었다. 그는 인간이 무엇인지 궁금했다. 하지만 그 질문에 답변하기란 궁극적으로 불가능했다. 그는 인간 밖에서 태어났고, 따라서 인간들의 한계가 만들어낸 세상이 어떤 것인지 알 수 없었다. 가령, 겨울의 눈 냄새와 이른 봄의 눈 냄새를 구별하지 못하는 건 어떤 것일까? 눈을 가린 채로, 그 다양한 물맛이나 암컷이 발정했을 때의 냄새를 구별할 수 없는 세상은 어떤 종류의 것일까? 그토록 제한적으로 존재한다는 것은? 상상도 할 수 없었다. 물론 '인간'이라는 것이 개의 최상치를 제거하고 난 나머지라도 되는 듯이 자신 안의 것들을 제하고 남은 상태를 알기란 불가능했다. 인간을 아는 것은 불가능했다.

이 질문은 니라를 니라이게 하는 것이 무엇인지 생각해보려는 방법이었다. 니라가 보는 대로 세상을 상상하고, 니라가 느끼는 대로 느끼고, 니라가 생각하는 대로 생각해보려는 방법이었다.

두 번째 질문은 자신에 관한 것이었다. 개로 존재한다는 것이 무슨 의미일까? 만약 의미 같은 것이 있다면 말이다. 정말이지 그는 무엇인가? 이 세상 어디에 어울리는 존재일까? 그가 니라를 기다리는 것은 기다리는 본성이 있어서일까? 그의 헌신은 독특하고 고귀한 것일까? 대부분의 날들에 그는 기다림이 옳다고 느꼈을 뿐이었다. 그렇지만 아주 이따금 기다림은 본능에 지나지 않는다고, 그가 할 수밖에 없는 어떤 것에 지나지 않는다는 생각이 들었다. 그런 생각이 들 때마다 그는 슬퍼졌다. 그냥 주인이 아니라 그를 완성해준 존재, 그녀가 없었더라면 그가 이르지 못했을 존재로 만들어준 니라에게 단순한 본능이라니, 어울리지 않았다.

이렇게 개라는 종을 생각해보면서 매즈논은 니라에게 더

가까워졌다.

확실하지는 않지만 신들은 필멸의 존재들의 고통에 꼭 무관심하지는 않다. 이따금 필멸의 존재들의 고통은 그들에게 재미있고, 때로는 기분 전환이 된다. 그리고 비록 드물긴 하지만 감동하기도 한다.

매즈논의 기다림이 오 년 동안 계속되었을 때 제우스는 그개가 수명보다 훨씬 오래 살았고, 고통이 불필요하게 길어졌음을 알아차렸다. 매즈논의 고귀한 정신에 감동한 제우스는 운명의 여신들을 방문했다.

운명의 여신들을 방문하는 것을 즐거워하는 이는 없다. 그들은 거만했고 부탁하고는 거리가 멀었다. 그들의 모습은 별난데다가, 필멸의 존재들의 목숨 실을 잣고 있는 홀 자체도 유쾌하지 않다. 홀은 흰색으로, 길이는 무한보다 정확히 1밀리미터 짧고 높이는 10미터, 너비는 10미터다. 각기 특별한 감정의 에센스로 채워진 열한 개의 하얀 항아리가 클로토의 물레 가까이에 일렬로 놓여 있다. 클로토가 목숨의 실을 자으면 아트로포스가 자르기 전에 라케시스가 각각의 항아리에 실을 적신다. (원칙적으로 라케시스는 모든 목숨이 똑같이 넉넉하게 다양한 감정을 지니도록 한다고 장담하면서 항아리 모두에 각각의 실을 적신다. 그렇지만 예측불허인 라케시스는 어떤 실들은 한두 개의 감정만

적시어 어떤 삶을 단조롭거나 참을 수 없게 만든다. 라케시스 때문에 자살자들이 태어나는 거다.)

운명의 여신들이 사는 저택이나 그들의 성격을 고려해볼 때 다른 신들이 그들을 전적으로 피하는 것은 놀라운 일이 아니다. 그들이 자매끼리만 지내는 것도 당연했다. 그래서 제우스를 그들의 홀에서 맞는 클로토와 라케시스, 아트로포스의 태도에는 은밀한 기쁨과 공공연한 반항이 뒤섞여 있었다.

"우리를 책망하려고 오신 것이 아니길 바랍니다." 아트로포스가 말했다.

"난 시간이 시작되었을 때부터 그대들을 알고 있는데, 그대들이 비난받은 적은 없었지." 제우스가 말했다.

"제우스 님 말이 맞아. 우린 다른 신들이 할 수 없는 일을 하니 비난받아서는 안 되지." 클로토가 말했다.

자매들은 웃었다.

"그런데 임무를 늘 제대로 행한 것은 아닌 것 같아. 어떤 존재는 수명이 줄었고, 어떤 존재는 늘어난 것 같더군." 제우스가 말했다.

"만약 어떤 부당한 일이 있었다면 그건 신들의 왕에게 책임이 있을 겁니다." 아트로포스가 말했다.

"매즈논의 목숨을 연장한 것은 내가 결정한 것이 아니잖나. 그대들 셋이 한 무고한 존재의 고통을 길게 만들었지. 그대들은 내가 명시적으로 금지한 일에 개입했어. 하지만 그대들도 이유가 있었을 것이니 그 이유를 나와 공유해준다면 영광으로 생각하겠네." 제우스가 말했다.

"웃기시네." 아트로포스가 말했다.

"지금 언급하신 존재가 고통을 받고 있다면 아드님들에게 말해보시죠. 아드님들이 늘 끼어들곤 했으니까. 확신하건대 그들 탓인 것을 알게 될 것입니다. 오, 위대하고 막강한 제우스여, 어떤 이들은 자식들을 통제할 수 없게 된 당신을 비난할지도 모르지만요." 클로토가 말했다.

제우스가 머리를 숙였다.

"그대들이 할 수 있는 최소한은 매즈논의 고통을 끝내는 일일세." 제우스가 말했다.

"우린 하지 않을 겁니다. 그건 우리도, 제우스 님도, 어떻게 할 수 있는 일이 아닙니다." 아트로포스가 말했다.

"그렇다면 그를 영원히 기다리게 할 작정인가?"

"영원히는 아니죠. 걔는 불멸의 존재가 아니니까요." 라케시스가 말했다.

"기껏해야 오십 년이죠." 클로토가 말했다.

"걔한테는 긴 시간이지." 제우스가 말했다.

자신도 모르게 매즈논의 충심에 감동을 받고 있던 아트로포스가 양보했다.

"만약 제우스 님이 그 피조물에게 기다림을 포기하도록 설득할 수 있다면 우린 그의 생을 끝내도록 허용하지요. 그리고 혹시 다음번에 우리가 조언을 구하러 찾아가면 들어주시겠지요?"

운명의 여신들에게서 필요한 것을 다 얻은 제우스는 헤르메스와 아폴론을 불렀다.

"너희의 이번 게임으로 너희보다 내가 더 비싼 값을 치렀다. 너희 중 하나가 매즈논에게 기다림을 포기하도록 설득해라. 실패하면 너희 둘 다 그의 고통이 끝날 때까지 고통받을 거다." 제우스가 말했다.

"아버지, 위협까지 하실 건 없습니다. 우린 늘 착한 아들이었잖아요? 아버지가 부탁하는 건 뭐든 하겠습니다." 아폴론이 말했다.

제우스의 두 아들은 누가 어떻게 할 것인가를 놓고 다투었다. 아폴론은 잘 알려졌다시피 헤르메스가 꿈을 통해 필멸의 존재의 삶에 개입하는 경향이 있더라고 넌지시 말했다. 그래서 헤르메스는 매즈논을 자유롭게 하는 임무를 맡았다. 그들의 내기에 관해서는, 매즈논은 나라가 없으면 행복하게 죽을 수 없다는 데 두 신들은 동의했다. 이제 헤르메스의 마지막 남은 희망은 죽음이 임박한 프린스였다.

"알고 있겠지만 네가 나에게 빚진 노예의 세월이 무척 기대

돼. 불의 공 운전자 노릇을 네가 얼마나 좋아할지 두고 보겠어." 아폴론이 말했다.

니라와 매즈논에게 신성한 친밀함을 허락함으로써 헤르메스는 자신의 일을 더 어렵게 만든 셈이었다. 매즈논에게 그냥 기다림을 포기하라고 요구하는 것은 소용없었다. 헤르메스는 니라가 돌아오지 않는다는 사실을 이해시킬 수 있는 말솜씨가 없었다. 또한 그 자신이 매즈논을 존경하게 된 것도 도둑의 신 헤르메스에게 방해 요소가 되었다. 뻔한 속임수는 고려 대상에서 제외되었다. 예를 들어 니라로 변장할 생각은 없었다. 그러나 매즈논은 니라 없이 행복할 수 없다는 것, 매즈논의 기다림은 헛되다는 것을 알고 있었기에, 헤르메스는 매즈논이 자신의 죽음을 받아들이도록 작은 자비를 베풀고 싶었다.

어느 날, 매즈논이 옛날 그가 살던 집 맞은편 마당에 앉아 있는데, 밝은 파란색 눈을 빼면 자신과 꼭 닮은 검은색 푸들이 무리의 언어로 인사를 했다.

"네 곁에 앉아도 괜찮아?" 헤르메스가 물었다.

무리의 언어를 듣고 기뻐서 매즈논은 말했다.

"응, 괜찮아. 그런데 어떻게 우리 언어를 알아?"

"난 여행을 잘 다니거든. 많은 언어를 알아." 헤르메스가 말했다.

"인간의 언어도?"

"응. 많은 곳에서 살았거든." 헤르메스가 말했다.

매즈논이 영어로 말했다.

"넌 매우 똑똑한가보구나."

헤르메스도 영어로 대답했다.

"맞아. 하지만 난 내 장점에 대해 말하는 걸 좋아하지 않아."

매즈논은 그가 예전에 꿈속에서 보았던 존재임을 알아차렸다.

"넌 개가 아니야. 난 널 알아. 왜 왔어?" 매즈논이 물었다.

"널 도와주러 왔어."

"니라가 어디 있는지 말해줘." 매즈논이 말했다.

"너를 니라에게 데려다줄 수 있어. 하지만 넌 이곳을 떠나야 할 거야." 헤르메스가 말했다.

매즈논은 오 년 동안 바라보고 있는 집을 건너다보았다. 붉은 벽돌과 높은 굴뚝, 피라미드 모양의 지붕, 삼 층의 덧문 달린 창문, 이 층의 내닫이창, 지붕이 있는 현관, 앞마당의 푸른 가문비나무, 산울타리로 쓰이는 여러 종류의 덤불들. 누군가는 매즈논이 사랑한 것은 벽돌과 알루미늄과 목재라고 할지도 모르겠지만, 그것들이 소중한 까닭은 당연히 니라가 그 안에 살았었기 때문이다.

"난 떠날 수 없어." 매즈논이 말했다.

그러자 헤르메스가 말했다.

"그럼 내가 함께 있어 줄게. 네가 허락한다면 말이야. 너를 위해 내가 해줄 수 있는 일이 있어?"

매즈논은 헤르메스의 질문을 숙고해보았다. 원하는 것은 없었지만, 방문객의 힘이 어느 정도인지 궁금했다.

"시간을 멈춰줘." 매즈논이 말했다.

"그건 매우 불쾌한 건데. 하지만 네가 원한다면." 헤르메스가 말했다.

그리고 시간이 멈추었다. 두 집 건너 나뭇가지에 내려앉아 있던 새가 울기를 멈췄지만, 시간이 멈춘 그 순간 내던 같은 소리를 계속해서 내고 있었다. 어떤 소리도 사라질 시간이 없었으므로 주변의 소음을 참기 어려웠다. 온 대지에서 귀를 먹먹하게 하는 경보음이 울려댔다. 꽃이 만발한 관목 나뭇잎들 위에 떠 있는 나비는 젤리 같은 공기에 갇힌 것으로 보였고, 노란색 가장자리에 박힌 날개의 하늘색 점들이 똑똑히 보였다. 심지어 냄새들조차 멈춘 것 같아서 매즈논이 머리를 살짝 움직이자 마치 운모의 층처럼 켜켜이 겹쳐 있는 냄새 하나하나를 맡을 수 있었다.

"이제 됐어." 시간이 멈춘 지 몇 초도 되지 않아 매즈논이 말했다.

"난 재미 삼아 이런 걸 해보곤 했어. 내가 얼마나 견딜 수 있을지 시험해본 거야. 매즈논, 난 너처럼 오래 견디지 못했어. 그런데 나의 형 아레스는 며칠이고 참더라." 헤르메스가 말했다.

"형이 강한가 보네." 매즈논이 말했다.

"아니. 소음은 형에게 전쟁을 떠올리게 해서 좋아하는 거야." 헤르메스가 말했다.

그 순간 매즈논은 헤르메스가 얼마나 완전하게 세상을 초월하는지 깨달았다. 그는 겁이 났지만 물어보았다.

"신이 되는 건 어떤 거하고 같아?"

"참으로 미안하지만, 그걸 진정으로 표현할 수 있는 유일한 언어는 필멸의 존재들이 배울 수 없는 거야." 헤르메스가 말했다.

"넌 우리처럼 느껴?" 매즈논이 물었다.

"아니. 네가 감정이라고 부르는 것은 내게는 다른 질서와 본성을 지니고 있어. 수증기나 연기처럼 감지할 수 있는 거야." 헤르메스가 말했다.

"정말 이상하다." 매즈논이 말했다.

잠깐 둘은 조용히 함께 앉아 집들과 하늘과 세상을 생각했다. 지나가던 사람들은 매즈논이 늘 있는 지점 가운데 하나에서 늘 하듯이 시선을 앞에 고정하고 앉아 있는 것을 보았다.

그들은 헤르메스를 보지 못했다. 반면 개와 고양이, 새들은 매즈논을 보기 전에 헤르메스를 보고 모두 겁을 먹었다.

매즈논이 묻고 싶었던 질문은 천 가지가 있었다. 개는 인간보다 위대한가? 어떤 존재가 가장 똑똑한가? 왜 죽음이 있는가? 삶의 목적은 무엇인가? 질문 대부분이 흥미로운 것들이었으나, 지금 매즈논에게는 그 답이 중요하지 않았다. 매즈논이 알고 싶은 단 한 가지는 니라의 행방이었다. 하지만 그는 그 질문을 하기가 두려웠다. 아니, 답이 두려웠다. 헤르메스는 매즈논을 존중하기에 니라에 관해 말하지 않았다. 오히려 먼저 묻기를 기다렸다.

매즈논은 중요한 한 가지 주제를 꺼내지 못했음에도 헤르메스와 함께 있어 다소 마음이 편안했다. 그들은 (말없이) 수많은 것들에 관해 이야기했다. 신은 개의 마음속에 있었다. 그렇게 낮이 순식간에 지나갔다.

해가 지자 매즈논은 마지못해 자리를 떠났다. 그와 헤르메스는 론스밸리스 애비뉴를 따라 하이 파크를 향해 천천히 걸어갔다. 매즈논은 킁킁 땅 냄새를 맡았고, 헤르메스는 그를 한 식품점 뒤의 골목으로 이끌었다. 그곳에서 그들은 오래 묵은 빵과 폴란드 소시지 한 토막을 발견했다. 매즈논은 원하는 만큼 먹고 나서 서쪽 하이 파크로 걸어갔다. 이제 빨리 움직일 수 있는 나이가 한참 지난 그는 날이 따뜻해도 공원 주변의 놀이터라든가 오리 연못, 전차가 돌아 나오는 곳보다 훨씬 더 멀리 가는 일은 드물었다.

마침내 그들이 소나무 가지 아래 앉았을 때, 회피했던 질문이 생각 속으로 밀고 들어왔으므로 매즈논은 불안을 숨길 수 없었다.

"보아하니 나에게 묻고 싶은 게 있는 듯한데?" 헤르메스가 말했다.

"'사랑'이 무슨 의미인지 말해줄 수 있어?" 매즈논이 물었다.

해는 거의 완전히 졌다. 진홍색 선이 나무들 바로 위에 놓여 있었다. 낮의 소음과 비교하면 감지하기는 더 어려웠으나 훨씬 더 흥미로운 밤의 소음들이 들렸고, 공원은 가로등과 달빛으로 여기저기 밝혀져 있었다. 그림자가 짙어졌다.

"너희의 몸은 아주 우아해. 너희의 감각은 훌륭해. 난 너희를 바꿔놓은 것을 후회해, 매즈논. 네가 옛날의 너라면, 다른 개들과 같은 개라면, 지금 했던 질문은 네게 떠오르지 않았을 거야. 넌 아마 이미 답을 알고 있을 거야." 헤르메스가 말했다.

"그 단어는 니라를 생각나게 해." 매즈논이 말했다.

"이해해. 우리 약속을 하자. 네 질문에 대답해줄 테니, 넌 이곳을 떠나는 걸 생각해봐." 헤르메스가 말했다.

"나는 니라 없이는 떠날 수 없어." 매즈논이 말했다.

"그냥 생각해보라는 거야." 헤르메스가 말했다.

매즈논은 동의한 다음 똑바로 앉았다.

"네가 알고 싶어 하는 것은 매즈논, '사랑'이 무슨 의미인지가 아니야. 그것은 아무것도 의미하지 않고 앞으로도 그럴 거야. 네가 알고 싶어 하는 것은 니라가 그 단어를 썼을 때 무엇을 의미했는지야. 그건 더 어려워. 왜냐하면, 니라의 사랑이란 단어는 한 여인이 혼자서 했던 긴 여행과 같은 거니까. 그녀는 책에서 그 단어를 읽었고, 대화에서 그 단어를 들었고, 친구들과 가족, 미구엘하고 너와 그것에 관해 이야기했지. 누구도 니라가 품거나 썼던 것과 같은 방식으로 사랑이라는 단어를 접하진 않았지만, 난 너를 니라가 지났던 길로 데려갈 수 있어."

번역가의 신 헤르메스는 니라가 사랑이라는 단어와 함께 한 모든 만남의 몇 가지 핵심적인 특징을 매즈논이 알도록 도와주었다. 니라가 그 단어를 듣거나 생각하거나 말했을 때 어떤 느낌이 들었고 또 어떤 생각을 했는지, 스쳐가는 작은 인식부터 가장 깊은 감정까지 그리고 그사이의 모든 지점을 다 알게 해주었다. 매즈논은 '니라의 사랑'에 대한 이해가 깊어지면서 괴로움도 깊어졌다. 니라는 마치 그들과 함께 있는 것처럼 복원되었지만 역시 그에게서 멀리 떨어져 있었다. 갑자기 매즈논은 니라가 없는 것이 견딜 수가 없었다.

매즈논은 슬픔에 압도된 나머지 통곡할 수조차 없었다. 겨우 할 수 있었던 것이라고는 한숨뿐이었다. 그는 적갈색 솔잎

위에 엎드려 앞발을 포개놓고 그 위에 머리를 얹었다.

"더는 기다릴 필요 없어. 널 니라에게 데려다줄게." 헤르메스가 말했다.

그 순간 매즈논은 니라를 다시 보기 위해서라면 무엇이든 했을 것이다. 그래서 도둑의 신 헤르메스를 믿고 기다림을 포기했다. 그의 영혼은 헤르메스의 안내를 받아 저녁의 어스름 속을 여행했다.

5

두
가
지
선
물

프린스의 시에 힌트가 있었던가? 신이 안
전하게 내기를 걸 만한 영혼의 소유자라는 분명한 힌트가? 아
니, 꼭 그렇지는 않았다. 수가 점점 더 줄어간 개들 외에는 알
지 못하는 언어로 시를 쓰고 또 기억하는 데 시간을 보낸 개를
낙관적으로 봐야 할 설득력 있는 이유는 없었다. 사실, 마지막
시들을 쓸 무렵 프린스는, 존재하게 된 것과 마찬가지로 갑작
스레 사라져버린 무리의 언어를 이해하는 지상에서 유일한 존
재였다.

지난밤의 쓰레기를 마음에 담고

잿빛 눈의 새벽을 달려

갈색 개가 세로 홈이 파인 문을

총총 통과한다.

새들이 세상 저 위에서

떨어진 치즈 한 조각에 대해

그가 먹었던 시시케밥*에 대해

집에서 그를 기다리는

온갖 음식에 대해

노래하는 동안.

그러나 거기에는 뭔가가 있었다. 프린스의 재치와 장난기는 내면의 특이한 요소였고, 반짝이는 깊이였다. 바로 그것을 결국 도둑들의 신 헤르메스가 보호하기로 선택했던 것이었다. 프린스의 정신은 일종의 수은처럼 유동적이었다. 그 개는 비참하게 죽기 쉬운 것처럼 행복하게 죽기도 쉬웠다.

프린스는 앨버타 주 랠스턴에서 태어났다. 믹스견들 사이에

---

* 중동 지역 요리로 양고기·쇠고기 등을 포도주·기름·조미료로 양념해서 꼬챙이에 끼워 구운 것

서 태어난 믹스견이었다. 어떤 종들의 피가 섞였는지 말하기는 불가능했다. 중간 길이의 털은 적갈색이었고 하얀 털이 가슴을 덮고 있었다. 골든 리트리버가 좀 섞인 것은 거의 확실했고, 어쩌면 보더콜리도 조금 섞였다. 그를 데려간 가정에선 그의 품종을 문제삼지 않았다. 그를 먹이고 산책시키고 그의 뒤를 쫓아 대초원을 가로지르고 그와 함께 땅다람쥐를 사냥하던 청년 킴에게는 전혀 문제되지 않았다.

프린스의 성격은 일부 선천적인 것이었지만 그의 장난기와 지능을 북돋워준 킴 덕분에 만들어진 것이기도 했다. 또한 앨버타 주 자체도 나름대로 그 땅의 이미지를 지니도록 해주었다. 프린스가 앨버타 개들다운 개가 되도록 해준 것이다. 이 년 동안 랠스턴은 그의 집이었고 활동 영역 전체였다. 프린스는 랠스턴과 그의 삶 모든 것을 사랑했다. 여름에 대초원이 풍기는 냄새부터 깡통에 든 개 사료의 맛에 이르기까지, '22 라이플총'의 깜짝 놀랄 날카로운 소리부터 상처 입은 설치 동물들을 쫓아갈 가능성까지, 킴의 침실 냄새부터 그가 온 가족에게 받는 애정까지 모든 것을 사랑했다. 프린스의 처음 두 해는 모든 면에서 목가적이었다.

그런 다음 고향을 떠나 타지로 갔다. 킴은 랠스턴에서 이사하면서 프린스를 데려갔다. 여행 자체가 점차 괴로워졌다. 그들이 떠난 것은 쌀쌀한 봄날 아침이었다. 이른 시각이었지만 프린스는 토끼를 사냥하러 간다고 상상하면서 전율했다. 그렇기는 해도 분위기가 이상했다. 몹시 긴장되어 있었다. 프린스는 킴의 어머니가 화가 나 있는 걸 느낄 수 있었다. 그러나 킴의 어머니는 프린스가 알 수 없는 이유로 종종 화가 나 있었기에 그녀가 우는 것도 가족의 태도가 평소와는 달리 경직되어 있는 것도 무시하고 자동차 안으로 뛰어들어가 신이 나서 허공에 코를 쿵쿵거리며 설치 동물의 냄새를 맡았다.

비누 냄새와 엔진 오일 냄새가 나는 셔츠를 입은 킴은 창문을 열어두었고, 프린스는 코끝을 살그머니 밖으로 내밀고 태양이 아침을 태워 없앨 때 이슬에 젖은 땅바닥에서 나는 냄새를 맡을 수 있었다. 얼마나 상쾌했는지! 그러나 그 익숙한 냄새들은 어느새 단조로운 냄새로 바뀌었다. 타르와 먼지와 바위 냄새. 세상은 다른 모습이 되기 시작했다. 집에서 멀리 보이던 아름다운 풍경은 점차 답답할 정도로 가까운 곳에 있었다. 그리고 결코 사냥을 위해 자동차를 멈추지 않을 것처럼 느껴졌다. 킴이 그를 목줄에 묶어 자동차 밖으로 나가게 해주었으므로 프린스는 휘발유 냄새가 나는 세상의 중간 어디쯤 있는 작은 잔디밭에 오줌을 눌 수 있었다. 이따금 그들은 음식을 먹었고 다시 출발하기 전에 자동차에서 잠을 잤다.

거기서부터 세상은 소리도 냄새도, 날듯이 지나가는 풍경도 점점 더 알지 못하는 곳이 되어갔다. 높은 빌딩과 지나가는 자동차들만 남기고 프린스가 사랑했던 모든 것이 사라진 것처럼 보였다. 그것들은 풍요로 변장한 공허였다. 그들은 도시에 도착했다.

처음 며칠 동안 프린스를 끊임없이 어리둥절하게 했던 도시는 그에게서 킴도 데려가 버렸다. 만약 프린스가 새로운 세계를 이루고 있는, 겉보기에 끝없이 연결된 미로에서 길 찾는 법을 배울 시간이 있었더라면 킴을 다시 찾을 수 있었을지도 몰랐다. 그러나 그럴 시간이 없었고, 더구나 어떻게 킴이 사라질 수 있는지도 이해하지 못했다. 그들은 작은 강이 흐르는 계곡을 거닐고 있었다. 나무와 새들이 있었고, 치명적으로, 다람쥐도 있었다. 어느 순간 그와 킴은 함께 걷고 있었지만, 다음 순간 프린스는 계곡 한쪽으로 달려 올라가는 다람쥐를 쫓고 있었다.

"프린스! 가지 마! 가지 마!"

그가 들었던 킴의 마지막 소리였다.

킴의 목소리는 진지했다. 대부분의 경우라면 즉시 킴에게 돌아갔을 것이다. 그러나 문제의 다람쥐는 무례했다. 다람쥐는 프린스가 이빨로 물기를 바라는 것이 확실했다. 또한, 나무와 물이 있었고, 기억에 있는 듯한 세계의 냄새가 있었다. 그는 기쁨으로 가득 찼다. 할 수 있는 한 빨리, 그냥 달리며 언제 다시 느끼게 될지 모를 흥분을 느꼈다. 멋진 게임이었다! 그렇게 프린스는 계곡의 비탈로 달려 올라갔다. 그곳은 킴이 쉽사리 쫓아올 수 없는 곳이었다. 그런 다음 양파와 페인트와 고기 요리 냄새가 나는 집들 사이를 지나며 낯선 거리를 탐험했다.

얼마 뒤, 프린스는 탐험을 중단했다. 게임은 끝났다. 그는 킴을 찾기 시작했다. 어느 집 문이 열리며 한 여자가 들어오라고 부르더니 물과 비스킷을 주었다. 그 집에 얼마나 오랫동안 머물렀는지는 알 수 없었다. 그는 밖으로 나가려고 짖었지만, 여자는 그에게 목줄을 채웠고 산책을 데리고 나갔으며 그를 붙잡아두었다. 며칠 뒤, 어쩌면 몇 주 뒤, 프린스는 가까스로 도망쳤다. 물론 그는 킴을 찾아보았으나 킴의 흔적은 모두 사라지고 없었다. 프린스는 킴과 헤어진 계곡에서 멀리 와 있었고, 갈피를 잡을 수 없는 미로와도 같은 거리에서 길을 잃었으며, 주의를 산만하게 하는 새로운 느낌들 때문에 심란했다.

이어지는 날들은 암울했다. 느낌이나 냄새로 거의 속속들이 알게 된 랠스턴에 있을 때조차 프린스는 인간의 친절을 확신할 수 없었다. 전에도 주변에 뒤를 쫓거나 돌을 던지는 사람들이 있었다. 그는 가장 나쁜 사람들을 알고 그들을 피해왔다. 그런데 여기 도시에서는 누구를 피해야 할지 알지 못했다. 그래서 너무 배고프고 목이 말라 사람들에게 다가가 간청해야 하기 전까지는 모든 사람을 피했다.

프린스가 모든 것을 잃지 않았다면, 그때부터는 운이 좋았다고 말할 수도 있다. 일주일 동안 거리를 돌아다니며 쓰레기통을 뒤지고 땅바닥에서 우연히 발견한 것은 뭐든지 먹으며 지내다가 한 커플이 그를 받아들여 잘 대해주었다. 그들은 프린스에게 먹이를 주고 물을 주었으며 거기 머물도록 해주었다. 킴이 기억날 때마다 프린스는 그들 집에 있는 것이 마음 내키지 않았으나, 적어도 그들은 그를 해치려 하지 않았다. 그들은 프린스가 집 안팎을 드나들도록 허락했기 때문에 그들에게 되돌아갔다.

그렇긴 해도 그들은 완전히 믿을 만한 사람들이 아니었다. 킹 앤 쇼 스트리트 병원에서 프린스를 하룻밤 묵게 한 것이 그들이었다.

그날의 변화는 프린스에게 다른 개들과는 다른 영향을 미쳤다. 아니면 다소 특별한 방식으로 훨씬 더 영향을 끼쳤다. 프린스는 변화가 일어난 그 순간부터 언어에 대해 생각하기 시작했다. 이름과 이름 붙이기는 특별한 일로, 특별히 쓸모 있는 일로 여겨졌다. 이름을 붙인다는 것은 한 사물에 소리 하나나 일군의 소리들을 부과하는 추상적인 관념이었다. 물론 그런 부과의 개념이 생소한 것은 아니었다. 그는 '맛있다'라는 단어를 비스킷과 연결시켰다. 사실 바로 이런 식의 연상이 그가 언어에서 느끼는 즐거움의 뿌리였을지도 모른다.

이름과 이름 붙이기에 대한 생각에 영향을 준 것이 무엇이든 프린스는 뭔가를 너무 심각하게 받아들이는 부류가 아니었다. 그것은 그의 본성이 아니었다. 프린스는 우리가 보았듯이 처음으로 새로운 언어로 말장난을 창안했다. 짤막한 농담과 수수께끼를 창안하기도 했다. 예를 들어

다람쥐와 플라스틱 오리의 같은 점은?
이빨로 물면 둘 다 꽥꽥거린다.

또는 더 형이상학적으로

왜 고양이는 늘 고양이 같은 냄새가 날까?
오, 저것 좀 봐! 다람쥐야!

대충 들으면 프린스의 농담에서 어떤 면은 분명 즐기기 어려울 것이다. 우선, 무엇이든 처음의 것은 압도적이기 쉽다. 무리의 언어로 된 최초의 이 농담들은 들어서 즐겁다기보다는 숙고나 감탄의 대상이 되었다. (모든 개에게 그랬다.) 가령 처음 다람쥐에 대한 농담은 보통은 연관되지 않는 사물들을 연관시킴으로써 사실이면서 또 기발하게 보였다. 그다음으로

는 농담의 언어적 특징이 있었다. '다람쥐'를 칭하는 단어를 말하는 것은 극히 즐거웠으니 말이다. (모두 이에 동의했다.) 마지막으로, 프린스의 퍼포먼스가 있었다. 그는 언어에서 얻은 즐거움을 나누려고 자기 말을 들어줄 청중이 필요했으나, 다른 개들은 프린스가 해야 했던 말들을 듣는 데 익숙하지 않았다. 그들의 주의를 붙잡으려면 태도와 어법과 말투, 모든 것이 주목해야 할 만큼 흥미로워야 했다. 비록 이야기꾼으로서의 사전 경험이 없었음에도 프린스는 새로운 이야기 방식을 발명했다. 이것이 그를 사랑한 이들에게서 사랑을 받은 이유였다.

이 새로운 이야기 방식 때문에 미움을 받기도 했다. 애티커스와 같은 개들은 프린스가 그들 언어를 왜곡하는 것을 좋아하지 않았을 뿐만 아니라, 그런 프린스를 어떻게 다루어야 할지 알지 못했다. 프린스는 말과 연기 능력을 감탄받으며 일종의 지위를 얻은 셈인데, 그것은 너무도 새로운 것이어서 그 지위와 어떻게 싸워야 할지 생각하기 어려웠다. 감탄스럽기는 하지만 개들의 전통적인 재능과 너무도 다른 재능을 가진 개에게는 어떤 지위를 부여해야 할까? 이상하게 말하는 개는 무리에게 어떤 영향을 끼칠까? 그는 위험할까? 이 질문들에 대한 답은 쉽지 않았고, 결국 프린스에 대한 두려움은 그를 제거하려는 음모로 바뀌었다.

두 번째 유랑을 해야 했을 때 꿈속에서 일어난 일처럼 너무나 낯설고 당황스러웠고, 첫 번째 떠돌게 된 것과 마찬가지로 충격적이었다. 프린스가 세상이 자신을 원하지 않는다고 생각한 것도 무리는 아니었고, 한동안은 우울증 같은 것으로 고통받았다. 그는 자신과 그의 언어를 살릴 방법을 찾으려고 도시를 돌아다녔다. 프린스는 이제 그 언어의 비공식적 수호자였다. 그러나 또 한 번의 유랑과 사별을 겪었지만 프린스에게 '운이 좋다'고 말해도 합당할 것이다. 집도 없고 킴도 없고 무리도 없지만 적어도 그가 사랑하는 한 가지, 그와 언제나 함께하는 한 가지가 있었기 때문이다. 바로 무리의 언어였다.

무리의 언어와 프린스의 관계는 공교롭게도 그의 세계관과 성격에 큰 영향을 주었으므로 그가 지상에서 보내는 시간이 이 끝나갈수록 아폴론은 프린스의 삶이 어떻게 끝날지 확실하지 않았다. 이 불확실성은 헤르메스보다 역병과 시의 신인 그에게 더 영향을 끼쳤다. 아폴론은 하필이면 시인 때문에 내기에서 질지도 모른다는 데 화가 났지만, 또한 동생의 노예 살이를 얻어낼지 말지 모른다는 점도 마음이 편치 않았다. 아폴론이 싫어하는 것이 한 가지 있다면 그것은 헤르메스에게 지는 것이었다.

"들어봐. 그 개는 평생 떠돌아다녔어. 여러 해 동안 불행하게 지냈지. 불행한 죽음밖에 있을 수 없어. 우리가 당장 내기를 끝내지 않을 이유가 뭐 있어? 네가 좋다면, 네가 벌칙을 두 배로 올린 것은 없던 걸로 할게. 네가 일 년만 빚졌다고 치는 거야." 아폴론이 동생에게 말했다.

"싫어." 헤르메스가 말했다.

"자신 있어? 내가 너라면 이 기회를 놓치지 않을 텐데."

"그렇게 자신 있다면 왜 벌칙을 세 배로 올리지 않는 거야? 우리 삼 년으로 하는 게 어때?" 헤르메스가 물었다.

"진심은 아니겠지. 넌 애초부터 진지하지 않았어. 얼핏 보아도 전제가 잘못되었어…." 아폴론이 대답했다.

"지금 나랑 따져보자는 거야?" 헤르메스가 물었다.

"무례하게 굴 필요는 없을 텐데. 난 그저 네가 죽음의 순간에 관해 내기했을 때 진지하지 않았다는 점을 지적하는 거야. 네가 인간더러 멋진 삶을 살다가 끔찍한 죽음을 맞겠느냐 아니면 비참한 삶을 살다가 멋진 죽음을 맞겠느냐 선택하라고 하면 무엇을 선택했을 것 같아? 죽음의 '순간'은 중요하지 않아." 아폴론이 말했다.

헤르메스가 히죽히죽 웃었다.

"형, 지금 따지고 있잖아. 형 질문에 대답할게. 젊은이는 신나는 삶을 택할 거고 늙은이는 행복한 죽음을 택할 거야. 하지만 그건 중요하지 않아. 형이 삶과 죽음이라는 용어에 동의했으니까."

"네 말이 맞아. 그건 중요하지 않아. 그 개는 다른 개들처럼 비참하게 죽을 거고 난 널 몇 년 동안 염소 부리듯 부려먹을 거야." 아폴론이 말했다.

그렇지만 아폴론은 화가 났다. 신들이 화가 나면 그러듯 그는 필멸의 존재에게 화풀이를 했다. 이번에는 대상이 프린스였다. 그 개는 삶의 마지막 몇 개월을 보내고 있었지만, 그리고 제우스가 아들들에게 절대 개들의 삶에 관여하지 말라고 했지만, 아폴론은 프린스의 삶에 은근슬쩍 관여했다. 이제 열다섯 번째 해를 사는 개를 고통스럽게 하려고 한 줌의 모래를 사용해서 고통을 내려 보냈다.

몇 해가 지나면서 프린스는 토론토의 많은 곳을 탐험했지만, 가장 잘 아는 곳은 가운데 지역과 남쪽 지역이었고, 마지막에는 우드바인과 킹스턴 로드, 빅토리아 파크, 온타리오 호수를 경계로 하는 지역을 선호했다. 여러 집과 주인들 사이에서 시간을 나누어 쓰면서, 그는 더비치 지역을 집으로 생각하게 되었다. 그는 더비치가 친숙했고, 그것이 주는 몇 가지 즐거움을 사랑했다. 예를 들어 킹스턴 로드를 내려가 식물의 신비 속으로, 즉 글렌 스튜어트 파크로 들어가는 즐거움이 있었다. 또 겨울 호숫가(꽁꽁 얼어붙은 모래)의 느낌, 또는 여름 호숫가(금속과 물고기와 인간들이 몸 위에 듬뿍 바르는 오일)의 냄새가 있었다.

프린스는 자신의 영역에서 탈출로라든가 지름길, 우회로 같은 많은 안전한 길을 알고 있었다. 만약, 그래야 한다면 메인 근처 킹스턴에서 네빌 파크의 맨 안쪽까지, 큐 비치 동쪽과 북쪽에서 윌로우와 발삼이 만나는 곳까지 모든 길을 냄새로 찾아갈 수 있었다. 물론 어떤 길은 다른 길들보다 더 잘 알았다. 예를 들어 킹스턴 로드가 그랬다. 얼마나 사랑스럽게 굴곡진 길인지! 감각들 사이를 굽이쳐가는 길이었다. 낯선 향신료들, 글렌 스튜어트 파크로 들어가는 습한 입구, 갓 구운 빵, 건물에서 뿜어 나오는 예기치 않은 수증기, 콘크리트 빌딩들의 따분한 냄새와 화학 물질 냄새, 가로등과 신호등의 깜박거림, 그리고 저녁의 모든 불빛, "쭈쭈쭈쭈, 이리와!" 부르는 인간들, 뭔가를 찾으려는 듯 등의 털 속을 훑는 손, 희미한 향수의 달콤함. 킹스턴 로드는 언제나 친숙했지만, 그러나 늘 낯설기도 했다. 그다음, 비치 애비뉴나 윌로우 애비뉴는 어떤가? 그 길들은 프린스가 잘 알지 못하는 길들 가운데 하나였다. 그는 냄새와 거리 표지판에 보이는 이름들의 방식에서 그 길들을 알아보았지만, 그것들은 호수까지 가는, 아물거리는 기억 속의 길들에 지나지 않았다. 초록과 잿빛, 잔디와 보도의 구간이었고, 불확실하고 기억하기 어려운 구간이었다. 그러나 한 영역을 안다는 것은 무엇을 더 알아야 하는지를 아는 것이다. 비치 애비뉴와 윌로우 애비뉴는 프린스가 탐험하기 위해 남겨둔 것의 일부였고, 여러모로 매우 풍족한 더비치 지역의 일부였다.

더비치 지역에서는 개들이 보통 목줄에 묶여 있는 것도 똑같이 중요했다. 안심이 되는 곳이었다. 왜냐하면, 프린스도 매즈논처럼 자신을 방어하는 법을 배웠지만 다른 개들을 진압하는 것은 싫었기 때문이다. 우선 첫째로, 개 하나를 지배할 때마다 그의 언어를 말하거나 가르칠 수 있는 개의 수가 줄었다. 이따금 그는 다른 개가 물도록 허락했으나 그렇다고 형편이 더 낫지는 않았다. 상대를 지배할 수 있다고 생각하는 개들은 상대의 이야기를 가장 안 들었다. 둘째로, 나이가 들면서 공격적인 개들을 다루기가 더욱 어려워졌다. 그리하여 이상한 생각 같기는 했지만, 프린스는 목줄에 감사했다.

또한 더비치는 인간들이 대부분 그를 혼자 있도록 내버려두는 곳이기도 했다. 인간들은 더 좋아하는 일이 있는 듯했다. 커다란 공을 공중에 던지거나 작은 바퀴가 달린 신발을 신고 미끄러지듯 달리거나 아니면 직접 호수 속으로 떨어져 내리는 일 같은 것 말이다. 호수의 물은 오줌과 물고기와 천 개의 더러운 양말이 들어 있는 (기막히게 좋은) 냄새가 났다. 인간들과 가장 심각한 문제가 생기는 건 어느 한 인간에게 속한 개에게서 자신을 방어해야 할 때였다. 인간들은 그들의 개를 방어하는

데 잔인해지기도 했고, 한술 더 떠서 프린스가 인간을 문다면 곤란한 일이 생길 것을 잘 알았다. 그래서 드물지만, 인간들이 공격하면 자신의 영역이라고 여기는 곳처럼 잘 아는 영역으로 달아났다.

프린스의 가장 감동적인 시들이 더비치에 대한 것임은 아마 놀랄 일이 아닐 거다. 예를 들어 「호수가 가장자리로 온다」라는 시는 2011년 죽기 전 여름에 지었다.

> 불빛이 만 주위로 올라오는 동안
> 호수가 가장자리로 온다.
> 어딘가 가까운 데서 소고기가 그을리며
> 연기가 보도 위로 떠오른다.
> 검은색으로 움트는 초록을
> 뜨거운 진흙에서 올라오는 냉기를
> 나는 먹었다.
> 앞발을 핥으니 피 냄새가 났다.
> 이 분주한 거짓말의 세상은 무엇일까?
> 파리들에게 먹이를 주는 도시의 정령들일까!

마침내 프린스는 더비치에서 마지막 몇 해 동안 다시 마음 둘 곳을 발견했다. 그런데 잔인하고도 고집스레 아폴론은 그에게서 그것을 빼앗았다.

우선, 프린스는 시력을 잃었다. 돌풍에 태양 독을 머금은 모래가 눈과 귀로 들이친 다음 이틀에 걸쳐 점점 눈이 보이지 않게 되었다. 처음에는 잿빛 박무가 세상에 드리워져 있는 것 같았다. 안개는 엷었지만 사라지지 않았다. 불빛들을 둘러싼 부드러운 후광, 마치 다가오는 하얀 커튼 뒤에 있는 것처럼 사라져가는 먼 곳에 있는 사물들. 그런 다음 안개가 짙어지고 가까워졌다. 마치 농무로 변한 것 같았다. 마지막으로 모든 것이 잿빛이 되었고 프린스는 아무것도 보이지 않았다. 빛도, 후광도, 자동차도, 사람도, 빌딩도 보이지 않았다. 오직 잿빛 일색이었다. 잿빛 눈가리개를 한 것처럼 온통 잿빛이었다.

프린스의 실명은 세상을 지우는 데 시간이 걸렸지만, 마치 순식간에 일어난 듯 충격적이었다. 이제 아무것도 볼 수 없다는 사실을 깨달았을 때 프린스는 글렌 스튜어트 파크의 꼭대기 근처 나무 계단 아래에 있었다. '그의 집'이었던 어느 집에서도 꽤 멀었다. 그리하여 눈이 먼 지금 프린스는 더비치를 통과해 가야 했다. 그런데 정확히 어디로 갈 것인가?

늦었지만 똑똑한 프린스는 몇몇 가정에서 환영을 받았다. 그들은 그를 먹여주고 쓰다듬어주고 재워주었다. 이런 집의 인간들은 모두 친절했다. 누구도 랜디처럼 고압적이지 않았다. 그러나 프린스는 어떤 특정한 집에 갇혀 있고 싶지 않았다. 대신 자신의 영역을 탐험하고, 혼자서 시를 짓고, 자기 방식으로 세상과 만날 수 있는 독립을 택했다. 집에 며칠 머물다 보면 그는 자신의 존재가 이끌어낸 인간들의 행동으로 어쩔 수 없이 피곤해졌다. 비둘기 울음 같은 소리로 속삭인다던가, 털을 문질러준다던가, 그와 함께 바닥에서 구른다던가, 잘난 체하거나 생색을 낸다거나,

"얘, 이리 와! 이리 와!"

"굴러 봐! 굴러!"

쾌활한 어조로 명령을 내린다던가,

"아유, 착하기도 하지. 누가 이렇게 착한 거야."

나붓거리는 목소리로 말을 걸었다.

인간들의 행동이 그들 천성에 따른 것임을 받아들이려고 아무리 노력해도 이따금 그들의 관심은 프린스가 똑바로 생각할 수 없을 정도로 정신을 산만하게 했다. 이런 이유로 여름에는 종종 밖에서 머무르며 덤불이나 벤치, 상자 등등 찾을 수 있는 데를 임시 은신처 삼아 잠을 잤다. 겨울에는 피신처를 찾지 않으면 안 되었고, 한 번에 몇 주씩 여기 머물거나 저기 머문 것도 사실이다. 그러나 심지어 겨울에도 프린스는 인간들과 일정 거리를 유지하려고 노력했다. 그런데 눈이 먼 지금은 누구의 집에 머물러야 할까? 앞으로 죽을 때까지 그들과 함께해야 한다는 것을 아는 지금은 누구와 함께 있어야 할까?

프린스가 진지하게 고려하는 집은 둘뿐이었다. 하나는 글렌 스튜어트 파크에서 멀리 있을뿐더러 좋아하는 호수를 충분히 경험하지 못할 정도로 더비치에서도 먼 작은 집이었다. 그 집의 여자는 친절했다. 다른 어떤 인간보다도 더 많은 자유를 주었고, 기꺼이 먹여주고 혼자 있게 내버려두었으며, 프린스가 원한다고 생각될 때 그를 쓰다듬어주었다. 그런데 여자는 담배를 피웠고, 담배 냄새가 다른 모든 것을 지워버렸다. 그리고 여자의 '감정'은 이따금 무서웠다. 가끔 마치 뭔가를 죽이고 싶은 듯했다. 그러니 여자의 집은 영원한 은신처가 되지 못할 것이다. 남은 하나는 네빌 파크에 있는 집이었다. 그것은 호수에서 멀지 않은 그의 영역 가장자리에 있었다. 그 집에서 사는 인간들은 여자 하나와 남자 셋으로 모두 그에게 우호적이었다. 더 좋은 것은 아무도 그에게 들러붙거나 거들먹거리지 않았다. 프린스가 가면 음식을 내놓았고, 아침에는 나가게 해주었으며, 저녁때는 돌아오게 내버려두었다. 여자 인간은 그에게 가장 관심을 가졌으나 자주 티를 내지는 않았으므로 여자의 애정은 견딜 만했다.

프린스가 겪은 바로는 인간들은 일반적으로 지나치게 감정적이고 또 감정을 뚜렷하게 드러냈다. 세 블록 떨어진 곳에서도 그는 어떤 인간이 화가 났다는 것을 알아차릴 수 있었다. 그 인간이 으르렁거린다거나 달려든다거나 이를 드러내지 않아도 그랬다. 인간들은 감정의 신호등과 같아서 종종 그들 곁에 있는 것이 불편했다. 물론 예외도 있었다. 어떤 인간들은 판독이 되지 않거나 불안정했다. 그들은 순식간에 기분이 바뀌어 친절함이 경고도 없이 살의로 변했다. 프린스는 그런 인간에게 발길질을 당해 거의 죽을 뻔한 일도 있었다. 그 인간은 공원 벤치에 앉아 혼잣말하고 있었는데, 노래하는 목소리로 부르기에 가까이 다가가자 그의 갈비뼈를 세게 찼다. 주위에 막아주는 사람들이 있어서 다행이었지만, 이 사건은 인간들이, 킴을 제외하고, 모두 잠재적으로 치명적일 수 있다는 신념을 확고히 해주었다. 물론, 네빌 파크에 있는 집을 고를 때에도 그 신념을 마음 한구석에 담아두었다. 여자와 세 남자는 태도를 바꿀 기회가 늘 있었음에도 프린스에게 절대 잔인하게 굴지 않았다.

비록 세상은 잿빛이었으나 아직 냄새는 살아 있었다. 새로운 냄새, 옛날 냄새, 랜드마크가 되는 냄새, 자칫하면 길을 벗어나게 할 정도로 강렬한 냄새. 나무들과 계단이라든가 다리의 나무 기둥들은 익숙하고 위안이 되는 냄새를 풍겼다. 주로 개의 오줌 냄새였다. 마찬가지로 프린스가 종류도 알고 어디 있는지도 아는 식물들의 냄새도 있었다. 이곳 공원 가장자리의 정원에는 꽃과 잡초들이 있고, 저쪽 정원에는 채소가 있었다. 시냇물, 진흙, 먼지, 작은 동물, 향수, 인간의 땀과 몸 냄새들도 있었다. 그는 퀸 스트리트를 향해 갈 수 있다고 느꼈다. 그의 후각은 젊었을 때 그랬던 것처럼 예리했기 때문이다. 진짜 어려움은 지형 자체가 아니라 도중에 마주치는 인간들, 그의 냄새를 맡는 개들 등등과 같은 일상적인 위험이라고 생각했다. 그런데 프린스는 첫 번째 계단으로 갔다가 떨어져 머리를 층계참에 세게 부딪치고 순간 방향을 잃어버렸다.

아무것도 없는 회색의 세상 속으로 떨어져 방향을 잃자 얼마나 무서웠는지! 프린스는 본능적으로 비명을 질렀다. 그렇지만 충격에서 회복되자 통증은 참을 만했다. 그는 이보다 더 고약한 통증을 알고 있었다. 그리고 추락을 경험함으로써 더욱 조심해야 한다는 것을 배웠다. 글렌 스튜어트 파크는 비록 친숙하긴 하지만 위험한 곳이었다. 프린스는 더욱 신중하게 움직였다. 냄새란 냄새는 모두 찾아내고, 어떤 위험이 있을지 귀를 기울이고, 조심스럽게 한 발 한 발 내딛으며, 계단과 통로가 어떤 방향으로 바뀌는지를 가늠하려고 애썼다.

그러나 프린스는 다음 계단에서도 떨어지고 말았다. 이번에는 통증이 극심했다. 마치 몸 안의 뭔가가 부러진 것 같았다. 그는 비명을 지른 다음 일어서려고 갖은 애를 썼다. 다리를 딛고 일어서긴 했는데, 어느 방향을 보고 있는지 불확실했다. 위도 없고 아래도 없고 앞도 뒤도 없었다. 불행 중 다행은 목재

보도 바깥으로 떨어져 공원을 가로질러 흘러가는 샘물 옆 풀밭으로 떨어진 거다. 물 옆에 머무는 한 계단 걱정은 할 필요가 없을 것이다. 오른쪽으로 간다면 글렌 스튜어트로 나가는 길 가운데 하나를 발견할 터였다.

프린스는 비록 자기반성을 하는 경향이 있어도 어려운 일이 생기면 상당한 낙관주의자가 되었다. 해야 할 과제가 생기자 자신에게서 자유로워졌다. 그리하여 공원에서 나갈 길을 찾는 지금, 그는 자신이 눈이 멀었다는 사실을 무시했다. 아니, 오히려 그 사실을 받아들였다고 할까. 프린스는 할 수 있는 한 신중하게 걸어갔다. 걸음걸이는 불안정했지만 길 가는 데 집중하다 보니 걱정에 정신을 쏟을 여력이 없었다. 글렌 매너 드라이브까지 가는 데는 별 문제가 없었다. 그는 이 구역의 땅을 (냄새와 느낌을) 잘 알고 있었으므로 거의 생각을 할 필요가 없었고, 몸이 대신 생각(또는 기억)을 해주었다. 공원에서 도로로 올라가는 오솔길을 발견한 후, 도로를 따라 퀸 스트리트를 향해 내려가 술 취한 듯이 휘청휘청 불안정한 걸음으로 인도를 걸어 첫 번째 모퉁이에 이르렀다.

길을 건너는 것은 아무리 좋은 상황에서라도 괴로운 일이었다. 글렌 매너 드라이브는 차가 많지는 않았지만, 자동차들은 늘 빠른 속도로 달려왔다. 프린스는 길을 비키지 않는 개들에게 자동차들이 한 짓을 보아왔다. 그들의 몸은 짓이겨진 채 까

마귀나 구더기 같은 가장 굶주린 생물들조차 먹으려 하지 않을 때까지 썩도록 길에 방치되어 있었다. 프린스는 주위에서 보호해주는 인간들과 함께 보행자 신호일 때 길을 건너는 것을 선호했다. 그런데 이곳은 신호등도 없고 그는 혼자였으며 걸음도 느렸다. 그는 오랫동안 인도 가장자리에 서서 열심히 귀를 기울이며 서 있었다. 하지만 길을 건너야 한다는 것을 알기에 쿵쿵 냄새를 맡고 귀를 기울이며 도로 위에 발을 내디뎠다. 그러다가 자동차 소리를 듣고 펄쩍 뒤로 물러섰다가 거의 방향을 잃을 뻔했다. 어찌어찌해서 길 건너편에 이르러 그나마 안전한 곳으로 올라섰음을 느끼고는 안도했다. 이따금 먹이를 주고 쓰다듬어주던 남자가 사는 커다란 붉은 건물의 냄새, 그 땅의 냄새는 얼마나 근사했는지. 남자가 어디 있는지 정확히 알았다! 프린스는 잠시 그 집에 가서 구걸할까 생각했지만, 그곳에 들르느라 갈 길을 지체하고 싶지는 않았다. 그래서 그는 계속 걸었다.

두 번째 모퉁이는 더 어려웠다. 길을 건너야 했고, 다음에는 보도가 없는 커브 길을 돌아 계속 가야 했다. 프린스는 마음의 눈으로 볼 수 있었다. 그는 자신이 어디 있는지 알았다. 그는 앞쪽 한쪽에 있는 아이반 포리스트 가든의 냄새와 먼 곳에 있는 호수 냄새를 맡을 수 있었다. 프린스는 모퉁이에 앉아 마음을 가라앉히고 길을 건널 준비를 하고 있었다. 그때 인간들이

다가오는 것을 알아차렸다. 아니, 자신을 향해 돌진하는 소리를 들었다. 소리로 미루어 한 무리의 인간들이었고, 부드러운 신발창을 보도 위에 탁탁 부딪치며 빠른 걸음으로 다가왔다. 그들에게서 한꺼번에 돌풍처럼 뿜어나오는 숨, 그다음 땀과 고무와 성기와 먼지 냄새, 바람이 이 모든 것을 그에게 실어다 주었다. 앞으로 닥칠 곤란을 맛보라는 듯.

무슨 일일까? 자신이 그들의 길을 막은 걸까?

프린스는 꼬리를 몸 아래 말고, 쭈그리고 앉아서 최대한 불필요한 관심을 끌지 않도록 했다. 그리고 그들이 그에게 왔다.

"개를 조심해!"

누군가가 그를 쳤다.

"맙소사! 야, 비켜!"

누군가가 다시 그를 쳤다. 어쩌면 같은 사람일지도 몰랐다. 프린스의 꼬리를 밟고 옆으로 밀었다. 프린스는 비명을 지르며, 최대한 몸을 작게 웅크리고 그들이 지나갈 때 내는 소리에 귀를 기울였다. 길바닥에 탁탁 부딪치는 발소리, 보도 위에 이는 먼지, 신발창이 찍찍거리는 소리. 프린스는 언제나 사람들이 이렇게 우르르 몰려다니면 혼란스러웠다. 하지만 이번 경우는 달리는 사람들이 어디서 오는지, 얼마나 많은 사람이 있는지 몰랐기에 두려웠다. 한순간 인간 하나가 손을 뻗어 그의 머리를 쓰다듬었는데, 허공에서 나온 듯한 이 접촉은 그 무엇보다 가장 무서웠다.

갑자기 몰려왔던 사람들은 똑같이 갑자기 몰려가버렸고, 소리가 천천히 멀어졌다. 심장이 격렬하게 뛰고 몸이 후들거려서 프린스는 파인 크레센트와 글렌 매노가 교차하는 지점에 앉아 후들거림이 가라앉을 때까지 한동안 시간을 보냈다. 귀뚜라미 소리와 이따금 쌩하고 지나가는 위협적인 자동차 소리만 들리는 밤에 이동하는 편이 더 나을 것 같았다. 그러나 그는 단호하게 용기를 내어 도로 위에 발을 내디뎌 파인 크레센트의 반대편으로 향했고, 그다음에는 오솔길은 있으나 도로도 자동차도 없는 이반 포레스트 가든스로 내려갔다.

이반 포레스트를 지나는 동안 잠시 프린스는 눈이 보이지 않는다는 사실을 거의 잊었다. 이곳은 그가 가장 잘 아는 영역이었다. 여기서는 자신의 오줌 냄새만으로 길을 찾을 수 있었다. 아니, 자신이 표시를 남겨놓은 나무와 기둥을 거의 '볼' 수 있었다. 물론 여전히 몸의 통증과 아픔으로 느릿느릿 걸었다. 인간의 소리가 나는지 귀를 기울였고, 한 조각이라도 먹을 것이 있는지 냄새를 맡았으며, 그의 항문이나 성기의 냄새를 맡고 싶어 하는 개들의 요구를 들어주느라 걸음을 멈추었다. 취약한 상태인지라 공격을 받을지도 모른다는 두려움도 싹 가라앉았다. 동료 개들은 그의 냄새를 맡자마자 그가 고통스러운 상태임을 알 수 있었다. 모두 그에게 동정을 표하며, 그의 얼굴을 핥고 그의 숨 냄새를 맡은 뒤에는 일종의 존중을 담아 그를 대했다.

프린스는 하루의 남은 시간을 가든스에서 보내며 여독을 풀었다. 그가 더 젊었거나 눈이라도 보였다면 전혀 시간이 걸리지 않았을 여정이었다. 그날 밤 그는 버드나무 가까이에서 잠을 잤다. 프린스는 자신이 숨어 있다고 여겼지만 실제로는 거의 드러나 있어, 걷거나 날거나 기어서 가든스를 통과하며 그를 지나치는 모든 피조물의 눈에 쉽게 띄었다.

이른 아침, 그는 오소소 떨며 눈을 떴고 여전히 눈이 보이지 않는다는 사실을 깨닫고 하마터면 놀랄 뻔했다. 눈이 멀었다는 사실이 현실로 여겨지지 않을 정도로 새로웠다. 프린스는 열다섯 살이었다. 뼈도 노쇠했거니와 최근에 굴러떨어지며 상처를 입은 까닭에 바닥에서 일어나는 것이 고통스러웠다. 이가 딱딱 부딪쳤다. 세상은 아침의 모습이었다. 조용하고, 이따금 멀리서 자동차 지나가는 소리가 들렸다. 전차가 덜거덕 땡그랑거리며 지나갔고, 이슬과 안개와 냉기를 뚫고 나오는 새로운 하루가 날것 그대로의 냄새를 풍겼다. 그는 혼란스러웠으며, 전날보다 더 겁이 났다. 그는 호수의 냄새를 맡을 수 있게 되자 공원을 뒤로하고 그곳을 향해 떠났다.

프린스의 마음속에는 오직 한 가지, 한 여자와 세 남자가 있는 집뿐이었다. 마침 상황은 남은 여정에 유리했다. 주변에는 사람이 거의 없었다. 사람도 거의 없고 자동차도 거의 없었다. 그는 조심스레, 광견병에 걸린 개처럼 비틀거리며, 걸음걸음마다 자동차나 전차 소리에 귀를 기울이며 퀸 스트리트를 가로질렀다. 점점 더 건너야 할 길이 많아지면서 그만큼 더 자동차나 전차 소리에 귀를 기울였다. 그렇게 남쪽으로 가는 동안 호수의 존재가 점점 더 뚜렷해지며 마침내 도로의 끝에 이르렀다. 갑자기 길이 사라지며 그는 바닥에 판자를 깔아놓은 목재 산책로와 맞닥뜨렸다.

아무리 최악의 날이어도 호수는 그의 기분을 좋게 했다. 그러나 그날 아침, 걸음을 멈추고 그냥 냄새만 맡은 것을 보면 프린스가 얼마나 괴로운 상태인지 알 수 있었다. 그는 코를 핥고 호수가 있는 방향으로 이리저리 움직여본 다음, 조심스레 목재 산책로를 따라 계속 네빌 파크 아래쪽으로 내려가 마지막 거처가 될 집까지 갔다.

비록 눈은 멀었지만, 네빌 파크에서의 처음 몇 주는 불행하지 않았다. 프린스는 무서운 여행에서 살아남았고, 살아남은 데서 오는 감흥과 해냈다는 유쾌함 덕분에 마음을 다치지 않고 주인집과 협상하는 법을 배우면서 하루하루 헤쳐나갔다.

프린스는 주인을 잘 골랐다. 가족은 그를 받아들였고 그가 눈이 보이지 않는다는 사실을 안 뒤에도 계속 집에 두었다. 특히 여자는 친절했다. 때가 되면 먹이를 내려놓았고, 짧은 산책에 데리고 갔다. 짧은 산책은 프린스가 할 수 있는 전부였다. 글렌 스튜어트에서 얻은 부상의 통증으로 거의 불구가 되었고, 한곳에 정착하겠다는 결정을 하면서 건강이 빠르게 악화된 듯 보였다.

프린스는 자신의 영역과 독립된 생활이 그리웠다. 처음 몇 주 동안 프린스는 이따금 혼자서는 밖으로 나갈 수 없다는 사실을 잊고, 억지로 문까지 갔다가 의자나 가전제품 또는 인간과 부딪쳤다. 그러나 보상도 있었다. 다시는 볼 수 없다는 생각을 받아들이면서 그는 기억에 의존하기 시작했고, 그럼으로써 기억이 예리해졌다. (또는 적어도 더 선명해졌다.) 그리하여 그는 상상 속에서 더비치의 모습을 떠올리고, 실제 호수를 소중하게 여겼던 것처럼 그 기억 속 그림을 소중하게 여기게 되었다.

그는 죽음이 다가오고 있음을 느낄 수 있었지만 죽음이 걱정의 근원은 아니었다. 물론 죽음을 생각했다. 언제 올지 궁금했고, 계속 줄어드는 능력을 슬퍼했으며, 전에는 당연하게 받아들이던 것을 그리워했다. 예를 들어 알지 못하는 개의 존재를 숨 냄새로 알아챈다거나 어떤 대단한 것에 대한 순수한 기쁨을 달리는 것으로 표현한다거나, 또는 모래 속에 반쯤 묻힌 음식 조각을 파낸다거나, 또는 새로 발견한 나뭇가지를 이빨로 문다거나 하는 것. 그러나 다가오고 있는 죽음은 다른 무엇보다 그의 호기심을 자극했다. 그의 마지막 시는, 가장 절절한 것으로 프린스의 기분을 반영했다.

「오고 있는 자, 그의 이름은 무엇인가?」는 프린스의 마지막 시로 눈이 멀었을 때 쓴 작품의 특징을 보여준다.

> 오고 있는 자, 그의 이름은 무엇인가?
> 눈은 감고 손가락은 검은 그는?
> 여명이 찾아왔을 때
> 커튼을 도로 치는 그는?
> '타나토스 님'인가 아니면 그냥 평범하게 불러 '죽음'인가?
> 어느 것이 옳은지 난 언제 알게 될까?

프린스의 시는 그가 죽기 전 몇 달 동안 유일하게 진정으로 후회하는 것이었다. 기력이 쇠하면서 그의 작품과 언어가 그의 죽음과 더불어 어쩔 수 없이 이 세상에서 사라지리라는 것이 분명해졌다. 그가 눈이 멀었을 때 세상이 그를 떠난 것처럼 그의 언어도 세상을 떠날 것이었다. 그 언어로 말했던 모든 개가 자취를 감추면서 그것은 절멸될 것이다.

어떤 것이 세상에서 그토록 완전하게 사라질 수 있다는 걸 생각해보라!

프린스가 그것을 구할 방법은 없는가? 계속 전할 방도는 없는가? 어떻게 해야 할지 생각하면서 프린스는 인간 언어에 대한 자신의 태도를 후회하기 시작했다. 그는 자신의 언어가 영향을 받지 않도록 이질적인 언어를 피했다. 하지만 만약 또 하나의 다른 언어를 배웠다면 자신의 언어를 전할 수 있을지도 몰랐다. 자신의 언어를 순수하게 지키려는 노력은 이기적이었다. 깡그리 사라지는 것보다는 다른 언어의 영향을 받는 편이 더 나았다.

이런 생각은 프린스를 진정으로 후회하게 했지만, 절망하지 않았다. 프린스는 지금 머무는 집에 오려고 견뎌온 것들을 생각했고 실제로 시각장애를 이겨냄으로써 영감을 끌어냈다. 비록 쇠약했지만, 너무 늦지 않았을지도 모른다고 생각했다. 어쩌면 자신의 작품을 이 인간들에게 전할 운명인지도 몰랐다. 그래서 언어를 보존하려고 혼신을 다해 자신의 시들을 여자에게 읊기 시작했다. 여자가 있는 것을 느끼거나 여자의 목소리를 들을 때마다 낭송을 시작했다.

"그르르이 아르르 에르 오 우 아이,

그리이 유르 아 우 엔 그리 유 아이아아이르…"

여자가 프린스의 소리를 늙고 쇠약한 개의 투덜거림으로 받아들였어도 놀라운 일은 아니었다. 여자는 그가 말할 때마다 그를 쓰다듬거나 안아주거나 귀 뒤를 긁어주었다. 프린스는 그 때문에 주의가 산만해졌지만 끈질기게 똑같은 시를 읊고 또

읊으면서 그녀가 그에게 다시 읊어주기를 기다렸다.

프린스가 낭송을 하면 할수록 여자는 그를 위로하려고 애썼다. 프린스가 뭔가를 불평한다고 느꼈기 때문이다. 우선 한 가지 이유는, 대부분 시인과 마찬가지로 프린스도 특이한 방식으로 자신의 작품을 낭송했다. 자세를 바로 하고 앉아 여인의 얼굴을 쳐다보려고 애를 쓴 다음, 할 수 있는 한 조용히 앉아 있다가 첫 줄을 읊고, 중단했다가 두 번째 줄을 읊었다. 계속 그렇게 했다. 이 자체가 여자에게는 이상하게 보였다. 시인이 아닌 인간 누구에게나 이상했을 것이다.

"너 괜찮니, 엘비스?"

여자의 질문이 무엇인지 프린스는 알지 못했으므로 그냥 계속했다. 그가 투덜대는 것도 목이 막히는 것도 아니고, 뭔가를 하는 거라고 여자가 생각할 때까지 계속했다. 실제로 한 주가 지나자 여자는 프린스의 으르렁거림에 어떤 패턴이 있다고 생각했다.

"엘비스는 으르렁대는 게 아니야. 노래나 뭐 그런 걸 하고 있어." 여자가 아들에게 말했다.

그러나 여자의 아들은 받아들이려고 하지 않았다.

"엄마, 녀석은 늙어서 정신이 오락가락하는 거예요. 그게 다예요."

"네 말이 맞는 것 같다."

여자가 말했다.

말은 그렇게 했지만, 여자는 수긍하지 않았고, 어느 날, 장난삼아 프린스가 투덜거리는 소리를 따라하자 프린스는 즉각 소리를 중단하고 행복하게 짖었다. 그는 여자가 따라한 구절을 반복했다. 그리고 다시 여자가 (서투르고 이상한 억양이긴 하지만 아무튼…) 그의 시를 몇 줄 더 말했다.

"그르르이 아르르 에르 오 우 아이

그리이 유르 아 우 옌 그리 유 아이아이르…"

돌파구가 생긴 셈이었다. 프린스는 깊이 감사했다. 그로서는 커다란 경계선을 건넌 것 같았다. 그러나 여전히 완강한 아폴론은 프린스에게서 손을 뗀 것이 아니었다. 여자가 서툴고 이상한 억양으로 들려준 그의 시가 프린스가 지상에서 마지막으로 들은 것이었다. 그 뒤에 그는 완전히 귀가 먹었다. 심지어 자신의 소리도 들을 수 없었고, 그가 소리를 내려고 애를 쓸 때 몸이 만들어내는 진동만 느낄 수 있었다. 완전한 절망이었다. 세상도, 시로 표현했던 세상에 대한 그의 해석도 모두 한순간에 빼앗겼다.

프린스는 쉽게 희망을 잃는 법이 없었으나 이제는 희망이 그를 버렸다. 그는 홀로 무한한 회색 침묵 속에 있었고, 단 하나 남아 있는 예민한 감각이라고는 냄새와 균형 감각뿐이었다. 이따금 남자 하나가 그를 들어 올려 어딘가에 놓았다. 그것은 그 무엇보다 가장 당황스러운 일이었다. 그는 경고도 없이 누군가의 자비에, 누군가의 팔에 맡겨졌다. 팔에 안기면 냄새로 남자를 알아보는 데는 도움이 되었지만, 그렇다고 별 도움은 되지 않았다. 지치고, 늙고, 귀먹고, 눈먼 프린스는 때가 왔음을 알았고 최대한 위엄 있게 운명을 맞으려고 애썼다.

그는 먹는 것을 중단했고 물도 거의 마시지 않았다. 그는 자신의 내면 깊은 곳으로 물러나 곧 찾아올 죽음을 기다렸다. 어느 날 아침, 여자가 그를 들어 올렸다. 그는 여자의 감정을 느낄 수 있었다. 그들은 어딘가로 가고 있었으나, 신경을 쓰기에는 너무 허약했다. 바깥에 나가니 코끝에서 공기의 흐름이 느껴졌다. 호수가 그에게 왔고, 호수의 존재는 오랫동안 잊고 있던 꿈과 같았다. 그것은 위안이었다. 그러고 그들은 자동차를 타고 이동했다. 킴이 생각났고, 그것 역시 위안이 되었다. 프린스는 위로받을 수 있었고 동물 병원 냄새에도 거의 영향을 받지 않았다. 비록 이 냄새들이, 비누와 화학 물질 냄새, 다른 동물들의 냄새가 마지막을 뜻하는 것임을 거의 확실하게 알았어도 그랬다.

프린스가 죽기 직전에는 아폴론이 내기에서 이겼다고, 행복하게 죽은 개는 없다고, 그들은 인간만큼 또는 인간보다 더 비참하게 죽었다고 했을 거다. 저항하기에는 너무도 지친 프린스는 금속 처치대 위에 조용히 누워 언어를 상실한 것에 낙담했다. 주위의 사람들이 그를 안락사시킬 준비를 시작했을 때 마지막 시들 가운데 하나가 그에게 돌아왔다. 프린스는 누군가 암송해주고 있는 듯이 마음속에서 시를 들었다. 자신이 쓴 시가 아닌 것 같았다. 그 순간 자신의 언어가 참으로 아름답다는 생각이 들었다. 그가 무리의 마지막 존재라면 슬프게도 그 언어를 아는 살아 있는 피조물은 없었다. 그러나 그가 비록 예외적인 존재는 아니었어도, 그 언어를 깊이 아는 일이 허용되었다는 사실은 참으로 근사했다. 프린스는 언어의 깊은 심연을 모두 탐험하지는 못했지만 보기는 했다. 그것은 커다란 선물이라는 생각이 들었다. 더욱이 파괴될 수 없는 선물이었다. 어딘가, 어떤 다른 존재 안에서, 그의 아름다운 언어가 가능성으로, 아마도 씨앗으로, 존재할 것이다. 그 씨앗은 다시 꽃피울 거다. 그는 확신했고 그것은 근사했다.

그리하여 모든 예상과는 달리 프린스의 영혼은 하늘로 날아올랐다.

한마디로 마침내 죽음이 찾아왔을 때, 프린스는 행복했다.

프린스가 죽어가고 있을 때 아폴론과 헤르메스는 다시 한 번 휘트 시프 술집에서 만났다.

프린스에 관해 이야기하면서 아폴론이 말했다.

"좋아. 인정해. 그 피조물은 행복하게 죽었어. 모든 게 다 매우 교훈적이었어."

"아냐, 아냐. 이 년간의 노예 노릇, 그것이 교훈적일 거야." 헤르메스가 말했다.

"넌 내게 십 년을 빚졌어. 안 그래? 그것도 좀 줄여서 말이지."

"내 운이 변한 게 느껴져." 헤르메스가 말했다.

"운이 좋은 쪽으로 변했다는 건 맞아." 아폴론이 말했다.

그러면서 아폴론은 과장된 몸짓으로 내기가 불공평했다고 항의했다. 그렇지만 그의 항의는 진지한 것이 아니었다. 그렇다. 그를 화나게 한 것은 자신이 보살피는 피조물 하나에게 잔인하게 굴었다는 점이었고, 또 자신이 보살피는 시인 때문에 동생에게 졌다는 점이었다. 그러나 사실은 누가 행복하게 죽고 누가 그렇지 않으냐는 순전히 우연의 문제였다. 물론 그와 헤르메스가 애당초 결과에 내기를 걸었던 까닭도 그 때문이었다.

바텐더는 독실한 젊은 여성으로, 신들을 똑바로 바라보지 못하고 고개를 숙이고 다가왔다.

"제가 해드릴 일이 있나요? 뭐든? 해드릴 수 있다면 영광이겠습니다." 여자 바텐더가 물었다.

"이 라바트 맥주 좋군. 한 잔 더 주시오." 아폴론이 말했다.

"이게 좋다고? 이건 좋은 물을 완전히 낭비한 거야." 헤르메스가 말했다.

"뭘 모르는군!" 아폴론이 말했다.

형제가 웃었다. 바텐더는 라바트 블루를 가지러 갔다.

"지능을 고양이에게 주었다면 달랐을 거야." 아폴론이 말했다.

"정확히 똑같았을 거야. 우린 인간에게 개의 지능과 능력을 주어야 했어." 헤르메스가 말했다.

"이제 지친다. 뭐 다른 거에 관해 이야기하자." 아폴론이 대답했다.

잠시 그들은 올림포스 일들에 관해 이야기했다. 그러다가 아폴론이 말했다.

"이 피조물들 가운데 하나에게 우리 언어를 주면 어떤 일이 벌어질지 궁금해."

"우리 언어를? 필멸의 존재들은 그 많은 뉘앙스를 지닌 침묵을 배울 수 없어." 헤르메스가 말했다.

"난 가르친다고 말하지 않았어. 준다고 했지." 아폴론이 말했다.

"형은 여기 너무 오랫동안 내려와 있었어. 집에 가자. 헤파이스토스가 딴 돈에서 내가 받을 것이 있거든." 헤르메스가 대답했다.

"넌 가. 난 조금 더 있다 갈게." 아폴론이 말했다.

헤르메스가 휘트 시프를 떠날 때 하늘은 연붉은색이었다. 킹 스트리트와 배서스트 스트리트가 교차하는 모퉁이에서 신호가 바뀌기를 기다리며 공회전을 하고 있는 한 자동차에서 차대가 흔들릴 정도로 음악이 쾅쾅 울리고 있었다. 자동차 안의 운전자는 박자에 맞춰 핸들을 두드리는 오른손 집게손가락을 제외하면 아무 움직임이 없었다.

이 피조물들을 정말이지 뭐라고 말해야 할까? 헤르메스는 핸들을 잡고 있는 남자보다 무한에 가깝게 더 많은 것을 알고 있었다. 남자가 자신에 대해 알고 있는 것보다 더 많이 그를 알았다. 헤르메스는 그 남자가 이제껏 접한 모든 인간과 곤충과 동물들에 관해 더 많은 것을 알았다. 또한, 안다는 것을 넘어 어떤 필멸의 존재도 가늠할 수 없는 힘이 있었다. 원한다면, 그는 자동차를 으스러뜨리거나 자동차가 서 있는 구역 전체를 으스러뜨릴 수 있었다. 원한다면 남자의 손가락을 부러뜨리거나 눈썹 한 올을 뜯어낼 수 있었다. 헤르메스는 남자가 원하는 것은 모두 줄 수도 있고 모두 앗아갈 수도 있었다. 인간들의 '인간성'이라든가 '존엄'에도 불구하고, 또는 저들이 소유하고 있다고 자랑스러워하는 그 어떤 것에도 불구하고, 자동차 안의 남자는 신이라는 존재와 비교해 볼 때 거의 보잘것없었다.

그러나 그들 사이에는 한 가지 다른 점이 있었다. 신이 아무리 힘과 지식과 섬세함을 지녔다고 해도 위반할 수 없는 경계가 있었다. 바로 죽음이었다. 한쪽에는 불멸의 존재가 있었고, 다른 한쪽에는 필멸의 존재들이 있었다. 헤르메스가 죽음과 더불어 사는 것이 어떤 것인지 이해할 수 없듯이, 필멸의 존재들은 죽음 없는 존재를 이해할 수 없었다. 헤르메스는 그 차이에 매혹되어 끊임없이 지상으로 돌아왔다. 그것이 신들이 필멸의 존재들에게 품고 있는 은밀한 사랑의 핵심이었다. 죽음은 이 피조물들의 세포 하나하나에 들어 있었다. 그들의 언어에 숨어 있고, 그들 문명의 뿌리에 숨어 있었다. 헤르메스는 그들이 내는 소리에서 죽음을 듣고, 그들이 움직이는 방식에서 죽음을 볼 수 있었다. 죽음은 그들의 기쁨을 어둡게 하고 또 절망을 가볍게 해주었다. 헤르메스는 죽음을 갈망하기에 지상에 사는 모든 필멸의 존재를 매혹적이라고 여겼고, 심지어 때로는 그들에 대한 깊은 연민의 감정에 값하는 존재일지도 모른다고 생각했다. 물론 이 '감정'은 본성으로 보아 언어나 인간의 이해를 넘는 것으로, 헤르메스가, 모든 신이, 필멸의 존재를 없애버리지 못하도록 막았다.

한 손에는 권능이, 다른 한 손에는 사랑이 있었다.

신호등이 바뀌었다. 자동차는 떠났고, 헤르메스는 아무도 모르게 도시 위로 올라갔다. 남쪽의 호수는 밝은 연보라색이었다. 물 위의 구름은 가볍고 흰색이었다. 헤르메스의 생각은 프린스에게 돌아갔다. 그토록 통찰력 있는 피조물이 언어의 죽음은 곧 시의 죽음을 뜻할 거라고 생각했다니, 얼마나 이상한가. 불멸의 존재들이 보기에 모든 진정한 시는 영원히 계속되는 현재에 존재했고, 영원히 새로우며, 그 언어는 죽지 않았다. 한번 입 밖으로 나왔던 프린스의 시는 영원히 살아 있을 것이다. 그 개를 생각하자 헤르메스는 기뻤다. 번역자의 신 헤르메스는 너그러워지는 자신을 느끼며 프린스의 예술적 기교와 프린스 자신도 모르게 한 봉사에 대해 보답해주었다.

세상을 거의 완전히 벗어났던 프린스의 영혼은 잠시 의식을 되찾았다. 프린스는 랠스톤의 냄새가 나는 초록과 황토색으로 뻗어 있는 대초원에 있었다. 다시 젊었고, 기민하고 생생한 감각들을 갖고 있어 얼마나 신났던지. 여름의 늦은 오후, 대략 네 시 즈음이었다. 태양은 막 대지를 어둠에 넘겨주기 시작했다. 멀리 카운포어 크레센트에 있는 집들 뒤에 마당들이 보였다. 프린스는 다람쥐 풀의 포자, 오줌과 송진, 먼지, 뜨거운 양고기 냄새를 맡을 수 있었다. 어디서 오는지 신이나 아는 곳에서 실려오는 냄새들.

문득, 그가 사랑하는 목소리가 들렸다.

"여기야, 프린스! 이리 와!"

킴이었다. 프린스가 이제껏 마음속에 간직하고 있는 유일한 인간의 이름. 프린스는 멀리 그를 볼 수 있었다. 킴의 실루엣은 바로 알아볼 수 있었다. 프린스의 영혼은 기쁨으로 가득 찼다.

그는 늘 그랬듯이 신이 나서, 대초원을 껑충껑충 뛰어 달려갔다. 그렇기는 하지만 이번에는 킴의 목소리에 담긴 뉘앙스를 하나하나 다 파악했고 완전히 그를 이해했다.

지상에서의 마지막 순간, 프린스는 사랑했고, 그 답례로 사랑을 받았다는 것을 알았다.